白居易排律诗编年浅释

赵建梅 著

文化发展出版社
Cultural Development Press

·北京·

图书在版编目（CIP）数据

白居易排律诗编年浅释 / 赵建梅著. —— 北京：文化发展出版社，2024.12. —— ISBN 978-7-5142-4567-7

Ⅰ. I207.227.42

中国国家版本馆CIP数据核字第2024QF4775号

白居易排律诗编年浅释
赵建梅　著

出 版 人：宋　娜
责任编辑：孙　烨　袁兆英　　责任校对：侯　娜
责任印制：杨　骏　　　　　　封面设计：郭　阳
出版发行：文化发展出版社（北京市翠微路2号　邮编：100036）
发行电话：010-88275993　　010-88275711
网　　址：www.wenhuafazhan.com
经　　销：全国新华书店
印　　刷：固安兰星球彩色印刷有限公司

开　　本：889mm×1194mm　1/32
字　　数：260千字
印　　张：9
版　　次：2024年12月第1版
印　　次：2024年12月第1次印刷

定　　价：69.80元
ＩＳＢＮ：978-7-5142-4567-7

◆ 如有印装质量问题，请与我社印制部联系　电话：010-88275720

目录

前言   01

五言排律

窗中列远岫	002
叙德书情四十韵上宣歙翟中丞	003
玉水记方流	005
和郑方及第后秋归洛下闲居	006
东都冬日会诸同年宴郑家林亭	007
题故曹王宅	008
自江陵之徐州路上寄兄弟	009
和渭北刘大夫借便秋遮虏寄朝中亲友	009
早春独游曲江	011
和钱员外早冬玩禁中新菊	012
赠别宣上人	013
春夜喜雪有怀王二十二	014

晚秋有怀郑中旧隐	015
立春日酬钱员外曲江同行见赠	016
代书诗一百韵寄微之	017
和梦游春诗一百韵	022
病中哭金銮子	027
渭村退居寄礼部崔侍郎翰林钱舍人诗一百韵	028
酬卢秘书二十韵	033
题卢秘书夏日新栽竹二十韵	035
题周皓大夫新亭子二十二韵	037
读李杜诗集因题卷后	038
蔷薇花一丛独死不知其故因有是篇	039
忆微之伤仲远	040
霖雨苦多江湖暴涨块然独望因题北亭	041
春末夏初闲游江郭二首	041
红藤杖	043
寄蕲州簟与元九因题六韵	044
江楼早秋	044

江南喜逢萧九彻因话长安旧游戏赠五十韵	045
东南行一百韵寄通州元九侍御澧州李十一舍人果州二十二使君开州韦大员外庚三十二补阙杜十四拾遗李二十助教员外窦七校书	048
早发楚城驿	053
山中问月	054
江南谪居十韵	055
江楼夜吟元九律诗成三十韵	056
浔阳岁晚寄元八郎中庚三十二员外	058
送友人上峡赴东川辟命	059
送客春游岭南二十韵	060
浔阳秋怀赠许明府	062
九日醉吟	063
题遗爱寺前溪松	064
春江闲步赠张山人	065
自江州司马授忠州刺史仰荷圣泽聊书鄙诚	066
江州赴忠州至江陵已来舟中示舍弟五十韵	067

郡斋暇日忆庐山草堂兼寄二林僧社三十韵多叙贬官
已来出处之意　　　　　　　　　　　　　　070
题郡中荔枝诗十八韵兼寄万州杨八使君　　　072
发白狗峡次黄牛峡登高寺却望忠州　　　　　074
中书连直寒食不归因怀元九　　　　　　　　075
待漏入阁书事奉赠元九学士阁老　　　　　　076
行简初授拾遗同早朝入阁因示十二韵　　　　077
送客南迁　　　　　　　　　　　　　　　　078
新昌新居书事四十韵因寄元郎中张博士　　　079
草词毕遇芍药初开因咏小谢红药当阶翻诗
以为一句未尽其状偶成十六韵　　　　　　　082
与沈杨二舍人阁老同食敕赐樱桃玩物感恩因成十四韵　083
重到江州感旧游题郡楼十一韵　　　　　　　084
赠江州李十使君员外十二韵　　　　　　　　086
题别遗爱草堂兼呈李十使君　　　　　　　　087
初到郡斋寄钱湖州李苏州　　　　　　　　　088
对酒自勉　　　　　　　　　　　　　　　　089

晚岁	089
与诸客空腹饮	090
东楼南望八韵	091
新秋病起	092
奉和李大夫题新诗二首各六韵·因严亭	093
奉和李大夫题新诗二首各六韵·忘筌亭	094
早春西湖闲游怅然兴怀忆与微之同赏因思在越官重事殷镜湖之游或恐未暇偶成十八韵寄微之	095
早饮湖州酒寄崔使君	096
留题天竺灵隐两寺	097
洛下寓居	098
求分司东都寄牛相公十韵	098
履道新居二十韵	100
洛城东花下作	102
奉和汴州令狐令公二十二韵	103
去岁罢杭州今春领吴郡惭无善政聊写鄙怀兼寄三相公自到郡斋仅经旬日方专公务未及宴游偷闲走笔题二十四韵	104

兼寄常州贾舍人湖州崔郎中仍呈吴中诸客	106
秋寄微之十二韵	108
对酒吟	109
西楼喜雪命宴	109
夜归	111
仲夏斋居偶题八韵寄微之及崔湖州	112
六月三日夜闻蝉	112
莲石	113
题东武丘寺六韵	114
夜游西武丘寺八韵	115
松江亭携乐观渔宴宿	116
齐云楼晚望偶题十韵兼呈冯侍御周殷二协律	117
感悟妄缘题如上人壁	118
忆洛中所居	119
初授秘监拜赐金紫闲吟小酌偶写所怀	120
有小白马乘驭多时奉使东行至稠桑驿殟然而毙足可惊伤不能忘情题二十韵	121

题洛中第宅	123
早朝	124
太和戊申岁大有年诏赐百寮出城观稼谨书盛事以俟采诗	124
宿杜曲花下	125
酬令狐相公春日寻花见寄六韵	126
和微之春日投简阳明洞天五十韵	127
酬郑侍御多雨春空过诗三十韵	130
想东游五十韵	132
分司初到洛中偶题六韵兼戏呈冯尹	135
阿崔	136
酬令狐留守尚书见赠十韵	137
山石榴花十二韵	139
戏和微之答窦七行军之作	140
和微之道保生三日	141
晚起	142
府西池北新葺水斋即事招宾偶题十六韵	143
六十拜河南尹	145

洛桥寒食日作十韵	146
晚归早出	147
醉后重赠晦叔	148
洛下送牛相公出镇淮南	149
重修香山寺毕题二十二韵以纪之	150
筝	152
洛中春游呈诸亲友	153
罢府归旧居	154
裴常侍以题蔷薇架十八韵见示因广为三十韵以和之	155
青毡帐二十韵	157
玩半开花赠皇甫郎中	158
西街渠中种莲叠石颇有幽致偶题小楼	159
喜闲	160
奉酬侍中夏中雨后游城南庄见示八韵	161
杨柳枝二十韵	162
答皇甫十郎中秋深酒熟见忆	164
听芦管吹竹枝	165

初夏闲吟兼呈韦宾客	166
白羽扇	167
闲园独赏	168
诏授同州刺史病不赴任因咏所怀	169
奉和裴令公新成午桥庄绿野堂即事	170
自题小草亭	172
自咏	173
新亭病后独坐招李侍郎公垂	174
早春即事	174
残春咏怀赠杨慕巢侍郎	175
春尽日天津桥醉吟偶呈李尹侍郎	176
秋霖中奉裴令公见招早出赴会马上先寄六韵	177
八月三日夜作	179
奉酬淮南牛相公思黯见寄二十四韵	180
咏老赠梦得	182
闲游即事	183
六十六	183

池上早春即事招梦得	184
晚春欲携酒寻沈四著作先以六韵寄之	185
三月三日祓禊洛滨	186
感事	188
幽居早秋闲咏	189
和令狐仆射小饮听阮咸	190
寄献北都留守裴令公	191
和东川杨慕巢尚书府中独坐感戚在怀见寄十四韵	193
分司洛中多暇数与诸客宴游醉后狂饮偶成十韵	
因招梦得宾客兼呈思黯奇章公	195
小岁日喜谈氏外孙女孩满月	197
酬梦得以予五月长斋延僧徒绝宾友见戏十韵	198
奉和思黯相公以李苏州所寄太湖石奇状绝伦	
因题二十韵见示兼呈梦得	199
晚夏闲居绝无宾客欲寻梦得先寄此诗	201
三年冬随事铺设小堂寝处稍似稳暖因念衰病偶吟所怀	202
自罢河南已换七尹每一入府怅然旧游因宿内厅	

偶题西壁兼呈韦尹常侍	203
和梦得夏至忆苏州呈卢宾客	204
书事咏怀	206
时热少客因咏所怀	207
喜老自嘲	207
雪朝乘兴欲诣李司徒留守先以五韵戏之	208
春池闲泛	209
寄题余杭郡楼兼呈裴使君	211
昨日复今辰	212
闲居自题戏招宿客	213
和李相公留守题漕上新桥六韵	214
对新家酝玩自种花	215
醉中得上都亲友书以予停俸多时忧问贫乏 偶乘酒兴咏而报之	216
不与老为期	218
偶作寄朗之	219
闲居贫活计	220

斋居春久感事遣怀 221
自咏老身示诸家属 222
斋居偶作 224
宿张云举院 225

七言排律

十年三月三十日别微之于沣上十四年三月十一日夜
遇微之于峡中停舟夷陵三宿而别言不尽者以诗终
之因赋七言十七韵以赠且欲记所遇之地与相见之时
为他年会话张本也 228
酬元郎中同制加朝散大夫书怀见赠 230
七言十二句赠驾部吴郎中七兄 232
花楼望雪命宴赋诗 232
余思未尽加为六韵重寄微之 233
雪中即事答微之 235

苏州李中丞以元日郡斋感怀诗寄微之及予辄依来篇
七言八韵走笔奉答兼呈微之　　　　　　　　　236

重题别东楼　　　　　　　　　　　　　　　　237

忆杭州梅花因叙旧游寄萧协律　　　　　　　　239

登闾门闲望　　　　　　　　　　　　　　　　240

泛太湖书事寄微之　　　　　　　　　　　　　241

九日寄微之　　　　　　　　　　　　　　　　243

和令狐相公新于郡内栽竹百竿拆壁开轩旦夕对玩偶题七言五韵　243

咏家酝十韵　　　　　　　　　　　　　　　　245

酬别微之　　　　　　　　　　　　　　　　　246

新制绫袄成感而有咏　　　　　　　　　　　　248

拜表回闲游　　　　　　　　　　　　　　　　249

诗酒琴人例多薄命予酷好三事雅当此科而所得
已多为幸斯偶成狂咏聊写愧怀　　　　　　　　250

春早秋初因时即事兼寄浙东李侍郎　　　　　　251

春日题乾元寺上方最高峰亭　　　　　　　　　252

追欢偶作　　　　　　　　　　　　　　　　　253

病中诗十五首·枕上作	254
闲居	255
会昌二年春题池西小楼	256
狂吟七言十四韵	257
胡吉郑刘卢张等六贤皆多年寿予亦次焉偶于弊居合成尚齿之会七老相顾既醉甚欢静而思之此会稀有因成七言六韵以纪之传好事者	259
河阳石尚书破回鹘迎贵主过上党射鹭鸶绘画为图猥蒙见示称叹不足以诗美之	260
自问此心呈诸老伴	262

参考书目   264

前言

白居易(772—846),字乐天,晚年号香山居士,又号醉吟先生。因曾官太子少傅,世称"白傅"。卒谥文,又称白文公。先世太原(今山西太原)人,后迁居下邽(今陕西省渭南境)。

白居易唐德宗贞元十六年(800)进士及第,贞元十九年(803)春以书判拔萃科登第,授秘书省校书郎。宪宗元和元年(806),罢校书郎,应才识兼茂明于体用科登第,授盩厔尉。元和二年(807),为翰林学士。元和三年(808),除左拾遗,依前充翰林学士。元和五年(810)改官京兆户曹参军,仍充翰林学士。元和六年(811)至元和九年(814),丁母忧居下邽。元和九年冬,召授太子左赞善大夫。元和十年(815)六月,上疏请补刺宰相武元衡之贼,八月被贬为江州司马。元和十三年(818)十二月,量移忠州(今重庆忠县)刺史。元和十五年(820),除尚书司门员外郎,十二月改授主客郎中、知制诰。穆宗长庆元年(821)夏,加朝散大夫,始著绯,又转上柱国,十月转中书舍人。长庆二年(822)自请外任,七月自中书舍人除杭州刺史。长庆四年(824)五月,杭州任满,归洛,除太子左庶子分司东都。敬宗宝历元年(825)三月,除苏州刺史。宝历二年(826)九月初,罢苏州刺史。文宗大和元年(827),征为秘书监,赐金紫。大和二年(828),由秘书监除刑部侍郎。大和三年(829),以太子宾客分司东都。大和四年(830)末任河南尹。大和七年(833)四月以病免河南尹,再授太子宾客分司东都。大和九年 (835)，改授太子少傅分司东都。会昌二年 (842)，以刑部尚书致仕。会昌六年 (846)，卒于洛阳履道里宅园，年七十五。

　　白居易存诗2800余首，是唐代现存诗歌最多的诗人，各体兼工。他也是杜甫之后较多创作排律诗的诗人。排律即超过八句的律诗，又称长律。本书辑录白居易五言排律诗176首、七言排律28首。其五言排律长者百韵 (200句)，短者五韵 (10句)，五韵以上二十韵以下者总计148首，其中五韵4首、六韵82首、七韵1首、八韵27首、十韵16首、十一韵1首、十二韵8首、十四韵5首、十六韵2首、十八韵2首。二十韵以上 (含二十韵) 者总计28首，其中二十韵者8首、二十二韵者3首、二十四韵者2首、三十韵者4首、四十韵者3首、五十韵者4首、一百韵者4首。二十韵以上排律全部为双韵，双韵为排律正体。三十韵以上皆取整数，完全符合排律韵数的基本规则。白居易五十韵、一百韵五言排律分别较杜甫多3首，对于白居易的长篇排律，后世评价褒贬不一，尤其其五十韵、百韵排律更成为评论的焦点。

　　本书将白居易的五言排律、七言排律，分别按照创作年代先后进行排序，并对每首诗给以解析。主要参照《宋本白氏文集》(国家图书馆出版社，2017年)、朱金城《白居易集笺校》(上海古籍出版社，1988年)、谢思炜《白居易诗集校注》(中华书局，2006年)、陈铁民、彭庆生主编《新修增订注释全唐诗》(黄山书社，2023年)，(日) 下定雅弘《白氏文集を読む》(东京：勉诚社，1996年)，以及朱金城《白居易年谱》(上海古籍出版社，1982年) 等书。保留了《白氏文集》收在"律诗"卷中的所有超过八句的五、七言诗作，及收在"半格诗"卷中《春池闲泛》诗 (诗题自注："已下律诗。") 以下的超过八句的五、七言诗作。此外，还有出自今人所编两卷 (即朱金城《白居易集笺校》外集卷上和卷中) 中的排律诗作。本书通过编年形式，意在能够直观地展现白居易排律诗创作起源及其发展的历程，希望能透过排律诗这扇窗，一窥白居易的精神世界与诗歌风格。因学力疏浅，不当之处在所难免，敬请批评指正。

上

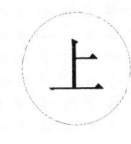

五言排律

窗中列远岫

天静秋山好,窗开晓翠通。
遥怜峰窈窕,不隔竹朦胧。
万点当虚室,千重叠远空。
列檐攒秀气,缘隙助清风。
碧爱新晴后,明宜反照中。
宣城郡斋在,望与古时同。

【解析】

诗写于贞元十五年(799),28岁,宣城。此年秋,白居易在宣州应乡试,作这首应试诗。诗题自注:"题中以平声为韵。"(宋)陈振孙《白氏文公年谱》记:贞元十五年己卯,"是岁举进士于宣州,试《射中正鹄赋》《窗中列远岫》诗,公预荐送"。南朝诗人谢朓曾任宣城太守,被称为"谢宣城"。诗题《窗中列远岫》即出自谢朓任宣城太守时所作《郡内高斋闲望答吕法曹》中诗句:"窗中列远岫,庭际俯乔林。"白居易这首六韵五言排律主要笔墨在写景,紧扣给定的视角,即透过窗而望,见秋日远山深邃幽静,翠竹朦胧,树丛万点,峰峦叠嶂;"列檐攒秀气,缘隙助清风"二句,写近处所感受到的檐间秀气,以及缘隙而来的清风。沈约《八咏诗·会圃临春风》:"始摇荡以入闺,终徘徊而缘隙。""碧爱新晴后,明宜反照中",新晴后山景之碧最惹人爱怜,反照中更能显示山光之明。"宣城郡斋在"二句,点出乡试所在地宣州。当年谢朓从他所建郡斋的窗中望去,也是这样的景象,岁月变迁而远山之美亘古不变的意思就在这遥想中了,同时与谢朓诗《郡内高斋闲望答吕法曹》相照应。

叙德书情四十韵上宣歙翟中丞

元圣生乘运，忠贤出应期。
还将稽古力，助立太平基。
土控吴兼越，州连歙与池。
山河地襟带，军镇国藩维。
廉察安江甸，澄清肃海夷。
股肱分外守，耳目付中司。
楚老歌来暮，秦人咏去思。
望如时雨至，福似岁星移。
政静民无讼，刑行吏不欺。
执谦惊主宠，阴德畏人知。
白玉惭温色，朱绳让直辞。
行为时领袖，言作世蓍龟。
盛幕招贤士，连营训锐师。
光华下鹓鹭，气色动熊罴。
出入麾幢引，登临剑戟随。
好风迎解榻，美景待褰帷。
晴野霞飞绮，春郊柳宛丝。
城乌惊画角，江雁避红旗。
藉草朱轮驻，攀花紫绶垂。
山宜谢公屐，洲称柳家诗。
酒气和芳杜，弦声乱子规。
分球齐马首，列舞匝蛾眉。
醉惜年光晚，欢怜日影迟。
回塘排玉棹，归路拥金羁。
自顾龙钟者，尝蒙噢咻之。

仰山尘不让，涉海水难为。
身忝乡人荐，名因国士推。
提携增善价，拂拭长妍姿。
射策端心术，迁乔整羽仪。
幸穿杨远叶，谬折桂高枝。
佩德潜书带，铭仁暗勒肌。
鞠躬趋馆舍，拜手挹阶墀。
霄汉程虽在，风尘迹尚卑。
敝衣羞布素，败屋厌茅茨。
养乏晨昏膳，居无伏腊资。
盛时贫可耻，壮岁病堪嗤。
擢第名方立，耽书力未疲。
磨铅重剚割，策蹇再奔驰。
相马须怜瘦，呼鹰正及饥。
扶摇重即事，会有答恩时。

【解析】

诗作于贞元十六年（800），29 岁，宣州。白居易在宣州举贡士，是被宣歙池观察使崔衍所贡。诗题下自注云："宣州荐送及第后重投此诗。"白《送侯权秀才序》记载："贞元十五年秋，予始举贡士，与侯生俱为宣城守所贡。明年春，予中春官第。"中第后的白居易，充满激情地颂美崔衍，颂其德政："政静民无讼，刑行吏不欺。"颂其表率作用："行为时领袖，言作世蓍龟。"赞其幕中文士有才德、帐下将士勇武："光华下鹓鹭，气色动熊罴。""好风迎解榻，美景待搴帷"，写崔礼贤下士，履任视事，上句用《后汉书》卷五三《徐稚传》所记陈蕃下榻典："时陈蕃为太守，以礼请署功曹，稚不免之，既谒而退。蕃在郡不接宾客，唯稚来特设一榻，去则悬之。"下句"搴帷"用典出自《后汉书》卷三一《贾琮传》："以琮为冀州刺史。旧典，传车骖驾，垂赤帷裳，迎于州界。及琮之部，升车言曰：'刺史当远视广听,纠察美恶,何有反垂帷裳以自掩塞乎?'乃命御者褰之。"褰,通"搴"。诗从"晴野霞飞绮,春郊柳宛丝"至"回塘排玉棹,归路拥金羁",大多诗句都出现自然物色,将游历、歌酒等活动与自然融为一体,更凸显人物的风雅。其中"山宜谢公屐,洲称柳家诗",上句用谢灵运着木屐游山典(《宋书》卷六七《谢灵运传》),下句用南朝梁柳恽为吴兴太守作《江南曲》典。最后点出被举荐、因举荐而增身价并中第的事实,表达自己"风尘迹尚卑"的现状、"策蹇再奔驰"的心志,以及"扶摇重即事,会有答恩时"的报答之心。"相马须怜瘦,呼鹰正及饥"二句颇为形象生动,"瘦""饥"写自己的生命状态,而在千里马和鹰瘦、饥之时能得到重视,这既是对自己未来可期的自信,更是对崔衍识才能力的肯定和擢拔之恩的感激。崔衍也确是一位颇有德行的官员。《旧唐书》卷一三八《崔衍传》记载:"(崔)居宣州十年,颇勤俭,府库盈溢。及穆赞代衍,宣州岁馑,遂以钱四十二万贯代百姓税,故宣州人不至流散。"可见,白居易诗中的溢美不是阿谀之词,而是发自内心的真情流露,所谓"叙德书情"。

玉水记方流

良璞含章久,寒泉彻底幽。
矩浮光滟滟,方折浪悠悠。
凌乱波纹异,萦回水性柔。
似风摇浅濑,疑月落清流。
潜颖应傍达,藏真岂上浮。
玉人如不见,沦弃即千秋。

【解析】

诗作于贞元十六年(800),29岁,长安。这也是一首应试而作的五言六韵排律。诗题下注:"以流字为韵,六十字成。"(宋)陈振孙《白氏文公年谱》记载:贞元十六年庚辰,"二月十四日,中书舍人高郢下第四人及第,试《性习相远近赋》《玉水记方流诗》"。"玉水记方流"句出自南朝诗人颜延之《赠王太常僧达诗》:"玉水记方流,璇源载圆折。"《文选》题为《赠王太常》,李善注:"《尸子》曰:'凡水,其方折者有玉,其圆折者有珠也。'"现存《全唐诗》,除了白居易这首诗,还保留五首《赋得玉水记方流》诗,另鱼玄机《酬李学士寄簟》有诗句"珍簟新铺翡翠楼,泓澄玉水记方流"。白居易《玉水记方流》诗,以写水为中心,表现诗人对水的理解及其对自然、生命的热爱与思考。"良璞含章久,寒泉彻底幽",写寒泉远离世俗,如璞玉般呈现自然的韵味。"矩浮光滟滟,方折浪悠悠",写泉水光泽闪耀和水流的变化。"凌乱波纹异,萦回水性柔",写泉水或波纹凌乱或萦回曲折,至柔至灵。"似风摇浅濑,疑月落清流",借风、月写泉水的轻柔和清澈。"潜颖应傍达,藏真岂上浮",写泉水深潜、藏真,而光芒外显,二句深蕴哲理。左思《吴都赋》:"精曜潜颖,硈陊山谷。"李善注:"潜颖,谓深潜而有光颖。""玉人如不见,沦弃即千秋",写泉水倘若不被人发现而沦弃千秋的遗憾,流露出诗人对美不被人赏识的无限惋惜之情。整首诗通过对泉水的书写,表现出诗人深刻的哲理思考,可谓意境深远,意蕴深厚。作为应试之作,十分可贵难得。

和郑方及第后秋归洛下闲居

勤苦成名后,优游得意间。
玉怜同匠琢,桂恨隔年攀。
山静豹难隐,谷幽莺暂还。
微吟诗引步,浅酌酒开颜。
门迥暮临水,窗深朝对山。

云衢日相待,莫误许身闲。

【解析】

诗作于贞元十七年(801),30岁,洛阳。白居易、郑方均在高郢门下及第。(清)徐松《登科记考》卷十五贞元十七年记:"盖高郢连放三榜,乐天在十六年第二榜,郑方在十七年第三榜。"所以诗题下自注:"同高侍郎下隔年及第。""玉怜同匠琢,桂恨隔年攀"二句说的正是此意,科举登第称"攀桂""折桂"。诗作紧扣郑方进士及第后暂归洛下闲居来写,"山静豹难隐,谷幽莺暂还"至篇末,既表现眼前优游得意之闲适意趣,"豹难隐""莺暂还"又是对郑方的未来期许。

东都冬日会诸同年宴郑家林亭

盛时陪上第,暇日会群贤。
桂折因同树,莺迁各异年。
宾阶纷组佩,妓席俨花钿。
促膝齐荣贱,差肩次后先。
助歌林下水,销酒雪中天。
他日升沉者,无忘共此筵。

【解析】

诗作于贞元十七年(801),30岁,洛阳。诗题自注:"得先字。"郑家,指郑方家。(唐)李肇《唐国史补》卷下:"(进士)俱捷谓之同年。"诗中"桂折因同树"句紧扣"同年"之意。"莺迁各异年","莺迁"典出《诗·小雅·伐木》:"伐木丁丁,鸟鸣嘤嘤。出自幽谷,迁于乔木。"比喻由困而亨,自卑而高。在冬日的东都,诸位同年宴饮于郑家园林。在"林下水""雪中天"的自然环境中,有歌酒伎宴的人事繁华,诗末写及日后各自仕途升沉,勿忘今日"促膝齐荣贱"的欢会。

题故曹王宅

甲第何年置?朱门此地开。
山当宾阁出,溪绕妓堂回。
覆井桐新长,阴窗竹旧栽。
池荒红菡萏,砌老绿莓苔。
捐馆梁王去,思人楚客来。
西园飞盖处,依旧月徘徊!

【解析】

诗或作于贞元十八年(802)以前,襄州。诗题自注:"宅在檀溪。"(唐)李吉甫《元和郡县图志》卷二一"山南道二":"檀溪,在(襄州襄阳)县西南。"曹王李皋,太宗第十四子曹王李明之玄孙,贞元三年(787)除襄州刺史、山南东道节度使,贞元八年(792)三月暴卒于位(见《旧唐书》卷一三一本传及韩愈《曹成王碑》)。贞元九年(793)白居易从父至襄州任,曹王已去世。"山当宾阁出"六句,表现曹王宅的自然环境,其中"宾阁""妓堂"形象令人想见昔日人事的繁盛与热闹,"池荒""砌老"这些语词又见出今日之衰败。末四句表达对曹王的追思之情。"捐馆梁王去,思人楚客来",梁王,以汉梁孝王刘武借指曹王。"西园飞盖处,依旧月徘徊",人事变迁,只有月徘徊依旧,诗以景结情,收到余音袅袅的表达效果。

自江陵之徐州路上寄兄弟

岐路南将北，离忧弟与兄。
关河千里别，风雪一身行。
夕宿劳乡梦，晨装惨旅情。
家贫忧后事，日短念前程。
烟雁翻寒渚，霜乌聚古城。
谁怜陟冈者？西楚望南荆。

【解析】

诗或作于贞元十八年（802）以前。江陵府，治今湖北荆州。白居易一生重情，包括爱情、亲情、友情以及对自然的深情。这首诗所表达的就是人生奔波中的诗人对兄弟的思念之情。诗从岐路别离写起，"关河千里别，风雪一身行"，写尽别后相隔之遥远及远行者的孤独之感。"夕宿劳乡梦"句起，写远行者伴着浓烈的乡思以及对前途的忧虑的旅程。篇末"谁怜陟冈者？西楚望南荆"，化用《诗·魏风·陟岵》："陟彼冈兮，瞻望兄兮。"以遥望的姿态，传达思念兄弟之情。

和渭北刘大夫借便秋遮虏寄朝中亲友

巨镇为邦屏，全材作国祯。
韬钤汉上将，文墨鲁诸生。
豹虎关西卒，金汤渭北城。
宠深初受脨，威重正扬兵。
阵占山河布，军谙水草行。
夏苗侵虎落，宵遁失蕃营。

云队攒戈戟，风行卷旆旌。
堠空烽火灭，气胜鼓鼙鸣。
胡马辞南牧，周师罢北征。
回头问天下，何处有欃枪？

【解析】

诗作于贞元十九年（803），32岁，长安，校书郎。诗和渭北节度使刘公济。贞元十八年（802）十一月，刘公济为鄜州刺史、鄜坊丹延节度使（《旧唐书》卷十三《德宗纪》），鄜坊节度即渭北节度。遮虏，《汉书》卷五四《李陵传》："令军士持二升糒，一半冰，期至遮虏鄣者相待。"《新唐书》卷九〇《刘弘基传》："自麟北东拒子午岭，西抵临泾，筑障遮虏。"此诗中指遏阻吐蕃入侵。"巨镇为邦屏，全材作国桢"，上句是对渭北节度使所辖地域重要性的高度评价，《诗·大雅·板》："大邦维屏，大宗维翰。"下句誉美刘公济为担负国家重任的"全材"。"韬钤汉上将，文墨鲁诸生"二句，与前句中"全材"相应，"韬钤汉上将"赞刘有武略，"文墨鲁诸生"赞其有文才。古代兵书《六韬》与《玉钤》合称"韬钤"。"豹虎关西卒，金汤渭北城"二句，用比喻手法写其士卒之精悍，所守城池之坚固。以"宠深初受荣，威重正扬兵"二句为过渡，"阵占山河布"至"周师罢北征"数句，写其"遮虏"之气势及"胡马辞南牧，周师罢北征"的功绩。诗以"回头问天下，何处有欃枪"结束全篇，表现渭北节度使的豪迈。《尔雅》："彗星，为欃枪也。"张衡《东京赋》："欃枪旬始，群凶靡余。"《文选》薛综注："欃枪，星名也。谓王莽在位，如妖气之在天。世祖除之，凶恶无余。"诗通过"荣""兵""蕃营""戈戟""旆旌""堠""烽火""鼓鼙""虎落"（阵名）等与节度使职责、生涯有关的军事形象的大量运用，再加以一系列动词如"攒""卷""扬"等，以及"云""风"等壮阔的自然意象，来表现诗人对渭北节度使刘公济功业的颂美之情，也使得整首诗彰显出豪劲之气。

早春独游曲江

散职无羁束,羸骖少送迎。
朝从直城出,春傍曲江行。
风起池东暖,云开山北晴。
冰销泉脉动,雪尽草芽生。
露杏红初坼,烟杨绿未成。
影迟新度雁,声涩欲啼莺。
闲地心俱静,韶光眼共明。
酒狂怜性逸,药效喜身轻。
慵慢疏人事,幽栖逐野情。
回看芸阁笑,不似有浮名。

【解析】

诗作于贞元十九年(803),32岁,长安,校书郎。曲江在长安城东南。任秘书省校书郎的诗人,因"散职无羁束,羸骖少送迎",便"朝从直城出,春傍曲江行"。羸骖,诗人自比为瘦弱的马。直城即长安城西出第二门直城门。诗人以闲适的心境观照自然,早春曲江一切细微的变化都呈现在眼前:风起云开,池东变暖,山北放晴;冰销雪尽,泉脉始动,草芽初生;杏花花苞初绽吐露一点红,如烟杨柳绿未成荫;大雁翩然归来,黄莺鸟在酝酿着一展歌喉。诗人准确地捕捉到了曲江早春景致的细微特征,也正见其心境的闲适忘我,正如诗中所言"闲地心俱静,韶光眼共明"。"慵慢疏人事,幽栖逐野情","回看芸阁笑,不似有浮名"(芸阁即芸香阁,指秘书省),诗人身游曲江时,心境淡泊,远离人事、忘却浮名,曲江闲地与诗人闲适的心性达到完美契合。

和钱员外早冬玩禁中新菊

禁署寒气迟,孟冬菊初坼。
新黄间繁绿,烂若金照碧。
仙郎小隐日,心似陶彭泽。
秋怜潭上看,日惯篱边摘。
今来此地赏,野意潜自适。
金马门内花,玉山峰下客。
寒芳引清句,吟玩烟景夕。
赐酒色偏宜,握兰香不敌。
凄凄百卉死,岁晚冰霜积。
唯有此花开,殷勤助君惜。

【解析】

诗约作于元和三年(808)至元和五年(810)间,长安,翰林学士。钱员外,钱徽,丁居晦《重修承旨学士壁记》:"钱徽,元和三年八月二十六日,自祠部员外郎充。"元和三年(808)至六年(811)期间,白居易与钱徽同为翰林学士。白居易有《和钱员外禁中夙兴见示》《同钱员外禁中夜直》《立春日酬钱员外曲江同行见赠》《夜惜禁中桃花因怀钱员外》等诗。《立春日酬钱员外曲江同行见赠》有诗句:"下直遇春日,垂鞭出禁闱。两人携手语,十里看山归。"由此可以窥见他们在此期间的唱和、交游。"禁署寒气迟"四句,写禁中空间,初冬时节菊花初绽,色泽金黄间碧绿。"仙郎小隐日"四句,当是写钱徽曾经在山间的"小隐"日,在潭上、篱边欣赏、采摘菊花,有陶渊明的隐逸之趣,陶《饮酒二十首》(其五)云:"采菊东篱下,悠然见南山。"仙郎,唐人称尚书省各部郎中、员外郎。(晋)王康琚《反招隐诗》:"小隐隐陵薮,大隐隐朝市。""今来此地赏,野意潜自适"二句,由自然空间过渡到禁中赏菊,照应题中"玩禁中新菊"。"野意潜自适"是点睛之句,点出在对禁中之菊的观照中,隐逸之志亦得到满足。"金马门内花,玉山峰下客",金马门,宦者署门,门旁有铜马,故谓之金马门;玉山,蓝田山,产玉。诗有注:"钱尝居蓝田山下,故云。""寒芳引清句,吟玩烟景夕",菊花之美引得赏花人吟玩不已,指钱徽禁中赏菊作诗。"赐酒色偏宜,握兰香不敌",酒与菊色相宜,依然含渊明意趣;在与兰的比较中,显出菊之香。《初学记》卷一一引汉应劭《汉官仪》:"尚书郎怀香握兰,趋走丹墀。""凄凄百卉死,岁晚冰霜积。唯有此花开,殷勤助君惜",是对菊花精神的赞美,"岁晚冰霜积"之时,百卉皆死,唯有此花独自开放,惹人爱惜。诗写菊之美、菊之香、菊之不畏冰霜凌寒而放,见出诗人对菊之精神的赞美,同时传达渊明隐逸之趣。

赠别宣上人

上人处世界,清净何所似?
似彼白莲花,在水不著水。
性真悟泡幻,行洁离尘滓。
修道来几时?身心俱到此。
嗟余牵世网,不得长依止。
离念与碧云,秋来朝夕起。

【解析】

诗约作于元和三年(808)至元和五年(810)间,长安,翰林学士。宣上人即广宣。(宋)吴曾《能改斋漫录》卷七:"唐诗多以僧为上人,……按,摩诃般若经云:'何名上人?佛言,若菩萨一心行阿耨菩提,心不散乱,是名上人。'……"佛教以莲花象征法性清净,《华严经》卷七七云:"善知识者不染世法,譬如莲华不着于水。"《大般涅槃经·寿命品》:"佛不染世法,如莲花处水。"在佛教中,有单以红莲为清净象征者,《法华经》

则以芬陀利华即白莲华为经题，特加推重，大多不以颜色而论。在这首《赠别宣上人》诗中，白居易以白莲花"在水不著水"比写广宣上人的本性清净。"性真悟泡幻，行洁离尘滓"，《维摩经·方便品》云："是身如泡，不得久立；是身如焰，从渴爱生；是身如芭蕉，中无有坚；是身如幻，从颠倒起。""嗟余牵世网，不得长依止"，诗人表达自己羁身世网，不得师事上人的遗憾。"离念与碧云，秋来朝夕起"，以秋日碧云意象抒写离别之情及别后的思念，照应题目中"赠别"之意，南朝梁江淹《休上人怨别》云："日暮碧云合，佳人殊未来。"

这首《赠别宣上人》诗，已显露出白居易对白莲的钟爱之情。约元和十年（815）至元和十三年（818）间，诗人被贬江州时期，在东林寺遇见现实中的白莲，他作《浔阳三题·东林寺白莲》诗云："乃知红莲华，虚得清净名。"明确表达白莲才真正是清净佛性的化身。其江州庐山草堂即有"白莲塘"（《郡斋暇日忆庐山草堂兼寄二林僧社三十韵多叙贬官已来出处之意》）。任苏州刺史时，寄"白莲三四枝"（《莲石》）到洛，有诗句云"嫌红种白莲"（《忆洛中所居》）。晚年履道池台中白莲初开之时"唯邀缁侣"（刘禹锡《乐天池馆夏景方妍白莲初开彩舟空泊唯邀缁侣因以戏之》）泛舟池上，更彰显其对白莲之佛教意义的独到理解。

春夜喜雪有怀王二十二

夜雪有佳趣，幽人出书帷。
微寒生枕席，轻素对阶墀。
坐罢楚弦曲，起吟班扇诗。
明宜灭烛后，净爱褰帘时。
窗引曙色早，庭销春气迟。
山阴应有兴，不卧待徽之。

【解析】

诗约作于元和三年(808)至元和五年(810)间,长安,翰林学士。诗紧扣题中"春""夜""喜""雪"四字来写,通篇运用南朝宋刘义庆《世说新语·任诞》篇所记王子猷雪夜访戴典故,通过写行为和细微的感受表达"喜"意:先写自己夜雪时才走出书斋,立于阶前赏眼前白色雪景,以轻素(轻薄的白色丝织品)喻雪。"坐罢楚弦曲,起吟班扇诗",楚弦曲,楚地的曲调,即《阳春》《白雪》;"班扇诗",汉班婕妤《怨歌行》咏扇有诗句"新裂齐纨素,皎洁如霜雪"。"明宜灭烛后,净爱褰帘时",灭烛后更见雪之明,褰帘时惊喜于雪之净,写雪的明净之美。因为雪之明净,窗间更早地透露曙色;因为雪之微寒,庭间春气亦会来迟。"山阴应有兴"二句,将王二十二比作王子猷雪夜拜访的对象戴逵,想象对方"不卧待徽之",表达自己对王二十二的思念。

晚秋有怀郑中旧隐

天高风裛裛,乡思绕关河。
寥落归山梦,殷勤采蕨歌。
病添心寂寞,愁入鬓蹉跎。
晚树蝉鸣少,秋阶日上多。
长闲羡云鹤,久别愧烟萝。
其奈丹墀上,君恩未报何!

【解析】

诗作于元和四年(809),38岁,长安,左拾遗、翰林学士。郑中旧隐,指白居易郑州新郑县旧居。居易祖父白锽(巩县令)时,在新郑有田宅,白《故巩县令白府君事状》记:"夫人河东薛氏。夫人之父讳俶,河南县尉。大历十二年六月十九日,殁于新郑县私第,享年七十。"《旧唐书》卷三八《地理志一》"河南道":"郑州,隋荥阳郡。"白居易作于大和七年(833)的《宿荥阳》诗云:"生长在荥阳,少小辞乡曲。迢迢四十载,复到荥阳宿。去时十一二,今年五十六。"这首《晚秋有怀郑中旧隐》,写晚秋时分诗人内心复杂的思绪:牵绕关河的乡思、寥落的归旧山之梦,羡云鹤之闲,为久别烟萝而愧,还有君恩未报、不能归去的无奈。诗因为"高天""风""关河"等自然意象以及"长""久"等形容词的运用,使得归思的表达显出一种苍劲的力量。

立春日酬钱员外曲江同行见赠

下直遇春日,垂鞭出禁闱。
两人携手语,十里看山归。
柳色早黄浅,水文新绿微。
风光向晚好,车马近南稀。
机尽笑相顾,不惊鸥鹭飞。

【解析】

诗约作于元和四年(809)至元和六年(811)间,长安,翰林学士。钱员外,钱徽。"下直遇春日,垂鞭出禁闱","两人携手语,十里看山归",诗句洋溢着官中当值结束后诗人欲游曲江的急切,以及与钱员外携手游曲江时的喜悦心情,大有冲出樊笼返自然的自由之感。曲江柳色黄浅、水文微绿,向晚时分风光尤好。"机尽笑相顾,不惊鸥鹭飞",公务之余的诗人在曲江美景中体味鸥鹭忘机的境界,"鸥鹭忘机"典出《列子》卷二《黄帝》:"海上之人有好沤(通"鸥")鸟者,每旦之海上,从沤鸟游,沤鸟之至者百住而不止。其父曰:'吾闻沤鸟皆从汝游,汝取来,吾玩之。'明日之海上,沤鸟舞而不下也。"

代书诗一百韵寄微之

忆在贞元岁,初登典校司。
身名同日授,心事一言知。
肺腑都无隔,形骸两不羁。
疏狂属年少,闲散为官卑。
分定金兰契,言通药石规。
交贤方汲汲,友直每偲偲。
有月多同赏,无杯不共持。
秋风拂琴匣,夜雪卷书帷。
高上慈恩塔,幽寻皇子陂。
唐昌玉蕊会,崇敬牡丹期。
笑劝迂辛酒,闲吟短李诗。
儒风爱敦质,佛理赏玄师。
度日曾无闷,通宵靡不为。
双声联律句,八面对宫棋。
往往游三省,腾腾出九逵。
寒销直城路,春到曲江池。
树暖枝条弱,山晴彩翠奇。
峰攒石绿点,柳宛曲尘丝。
岸草烟铺地,园花雪压枝。
早光红照耀,新溜碧逶迤。
幄幕侵堤布,盘筵占地施。

征伶皆绝艺,选伎悉名姬。
粉黛凝春态,金钿耀水嬉。
风流夸堕髻,时世斗啼眉。
密坐随欢促,华尊逐胜移。
香飘歌袂动,翠落舞钗遗。
筹插红螺碗,觥飞白玉卮。
打嫌调笑易,饮讶卷波迟。
残席喧哗散,归鞍酩酊骑。
酡颜乌帽侧,醉袖玉鞭垂。
紫陌传钟鼓,红尘塞路岐。
几时曾暂别?何处不相随。
荏苒星霜换,回环节候催。
两衙多请告,三考欲成资。
运启千年圣,天成万物宜。
皆当少壮日,同惜盛明时。
光景嗟虚掷,云霄窃暗窥。
攻文朝矻矻,讲学夜孜孜。
策目穿如札,锋毫锐若锥。
繁张获鸟网,坚守钓鱼坻。
并受夔龙荐,齐陈晁董词。
万言经济略,三策太平基。
中第争无敌,专场战不疲。
辅车排胜阵,掎角搴降旗。
双阙纷容卫,千僚俨等衰。
恩随紫泥降,名向白麻披。
既在高科选,还从好爵縻。
东垣君谏诤,西邑我驱驰。

再喜登乌府，多惭侍赤墀。
官班分内外，游处遂参差。
每列鹓鸾序，偏瞻獬豸姿。
简威霜凛冽，衣彩绣葳蕤。
正色摧强御，刚肠嫉喔咿。
常憎持禄位，不拟保妻儿。
养勇期除恶，输忠在灭私。
下韝惊燕雀，当道慑狐狸。
南国人无怨，东台吏不欺。
理冤多定国，切谏甚辛毗。
造次行于是，平生志在兹。
道将心共直，言与行兼危。
水暗波翻覆，山藏路险巇。
未为明主识，已被倖臣疑。
木秀遭风折，兰芳遇霰萎。
千钧势易压，一柱力难支。
腾口因成痏，吹毛遂得疵。
忧来吟贝锦，谪去咏江蓠。
邂逅尘中遇，殷勤马上辞。
贾生离魏阙，王粲向荆夷。
水过清源寺，山经绮季祠。
心摇汉皋佩，泪堕岘亭碑。
驿路缘云际，城楼枕水湄。
思乡多绕泽，望阙独登陴。
林晚青萧索，江平绿渺弥。
野秋鸣蟋蟀，沙冷聚鸬鹚。
官舍黄茅屋，人家苦竹篱。

白醪充夜酌，红粟备晨炊。
寡鹤摧风翮，鳏鱼失水鬐。
暗雏啼渴旦，凉叶坠相思。
一点寒灯灭，三声晓角吹。
蓝衫经雨故，骢马卧霜羸。
念涸谁濡沫？嫌醒自歠醨。
耳垂无伯乐，舌在有张仪。
负气冲星剑，倾心向日葵。
金言自销铄，玉性肯磷缁？
伸屈须看蠖，穷通莫问龟。
定知身是患，应用道为医。
想子今如彼，嗟予独在斯。
无憀当岁杪，有梦到天涯。
坐阻连襟带，行乖接履綦。
润销衣上雾，香散室中芝。
念远缘迁贬，惊时为别离。
素书三往复，明月七盈亏。
旧里非难到，余欢不可追。
树依兴善老，草傍静安衰。
前事思如昨，中怀写向谁？
北村寻古柏，南宅访辛夷。
此日空搔首，何人共解颐？
病多知夜永，年长觉秋悲。
不饮长如醉，加餐亦似饥。
狂吟一千字，因使寄微之。

【解析】

　　诗作于元和五年(810)，39岁，长安，京兆户曹参军、翰林学士。此年，白居易创作了两首百韵长篇排律，这是其中之一。诗寄挚友元稹，时元稹被贬江陵，且孀居。元稹后有《酬翰林白学士代书一百韵并序》。白长诗从自己与微之同登科第起笔，先总写"肺腑无隔"的"金兰之契"，接着以"有月多同赏"至"何处不相随"五十二句的篇幅回忆昔日交游、宴会的胜境：名姬、华樽、歌袂动、舞钗遗，"筹插红螺碗，觥飞白玉卮"，《调笑曲》《卷白波》(诗中自注："抛打曲有《调笑》，饮酒有《卷白波》。")以及酩酊而醉的二人归去时"酡颜乌帽侧，醉袖玉鞭垂"的情状，将同游之乐渲染到极致。其中"树暖枝条弱"至"新溜碧逶迤"八句是对曲江的景物描写。从"荏苒星霜换"至"言与行兼危"五十六句，又转入"严肃主题"，写二人在事业上的努力共进，一起准备制科考试、中制科、被授予职位，诗人着力表现元稹任御史之职时的刚正忠勇及威严。从"水暗波翻覆"句起突然转入对元稹不幸遭遇、二人别离，以及友人被贬的旅程、到贬所后情状的真切书写。写友人被贬的旅程时，又用景物渲染，将写景与抒情相结合："驿路缘云际，城楼枕水湄。思乡多绕泽，望阙独登陴。林晚青萧索，江平绿渺渺。野秋鸣蟋蟀，沙冷聚鸬鹚。"晚林萧索、绿水旷远，秋野有蟋蟀的鸣声，鸬鹚聚集于冷沙之上，这些景物选取，既写元稹贬途的遥远，表现出被贬者孤独凄凉的思乡之情，同时也见出诗人对友人经历的感同身受。"负气冲星剑"八句，以议论笔法对友人品质清白给予充分肯定，是对其莫问穷通、以道为医的人生勉励。最后又跌入眼前，写独在长安的自己对友人的深切思念，"前事思如昨，中怀写向谁"二句与前文相照应。全诗主体情感线索由游宴之乐到失意之悲，整体呈现由乐而悲的章法模式。全诗将叙事、写景、抒情、议论有机结合。这是一首从中可以读出诗人与元稹间无比真挚的友情，以及诗人内心峻节凛然之气的富有感染力的长篇诗作。

和梦游春诗一百韵

昔君梦游春，梦游仙山曲。
恍若有所遇，似惬平生欲。
因寻菖蒲水，渐入桃花谷。
到一红楼家，爱之看不足。
池流渡清泚，草嫩蹋绿蓐。
门柳暗全低，檐樱红半熟。
转行深深院，过尽重重屋。
乌龙卧不惊，青鸟飞相逐。
渐闻玉佩响，始辨珠履躅。
遥见窗下人，娉婷十五六。
霞光抱明月，莲艳开初旭。
缥缈云雨仙，氛氲兰麝馥。
风流薄梳洗，时世宽妆束。
袖软异文绫，裙轻单丝縠。
裙腰银线压，梳掌金筐蹙。
带襭紫蒲萄，袴花红石竹。
凝情都未语，付意微相瞩。
眉敛远山青，鬟低片云绿。
帐牵翡翠带，被解鸳鸯襆。
秀色似堪餐，秾华如可掬。
半卷锦头席，斜铺绣腰褥。
朱唇素指匀，粉汗红绵扑。
心惊睡易觉，梦断魂难续。
笼委独栖禽，剑分连理木。
存诚期有感，誓志贞无黩。

京洛八九春，未曾花里宿。
壮年徒自弃，佳会应无复。
鸾歌不重闻，凤兆从兹卜。
韦门女清贵，裴氏甥贤淑。
罗扇夹花灯，金鞍攒绣毂。
既倾南国貌，遂坦东床腹。
刘阮心渐忘，潘杨意方睦。
新修履信第，初食尚书禄。
九酝备圣贤，八珍穷水陆。
秦家重萧史，彦辅怜卫叔。
朝馔馈独盘，夜醑倾百斛。
亲宾盛辉赫，妓乐纷晔煜。
宿醉才解酲，朝欢俄枕曲。
饮过君子争，令甚将军酷。
酩酊歌鹧鸪，颠狂舞鸲鹆。
月流春夜短，日下秋天速。
谢傅隙过驹，萧娘风送烛。
全凋蕣花折，半死梧桐秃。
暗镜对孤鸾，哀弦留寡鹄。
凄凄隔幽显，冉冉移寒燠。
万事此时休，百身何处赎？
提携小儿女，将领旧姻族。
再入朱门行，一傍青楼哭！
枥空无厩马，水涸失池鹜。
摇落废井梧，荒凉故篱菊。
莓苔上几阁，尘土生琴筑。
舞榭缀蟏蛸，歌梁聚蝙蝠。

嫁分红粉妾,卖散苍头仆。
门客思彷徨,家人泣咿噢。
心期正萧索,宦序仍拘跼。
怀策入崤函,驱车辞郏鄏。
逢时念既济,聚学思大畜。
端详筮仕蓍,磨拭穿杨镞。
始从雠校职,首中贤良目。
一拔侍瑶墀,再升纡绣服。
誓酬君王宠,愿使朝廷肃。
密勿奏封章,清明操宪牍。
鹰鞲中病下,豸角当邪触。
纠谬静东周,申冤动南蜀。
危言诋阍寺,直气忤钧轴。
不忍曲作钩,乍能折为玉。
扪心无愧畏,腾口有谤讟。
只要明是非,何曾虞祸福?
车摧太行路,剑落酆城狱。
襄汉问修途,荆蛮指殊俗。
谪为江府掾,遭事荆州牧。
趋走谒麾幢,喧烦视鞭扑。
簿书常自领,缧囚每亲鞠。
竟日坐官曹,经旬旷休沐。
宅荒渚宫草,马瘦畲田粟。
薄俸等涓毫,微官同桎梏。
月中照形影,天际辞骨肉。
鹤病翅羽垂,兽穷爪牙缩。
行看须间白,谁劝杯中绿?

时伤大野麟，命问长沙鹏。
夏梅山雨渍，秋瘴江云毒。
巴水白茫茫，楚山青簇簇。
吟君七十韵，是我心所蓄。
既去诚莫追，将来幸前勖。
欲除忧恼病，当取禅经读。
须悟事皆空，无令念将属。
请思游春梦，此梦何闪倏？
艳色即空花，浮生乃焦谷。
良姻在嘉偶，顷刻为单独。
入仕欲荣身，须臾成黜辱。
合者离之始，乐兮忧所伏。
愁恨僧祇长，欢荣刹那促。
觉悟因傍喻，迷执由当局。
瞢明诱暗蛾，阳焱奔痴鹿。
贪为苦聚落，爱是悲林麓。
水荡无明波，轮回死生辐。
尘应甘露洒，垢待醍醐浴。
障要智灯烧，魔须慧刀戮。
外熏性易染，内战心难衄。
法句与心王，期君日三复。

【解析】

诗作于元和五年（810），39岁，长安，翰林学士。这首百韵长篇五言排律，和元稹而作，时元稹被贬江陵且鳏居。诗有序："微之既到江陵，又以《梦游春诗七十韵》寄予，且其题序曰：'斯言也，不可使不知吾者知，知吾者亦不可使不知。乐天知吾也，吾不敢不使吾子知。'予辱斯言，三复其旨,大抵悔既往而悟将来也。然予以为苟不悔不寤则已,若悔于此则宜悟于彼也,反于彼而悟于妄,则宜归于真也。况与足下外服儒风,内宗梵行者有日矣。而今而后,非觉路之返也,非空门之归也,将安返乎?将安归乎?今所和者,其章旨卒归于此。夫感不甚则悔不熟,感不至则悟不深,故广足下七十韵为一百韵,重为足下陈梦游之中所以甚感者;叙婚仕之际所以至感者。欲使曲尽其妄,周知其非,然后返乎真,归乎实,亦犹《法华经》序火宅、偈化城,《维摩经》入淫舍、过酒肆之义也。微之微之,予斯文也,尤不可使不知吾者知,幸藏之云尔。"从这些话中可以窥见,诗人认为百韵才足以表达感之甚、感之至、悔之熟、悟之深,才能"曲尽其妄,周知其非"。诗起笔为"昔"字,"昔君梦游春"引出对元稹梦境的描写,先写梦游仙山,然后转入深深庭院。"先闻玉佩响,始辨珠履躅",由其人之声引出主要人物"窗下人"的出场,对此十五六岁女子其装束、容态等作生动描写,辞藻可称香艳。由"心惊睡易觉,梦断魂难续"二句结束美艳的梦境。从"笼委独栖禽"句起,写元稹的现实境况,并追溯其与妻韦丛的欢娱往事,又写到韦丛的去世,极尽渲染元妻去后其生活的悲凉。至此,诗作已从梦境之乐跌入现实之悲。在追忆往事中,又有由乐转悲的反复。从"心期正萧索"句始,转入对元稹仕途的叙写,"不忍曲作钩,乍能折为玉",赞元稹之危言、直气;元终而得谤被贬,"趋走谒麈幢"六句写元稹在贬所依然勤于官务,诗人又叹其微官薄俸,渲染其哀愁情状。其中,"时伤大野麟,命问长沙鹏",上句用《左传·哀公十四年》所记鲁哀公西狩获麟、孔子为之哀伤典,下句以汉代贬居长沙作《鹏鸟赋》以自伤的贾谊比友人,透露出诗人对友人遭遇之不公命运的愤慨。从"吟君七十韵"起至篇末,诗人以佛禅思想劝慰友人看空世事,以得解脱。其中,"请思游春梦,此梦何倏倏。艳色即空花,浮生乃焦谷"与篇首梦境相照应;"良姻在嘉偶,顷刻为单独"与前文对婚姻生活的回忆相照应;"入仕即荣身,须臾成黜辱"与前文仕途的叙写相照应,结构可谓严谨。诗中写到了梦境的美艳与倏忽、爱情婚姻的美满与失去后的凄凉、仕途的通达与被贬后的衰况,篇末归于佛教思想,以劝慰友人精神解脱,这一归旨亦与序言中"况与足下外服儒风、内宗梵行者有日矣"相照应,亦与"返乎真,归乎实"之长篇写作宗旨相一致。全篇所写为元稹的梦境、婚姻、仕途,诗人却能做到感同身受,为友人寻求解脱可谓不遗余力,至诚至真,由此诗又可窥见元白友情之真挚动人。

病中哭金銮子

岂料吾方病,翻悲汝不全。
卧惊从枕上,扶哭就灯前。
有女诚为累,无儿岂免怜?
病来才十日,养得已三年。
慈泪随声迸,悲肠遇物牵。
故衣犹架上,残药尚头边。
送出深村巷,看封小墓田。
莫言三里地,此别是终天。

【解析】

诗作于元和六年(811),40岁,下邽。时年白居易丁母忧居下邽。金銮子,诗题自注:"小女子名。"3岁金銮子的夭折对诗人来说是莫大痛心的事情。诗从金銮子"病来"写起,到诗人"看封小墓田",写出一个父亲无比痛苦的生命体验:卧惊、扶哭;慈泪、悲肠。诗写失女之痛真切感人。两年后,元和八年(813)白居易又作《念金銮子二首》写因见到旧日乳母所引发的对女儿的强烈思念:"衰病四十身,娇痴三岁女。非男犹胜无,慰情时一抚。一朝舍我去,魂影无处所。况念夭化时,呕哑初学语。始知骨肉爱,乃是忧悲聚。唯思未有前,以理遣伤苦。忘怀日已久,三度移寒暑。今日一伤心,因逢旧乳母!""与尔为父子,八十有六旬。忽然又不见,迩来三四春。形质本非实,气聚偶成身。恩爱元是妄,缘合暂为亲。念兹庶有悟,聊用遣悲辛。暂将理自夺,不是忘情人!"

渭村退居寄礼部崔侍郎翰林钱舍人诗一百韵

圣代元和岁,闲居渭水阳。
不才甘命舛,多幸遇时康。
朝野分伦序,贤愚定否臧。
重文疏卜式,尚少弃冯唐。
由是推天运,从兹乐性场。
笼禽放高羽,雾豹得深藏。
世虑休相扰,身谋且自强。
犹须务衣食,未免事农桑。
薙草通三径,开田占一坊。
昼扉扃白版,夜碓扫黄粱。
隙地治场圃,闲时粪土疆。
枳篱编刺夹,薙垄擘科秧。
穑力嫌身病,农心愿岁穰。
朝衣典杯酒,佩剑博牛羊。
困倚栽松锸,饥提采蕨筐。
引泉来后涧,移竹下前冈。
生计虽勤苦,家资甚渺茫。
尘埃常满甑,钱帛少盈囊。
弟病仍扶杖,妻愁不出房。
传衣念褴褛,举案笑糟糠。
犬吠村胥闹,蝉鸣织妇忙。

纳租看县帖，输粟问军仓。
夕歇攀村树，秋行绕野塘。
云容阴惨澹，月色冷悠扬。
荞麦铺花白，棠梨间叶黄。
早寒风摵摵，新霁月苍苍。
园菜迎霜死，庭芜过雨荒。
檐空愁宿燕，壁暗思啼螀。
眼为看书损，肱因运甓伤。
病骸浑似木，老鬓欲成霜。
少睡知年长，端忧觉夜长。
旧游多废忘，往事偶思量。
忽忆烟霄路，常陪剑履行。
登朝思检束，入阁学趋跄。
命偶风云会，恩覃雨露雱。
沾枯发枝叶，磨钝起锋铓。
崔阁连镳骛，钱兄接翼翔。
齐竽混韶夏，燕石厕琳琅。
同日升金马，分宵直未央。
共词加宠命，合表谢恩光。
厩马骄初跨，天厨味始尝。
朝晡颁饼饵，寒暑赐衣裳。
对秉鹅毛笔，俱含鸡舌香。
青缣衾薄絮，朱里幕高张。
昼食恒连案，宵眠每并床。
差肩承诏旨，连署进封章。
起草偏同视，疑文最共详。
灭私容点窜，穷理析毫芒。

便共输肝胆，何曾异肺肠？
慎微参石奋，决密学张汤。
禁闼青交琐，宫垣紫界墙。
井阑排菡萏，檐瓦斗鸳鸯。
楼额题䴔鹊，池心浴凤凰。
风枝万年动，温树四时芳。
宿露凝金掌，晨晖上璧珰。
砌筠涂绿粉，庭果滴红浆。
晓从朝兴庆，春陪宴柏梁。
传呼鞭索索，拜舞珮锵锵。
仙仗环双阙，神兵辟两厢。
火翻红尾旆，冰卓白竿枪。
滉漾经鱼藻，深沈近浴堂。
分庭皆命妇，对院即储皇。
贵主冠浮动，亲王辔闹装。
金钿相照耀，朱紫间荧煌。
球簇桃花绮，歌巡竹叶觞。
洼银中贵带，昂黛内人妆。
赐禊东城下，颁酺曲水傍。
尊罍分圣酒，妓乐借仙倡。
浅酌看红药，徐吟把绿杨。
宴回过御陌，行歇入僧房。
白鹿原东脚，青龙寺北廊。
望春花景暖，避暑竹风凉。
下直闲如社，寻芳醉似狂。
有时还后到，无处不相将。
鸡鹤初虽杂，萧兰久乃彰。

来燕隗贵重,去鲁孔恓惶。
聚散期难定,飞沉势不常。
五年同昼夜,一别似参商。
屈折孤生竹,销摧百炼钢。
途穷任憔悴,道在肯彷徨?
尚念遗簪折,仍怜病雀疮。
恤寒分赐帛,救馁减余粮。
药物来盈裹,书题寄满箱。
殷勤翰林主,珍重礼闱郎。
煦沫诚多谢,扶持岂所望?
提携劳气力,吹簸不飞扬。
拙劣才何用?龙钟分自当。
妆嫫徒费黛,磨甄讵成璋?
习隐将时背,干名与道妨。
外身宗老氏,齐物学蒙庄。
疏放遗千虑,愚蒙守一方。
乐天无怨叹,倚命不劻勷。
愤懑胸须豁,交加臂莫攘。
珠沉犹是宝,金跃未为祥。
泥尾休摇掉,灰心罢激昂。
渐闲亲道友,因病事医王。
息乱归禅定,存神入坐亡。
断痴求慧剑,济苦得慈航。
不动为吾志,无何是我乡。
可怜身与世,从此两相忘!

【解析】

诗作于元和九年(814),43岁,下邽。白居易丁母忧居下邽,此时其女儿金銮子已夭折,心情低落的诗人以百韵篇幅写生命贫病衰老的情状,追忆昔日与崔群、钱徽所共同经历的朝中生涯,表达自己在佛禅中寻求内心平衡安宁的思想状态。"圣代元和岁,闲居渭水阳",诗从退居渭村的生活写起。"不才甘命舛,多幸遇时康。朝野分伦序,贤愚定否臧。重文疏卜式,尚少弃冯唐。由是推天运,从兹乐性场。笼禽放高羉,雾豹得深藏",此番议论表达的大意是自己因不才而离开朝廷,反而像笼禽高飞、雾豹深藏,得以拥有符合自己本性的生活。"世虑休相扰,身谋且自强。犹须务衣食,未免事农桑",从此以后世事忧患不会来打扰我,对我来说重要的是谋身自强,尤其要"务衣食",这令人想到陶渊明"人生归有道,衣食固其端"(《庚戌岁九月中于西田获早稻》)的诗句。从"薙草通三径"至"移竹下前冈",笔墨集中于渭村事农桑的生活书写,其中"通三径",栽松、移竹,分明透露出渊明式的隐逸之趣。从"生计虽勤苦"至"端忧觉夜长",写生命贫病衰老的低落情状。"旧游多废忘,往事偶思量"为过渡,从"忽忆烟霄路"至"无处不相将"用八十四句篇幅,追忆昔日共同经历的朝中生涯、从游胜境,以及诗人与崔、钱下直后的游历,以充满激情的笔触将曾经的荣耀与快乐写到了极致。诗中有对朝中环境的描写,禁闼(官廷门户)、宫垣、鸤鹊(汉宫观名,代唐),"池心浴凤凰"句用凤凰池典写中书省,金掌(铜制的仙人手掌,上有承露盘以承接甘露)、璧珰等朝中特有形象,以及青、紫、金、绿、粉、红等色彩运用,再加以"风枝万年动,温树四时芳"的时间维度,写出上朝之所的非凡气象。诗又写到"神兵"、命妇、储皇(皇太子)、贵主(尊贵的公主)、亲王,侍从宦官、宫女等各色人物,红尾旆、白竿枪、金钿、红药、绿杨等色彩强烈的事物,"朱紫间荧煌","球簇桃花绮,歌巡竹叶觞"等,可谓写尽了昔日的盛况! 从"鸡鹤初虽杂"句始,诗人又跌入离别后的现实。"提携劳气力,吹嘘不飞扬。拙劣才何用,龙钟分自当。妆嫫徒费黛,磨甋讵成璋"等诗句表达对崔、钱关照的感恩之心,以嫫母、砖自比,黄帝之妃嫫母貌丑,再施粉黛也是徒劳,砖再磨也无法变成玉器,含自我放弃之意。然而,"屈折孤生竹,销摧百炼钢。途穷任憔悴,道在肯彷徨"诗句,分明又见出诗人的凛然峻节和内心坚守。"外身宗老氏"至篇末,主要表达努力在佛、道中寻求解脱,达到身世两忘的境界。"因病事医王","息乱归禅定","断痴求慧剑,济苦得慈航",借助佛禅断痴、离苦、息乱。"外身宗老氏,齐物学蒙庄。疏放遗千虑,愚蒙守一方""存神入坐亡""不动为吾志,无何是我乡",在老庄思想中求得物我两忘的境界。"坐亡",即坐忘。"不动为吾志,无何是我乡",白居易同样作于下邽的《隐几》诗云:"四十心不动,吾今其庶几。"《庄子·逍遥游》诗意地描述了至人游于"无何有之乡"的自由境界:"今子有大树,患其无用,何不树之于无何有之乡,广莫之野,彷徨乎无为其侧,逍遥乎寝卧其下。不夭斤斧,物无害者,无所可用,安所困苦哉!"白居易诗歌六次用到"无何有之乡"典故,最早即始于下邽时期,其《渭上偶钓》诗云:"谁知对鱼坐,心在无何乡。""珠沉犹是宝,金跃未为祥"二句尤有哲理。《庄子·大宗师》:"今之大冶铸金,金踊跃曰:'我且必为镆铘。'大冶必以为不祥之金。"全诗高潮出现在追忆昔日朝中生涯时,高潮的前、后皆为渭村退居的状态,前集中于退居中的农事生活书写,有渊明隐逸之趣;后主要以议论说理的方式表达自己在佛、道中寻求内心平衡安宁的思想状态。

酬卢秘书二十韵

谬历文场选,惭非翰苑才。
云霄高暂致,毛羽弱先摧。
识分忘轩冕,知归返草莱。
杜陵书积蠹,丰狱剑生苔。
晦厌鸣鸡雨,春惊震蛰雷。

旧恩收坠履，新律动寒灰。
凤诏容徐起，鹓行许重陪。
衰颜虽拂拭，蹇步尚低徊。
睡少钟偏警，行迟漏苦催。
风霜趁朝去，泥雪拜陵回。
上感君犹念，傍惭友或推。
石顽镌费匠，女丑嫁劳媒。
倏忽青春度，奔波白日颓。
性将时共背，病与老俱来。
闻有蓬壶客，知怀杞梓材。
世家标甲第，官职滞麟台。
笔尽铅黄点，诗成锦绣堆。
尝思豁云雾，忽喜访尘埃。
心为论文合，眉因劝善开。
不胜珍重意，满袖写琼瑰。

【解析】

诗作于元和十年（815），44岁，长安，太子左赞善大夫。诗题自注："时初奉诏除赞善大夫。"元和六年（811）至元和九年（814），诗人丁母忧居下邽。元和九年冬，43岁的白居易召授太子左赞善大夫入朝。秘书郎卢拱有《喜遇白赞善学士诗二十韵》，白酬和。白居易丁母忧居下邽前，曾任校书郎、盩至县尉、左拾遗、翰林学士等职。白诗中较多出现感叹衰老病弱的句子："毛羽弱先摧""衰颜虽拂拭，蹇步尚低徊。睡少钟偏警，行迟漏苦催""倏忽青春度，奔波白日颓。性将时共背，病与老俱来"；诗中多有自谦、自卑之语："谬历文场选，惭非翰苑才""云霄高暂致，毛羽弱先摧。识分忘轩冕，知归返草莱。杜陵书积蠹，丰狱剑生苔""石顽镌费匠，女丑嫁劳媒。"其中"丰狱剑"，用《晋书》卷三六《张华列传》中所记龙泉、太阿宝剑沉埋豫章丰城狱，后被雷焕发掘，"视之者精芒炫目"典故,前期白居易常以剑自比,只不过此时的剑已是生苔;诗中也表现出重新回到朝中任职的"惊"喜和感恩之心:"晦厌鸣鸡雨,春惊震蛰雷。旧恩收坠履,新律动寒灰。凤诏容徐起,鹓行许重陪。""风霜趁朝去,泥雪拜陵回。上感君犹念,傍惭友或推。"细读这些诗句,我们会感受到诗人传达心理的功夫之深,他将闲置三四年的自己重新回到朝中任职时那种微妙而复杂的心理状态生动地表现出来了。从"闻有蓬壶客"至篇末,写酬和的对象即卢秘书,赞其政才、文才、家世,"官职滞麟台"显然含有为对方抱不平之意;最后又归结为二人的机缘:"心为论文合,眉因劝善开。"结尾"不胜珍重意,满袖写琼瑰",用《诗·秦风·渭阳》:"何以赠之,琼瑰玉佩。"表达对卢所赠诗歌的无限珍重之意。

题卢秘书夏日新栽竹二十韵

湘竹初封植,卢生此考槃。
久持霜节苦,新托露根难。
等度须当砌,疏稠要满阑。
买怜分薄俸,栽称作闲官。
叶翦蓝罗碎,茎抽玉琯端。
几声清淅沥,一簇绿檀栾。
未夜青岚入,先秋白露团。
拂肩摇翡翠,熨手弄琅玕。
韵透窗风起,阴铺砌月残。
炎天闻觉冷,窄地见疑宽。
梢动胜摇扇,枝低好挂冠。
碧笼烟幂幂,珠洒雨珊珊。
晚箨晴云展,阴芽蛰虺蟠。

爱从抽马策，惜未截鱼竿。
松韵徒烦听，桃夭不足观。
梁惭当家杏，台陋本司兰。
撑拨诗人兴，勾牵酒客欢。
静连芦箪滑，凉拂葛衣单。
岂止消时暑？应能保岁寒。
莫同凡草木，一种夏中看。

【解析】

诗作于元和十年（815），44岁，长安，太子左赞善大夫。卢秘书，秘书郎卢拱。诗从竹的种植写起，生动细腻地书写了竹的生长变化，着笔于竹子非同凡草木，令松韵、桃夭、杏木逊色之美韵。"叶翦蓝罗碎，茎抽玉琯端""韵透窗风起，阴铺砌月残""静连芦箪滑，凉拂葛衣单"，写竹之叶、茎，竹韵、竹阴，竹之静、凉。这些极富表现力的五言诗句有着相同的句式结构：第一字为名词（其中"静""凉"为形容词名词化），第二字为动词，后三字为名词加形容词（少数为名词或动词），其中"窗风""砌月"由表示空间的词和名词构成。诗中表现竹之绿意，写到"绿檀栾""摇翡翠""碧笼烟幕幕"，檀栾，秀美意。"梁惭当家杏，台陋本司兰"二句，诗中有注："古诗云：'卢家兰室杏为梁。'又秘书府即兰台也。"同时，"卢生此考槃""栽称作闲官"诗句，也点出秘书郎卢拱闲适的隐逸之趣。"考槃"，出自《诗·卫风·考槃》，写贤者隐居山水间的快乐。白居易一生爱竹，喜欢营造"竹窗"空间。贞元十九年（803）作有《养竹记》一文，称"竹之于草木，犹贤于众庶"。

题周皓大夫新亭子二十二韵

东道常为主，南亭别待宾。
规模何日创？景致一时新。
广砌罗红药，疏窗荫绿筠。
锁开宾阁晓，梯上妓楼春。
置醴宁三爵，加笾过八珍。
茶香飘紫笋，脍缕落红鳞。
辉赫车舆闹，珍奇鸟兽驯。
猕猴看枥马，鹦鹉唤家人。
锦额帘高卷，银花盏慢巡。
劝尝光禄酒，许看洛川神。
敛翠凝歌黛，流香动舞巾。
裙翻绣鸂鶒，梳陷钿麒麟。
笛怨音含楚，筝娇语带秦。
侍儿催画烛，醉客吐文茵。
投辖多连夜，鸣珂便达晨。
入朝纡紫绶，待漏拥朱轮。
贵介交三事，光荣照四邻。
甘浓将奉客，稳暖不缘身。
十载歌钟地，三朝节钺臣。
爱才心倜傥，敦旧礼殷勤。
门以招贤盛，家因好事贫。
始知豪杰意，富贵为交亲。

【解析】

诗作于元和十年(815)，44岁，长安，太子左赞善大夫。周皓大夫新亭子，在长安朱雀门街之东光福坊，白居易有《宴周皓大夫光福宅》诗。《题周皓大夫新亭子二十二韵》诗起笔二句交代主人常于南亭待客。"规模何日创"四句，极其概括地写亭子广砌疏窗、红药绿竹的景致，照应题目中的"新"字。从"锁开宾阁晓"至"鸣珂便达晨"，紧扣"待宾"，从饮、食、物、乐等角度，渲染亭中宴会宾客的热烈、富丽气氛，凸显主人待客的热情与尽兴。"置醴宁三爵"四句，写醴、茶、八珍、红鳞；"辉赫车舆闹"四句，写到鸟兽，有猕猴、马、鹦鹉等动物形象，给人以物象繁富之感；"敛翠凝歌黛"四句，写歌伎之美，黛眉凝翠、舞巾流香，裙绣鸂鶒、梳嵌麒麟，同样给人繁富之印象。其中"侍儿催画烛，醉客吐文茵。投辖多连夜，鸣珂便达晨"四句，恰如其分地运用典故，表现主人之好客。"醉客吐文茵"，用《汉书》卷七四《丙吉传》中"吉驭吏嗜酒，数逋荡，尝从吉出，醉欧丞相车上"典。"投辖多连夜"，辖是插在轴端孔内的车键，使轮不脱落，投辖指宴饮留客，用《汉书》卷九二《陈遵传》中"遵嗜酒，每大饮，宾客满堂，辄关门，取客车辖投井中，虽有急，终不得去"典。从"入朝纡紫绶"句到诗末，诗人直接表达对主人周皓地位、荣光，尤其是爱才招贤之德的称美。

读李杜诗集因题卷后

翰林江左日，员外剑南时。
不得高官职，仍逢苦乱离。
暮年逋客恨，浮世谪仙悲。
吟咏流千古，声名动四夷。
文场供秀句，乐府待新词。
天意君须会，人间要好诗。

【解析】

诗作于元和十年（815），44岁，长安至江州途中。此年，"七月，盗杀宰相武元衡，居易首上疏论其冤，急请捕贼以雪国耻"，"执政方恶其言事，奏贬为江表刺史。诏出，中书舍人王涯上疏论之，言居易所犯状迹，不宜治郡，追诏授江州司马"（《旧唐书》卷一六六《白居易传》），白居易由太子左赞善大夫被贬江州，在赴江州途中，诗人读李白、杜甫诗集，而作这首六韵排律。诗"翰林江左日"六句，叹李杜的飘蓬人生以及在离乱之世中的悲恨。"翰林江左日，员外剑南时"，上句写李白，他曾客游江东；下句写杜甫，曾为剑南节度参谋，检校工部员外郎。"暮年逋客恨，浮世谪仙悲"，上句写杜甫，暮年漂泊流亡；下句写李白，本是仙人却被谪降人间。"吟咏流千古"六句，则是对李杜诗歌魅力的高度赞颂。李杜流传千古的诗句与他们在现实中的失意蹉跎形成反差。从赴江州途中的诗人对李杜命运的慨叹和对李杜诗歌的充分肯定中，我们读出诗人内心的调试以及由此获得的力量。

蔷薇花一丛独死不知其故因有是篇

柯条未尝损，根荄不曾移。
同类今齐茂，孤芳忽独萎。
仍怜委地日，正是带花时。
碎碧初凋叶，燋红尚恋枝。
乾坤无厚薄，草木自荣衰。
欲问因何事，春风亦不知。

【解析】

诗作于元和十一年（816），45岁，江州，江州司马。对于一丛枝条无损、根株不曾移,"正是带花时",却独自萎死的蔷薇花,被贬江州的诗人显然倾注了深切的情感。他既生动描写了蔷薇萎败时绿叶零落、干枯发红的花朵楚楚怜枝的情态,又追问造化何以如此,由此引发"乾坤无厚薄,草木自荣衰"的哲理思索。诗表现了被贬江州的诗人对于自然生命的关注。

忆微之伤仲远

幽独辞群久,漂流去国赊。
只将琴作伴,唯以酒为家。
感逝因看水,伤离为见花。
李三埋地底,元九谪天涯。
举眼青云远,回头白日斜。
可能胜贾谊,犹自滞长沙?

【解析】

诗作于元和十一年(816),45岁,江州,江州司马。诗作表现了诗人处在贬谪之地的孤独感,以琴为友,以酒为家,看水感逝,见花伤离。"李三埋地底,元九谪天涯",时元稹谪居通州,所伤对象李三仲远即李顾言,"去年春丧"(诗题自注),白居易另有《哭李三》诗。"举眼青云远,回头白日斜",举眼、回头的动态,青云远、白日斜的景象,传达出诗人内心深处的怅惘与悲凉。篇末"可能胜贾谊,犹自滞长沙","可能",即岂能,诗句以反问句表达自己仍然身处贬地,命运与汉代滞留长沙的贾谊一样。

霖雨苦多江湖暴涨块然独望因题北亭

自作浔阳客,无如苦雨何!
阴昏晴日少,闲闷睡时多。
湖阔将天合,云低与水和。
篱根舟子语,巷口钓人歌。
雾鸟沉黄气,风帆蹙白波。
门前车马道,一宿变江河。

【解析】

　　诗作于元和十一年(816),45岁,江州,江州司马。白居易在江州有《北亭》诗写道:"庐宫山下州,湓浦沙边宅。宅北倚高冈,迢迢数千尺。上有青青竹,竹间多白石。茅亭居上头,豁达门四辟。"可见北亭就在其江州湓江边住宅北之高冈上。霖雨苦多,阴昏晴少,江湖暴涨,"门前车马道,一宿变江河",可谓道尽了"浔阳客"的困境。在这样的困境中,诗人独立北亭,所见"湖阔将天合,云低与水和""雾鸟沉黄气,风帆蹙白波",湖面开阔与天相接,天上的云低垂着与湖水相合,点以那风帆踏白波的画面,给人以开阔、跃动之感;"舟子语""钓人歌"的听觉形象打破了霖雨造成的沉闷,表现出亮丽远扬之美。这也正见出被贬诗人登亭所获得的对现实的超越感。

春末夏初闲游江郭二首

闲出乘轻屐,徐行蹋软沙。
观鱼傍湓浦,看竹入杨家。
林迸穿篱笋,藤飘落水花。

雨埋钓舟小,风飐酒旗斜。
嫩剥青菱角,浓煎白茗芽。
淹留不知夕,城树欲栖鸦。

柳影繁初合,莺声涩渐稀。
早梅迎夏结,残絮送春飞。
西日韶光尽,南风暑气微。
展张新小簟,熨帖旧生衣。
绿蚁杯香嫩,红丝脍缕肥。
故园无此味,何必苦思归?

【解析】

　　诗作于元和十一年(816),45岁,江州,江州司马。诗表现被贬诗人的闲适情趣,同时也富有江州物候、物色特点。春末夏初,乘轻屐、踏软沙,溢江观鱼、杨家看竹,剥菱角、煎茗芽,展张新簟、熨帖生衣。诗中注:"溢浦多鱼,浦西有杨侍郎宅,多好竹。"此诗句式极有特点:写人的活动时,首二字有动词,如"闲出乘轻屐,徐行踏软沙","观鱼傍溢浦,看竹入杨家","展张新小簟,熨帖旧生衣";更多的句子是写景,诗人则将景物意象置于诗句第一、二字的位置,如"林迸穿篱笋,藤飘落水花。雨埋钓舟小,风飐酒旗斜","柳影繁初合,莺声涩渐稀。早梅迎夏结,残絮送春飞。西日韶光尽,南风暑气微";还有以形容词、颜色词开头来写物象,如"嫩剥青菱角,浓煎白茗芽","绿蚁杯香嫩,红丝脍缕肥"。诗末"故园无此味,何必苦思归",虽然出现想念故园的时空交错思维,但这些新巧句式的变换,还是透露出被贬诗人沉浸于江州自然景色时所获得的内心安宁与喜悦。

红藤杖

南诏红藤杖，西江白首人。
时时携步月，处处把寻春。
劲健孤茎直，疏圆六节匀。
火山生处远，泸水洗来新。
粗细才盈手，高低仅过身。
天边望乡客，何日拄归秦？

【解析】

诗作于元和十一年（816），45岁，江州，江州司马。诗题自注："杖出南蛮。"赤藤杖出云南。韩愈《和虞部卢四汀酬翰林钱七徽赤藤杖歌》诗云："赤藤为杖世未窥，台郎始携自滇池。"诗人写"时时携步月，处处把寻春"，可见红藤杖是被贬诗人的重要物伴。"劲健孤茎直，疏圆六节匀"，因直言敢谏而被贬江州的诗人在劲健、孤直的红藤杖身上找到了自我精神的对应，这也正是红藤杖被诗人如此看重的根本原因。红藤杖是从长安伴随诗人来到江州的，其另一首《红藤杖》诗云："交亲过浐别，车马到江回。唯有红藤杖，相随万里来。""天边望乡客，何日拄归秦"，诗人渴望能拄杖再回长安，红藤杖作为秦地长安的记忆符号，维系着的是一种希望。红藤杖如此重要，江州时期诗人还写有《三谣·朱藤谣》，中云："二年踏遍匡庐间，未尝一步而相舍。虽有隶子弟，良友朋，扶危助蹇，不如朱藤。嗟乎！穷既若是，通复何如？吾不以常杖待尔，尔勿以常人望吾。朱藤朱藤，吾虽青云之上，黄泥之下，誓不弃尔于斯须。"

寄蕲州簟与元九因题六韵

笛竹出蕲春,霜刀劈翠筠。
织成双锁簟,寄与独眠人。
卷作筒中信,舒为席上珍。
滑如铺莳叶,冷似卧龙鳞。
清润宜乘露,鲜华不受尘。
通州炎瘴地,此物最关身。

【解析】

诗作于元和十一年(816),45岁,江州,江州司马。诗题自注:"时元九蠡居。"江州司马白居易寄蕲州簟与身处炎瘴之地又蠡居的通州司马元稹。蕲州,治所在今湖北蕲春,故诗首句云"笛竹出蕲春"。"笛竹出蕲春"六句诗笔极其概括,从竹的产出写起,写到织作成席,寄与友人,"卷作筒中信"句写卷作筒形寄出,"舒为席上珍"句写对方收到舒展铺席。"滑如铺莳叶"四句,写竹簟滑冷、清润、鲜华的特质带给友人的感受。诗人深知"此物最关身",在其寄物行为及对竹簟的吟咏中,饱含着对友人处境的温情体谅与对友人的关心体贴。这是一首因身处异地的友人间寄物而产生的诗作,可谓之寄物诗。白居易不仅是中唐也是整个唐代写作寄物诗最多的诗人,这首写于江州贬地的寄物诗尤其体现了诗人对挚友的真情。

江楼早秋

南国虽多热,秋来亦不迟。
湖光朝霁后,竹气晚凉时。

楼阁宜佳客,江山入好诗。
清风水蘋叶,白露木兰枝。
欲作云泉计,须营伏腊资。
匡庐一步地,官满更何之?

【解析】

诗作于元和十一年(816),45岁,江州,江州司马。诗写江州秋景的怡人:清晨雨霁后的湖光,傍晚时清凉的竹气,清风吹动水面上的萍叶,白露打湿木兰的枝头。《尔雅·释草》:"萍,蓱。其大者蘋。""楼阁宜佳客,江山入好诗",楼阁宜佳客登临,江山宜入好诗。"欲作云泉计,须营伏腊资",想归身于白云清泉即隐居,还须经营生活的资用。诗末表达待官满后,眼前的匡庐就是可以选择的退老之地。此诗没有出现诗人在江州创作中常有的时空交错模式,也就是从江州想到长安、渭北的思维模式,而是只写了眼前江州的早秋怡人之景,且表达官满后终老于此的想法。自然对被贬诗人有一种疗愈作用,在自然中诗人暂时忘却政治上的失意,获得了内心的安宁与归属感。

江南喜逢萧九彻因话长安旧游戏赠五十韵

忆昔嬉游伴,多陪欢宴场。
寓居同永乐,幽会共平康。
师子寻前曲,声儿出内坊。
花深态奴宅,竹错得怜堂。
庭晚开红药,门闲荫绿杨。
经过悉同巷,居处尽连墙。
时世高梳髻,风流澹作妆。

戴花红石竹,皴晕紫槟榔。
鬓动悬蝉翼,钗垂小凤行。
拂胸轻粉絮,暖手小香囊。
选胜移银烛,邀欢举玉觞。
炉烟凝麝气,酒色注鹅黄。
急管停还奏,繁弦慢更张。
雪飞回舞袖,尘起绕歌梁。
旧曲翻调笑,新声打义扬。
名情推阿轨,巧语许秋娘。
风暖春将暮,星回夜未央。
宴余添粉黛,坐久换衣裳。
结伴归深院,分头入洞房。
彩帷开翡翠,罗荐拂鸳鸯。
留宿争牵袖,贪眠各占床。
绿窗笼水影,红壁背灯光。
索镜收花钿,邀人解袷裆。
暗娇妆靥笑,私语口脂香。
怕听钟声坐,羞明映缦藏。
眉残蛾翠浅,鬟解绿云长。
聚散知无定,忧欢事不常。
离筵开夕宴,别骑促晨装。
去住青门外,留连浐水傍。
车行遥寄语,马驻共相望。
云雨分何处?山川共异方。
野行初寂寞,店宿乍恓惶。
别后嫌宵永,愁来厌岁芳。
几看花结子,频见露为霜。

岁月何超忽，音容坐渺茫。
往还书断绝，来去梦游扬。
自我辞秦地，逢君客楚乡。
常嗟异岐路，忽喜共舟航。
话旧堪垂泪，思乡数断肠。
愁云接巫峡，泪竹近潇湘。
月落江湖阔，天高节候凉。
浦深烟渺渺，沙冷月苍苍。
红叶江枫老，青芜驿路荒。
野风吹蟋蟀，湖水浸菰蒋。
帝路何由见，心期不可忘。
旧游千里外，往事十年强。
春昼提壶饮，秋林摘橘尝。
强歌还自感，纵饮不成狂。
永夜长相忆，逢君各共伤。
殷勤万里意，并写赠萧郎。

【解析】

  诗约作于元和十一年（816）至元和十三年（818），江州，江州司马。江州喜逢故人萧九彻，诗人追忆昔日长安的生活。诗从起笔"忆昔嬉游伴"至"鬟解绿云长"，着力描写"昔日与友人共游花街柳巷"[1]的胜境，出现"嬉游伴""欢宴场""永乐（坊）""平康（里）"等语，在浓墨重彩中，流溢出长安那段生活在诗人内心留下的美好记忆以及唤起的激情。从"聚散知无定，忧欢事不常"二句起，忽然又跌入失意的现实，写别后星霜屡易及此时的相遇。聚散无定，忧欢不常，"几看花结子，

---

[1]　[日]妹尾达彦《9世纪的转型——以白居易为例》，《唐研究》第一一卷，北京大学出版社，2005年。

频见露为霜",今日楚地一相逢,"话旧堪垂泪,思乡数断肠"。诗人用"愁""泪""凉""冷""老""荒""渺渺""苍苍"等词写景物,景物皆着我色,其内心的悲凉与回忆中的长安生活恰成鲜明对比,今日之悲意更反衬出昔日之快意,昔日的得意也更强化了今日之失意。"旧游千里外,往事十年强",写出了北宋黄庭坚笔下"桃李春风一杯酒,江湖夜雨十年灯"(《寄黄几复》)的人生况味。正如《御选唐宋诗醇》所评:"抚今追昔,满目苍凉,殊有对此茫茫百端交集之感。""帝路何由见,心期不可忘",直接道出诗人内心对回归长安的渴望。

东南行一百韵寄通州元九侍御澧州李十一舍人果州二十二使君开州韦大员外庾三十二补阙杜十四拾遗李二十助教员外窦七校书

南去经三楚,东来过五湖。
山头看候馆,水面问征途。
地远穷江界,天低极海隅。
飘零同落叶,浩荡似乘桴。
渐觉乡原异,深知土产殊。
夷音语嘲哳,蛮态笑睢盱。
水市通阛阓,烟村混舳舻。
吏征渔户税,人纳火田租。
亥日饶虾蟹,寅年足虎貙。
成人男作丱,事鬼女为巫。
楼暗攒倡妇,堤喧簇贩夫。
夜船论铺赁,春酒断瓶酤。
见果皆卢橘,闻禽悉鹧鸪。

山歌猿独叫，野哭鸟相呼。
岭徼云成栈，江郊水当郛。
月移翘柱鹤，风泛飐樯乌。
鳌碍潮无信，蛟惊浪不虞。
鼍鸣江摇鼓，蜃气海浮图。
树裂山魈穴，沙含水弩枢。
喘牛犁紫芋，羸马放青菰。
绣面谁家婢？鸦头几岁奴？
泥中采菱芡，烧后拾樵苏。
鼎腻愁烹鳖，盘腥厌脍鲈。
钟仪徒恋楚，张翰浪思吴。
气序凉还热，光阴旦复晡。
身方逐萍梗，年欲近桑榆。
渭北田园废，江西岁月徂。
忆归恒惨淡，怀旧忽踟蹰。
自念咸秦客，尝为邹鲁儒。
蕴藏经国术，轻弃度关繻。
赋力凌鹦鹉，词锋敌辘轳。
战文重掉鞅，射策一弯弧。
崔杜鞭齐下，元韦辔并驱。
名声逼扬马，交分过萧朱。
世务经摩揣，周行窃觊觎。
风云皆会合，雨露各沾濡。
共遇升平代，偏惭固陋躯。
承明连夜直，建礼拂晨趋。
美服颁王府，珍羞降御厨。
议高通白虎，谏切伏青蒲。

柏殿行陪宴，花楼走看酺。
神旗张鸟兽，天籁动笙竽。
丸剑星芒耀，鱼龙电策驱。
定场排汉旅，促坐进吴歈。
缥缈疑仙乐，婵娟胜画图。
歌鬟低翠羽，舞汗堕红珠。
别选闲游伴，潜招小饮徒。
一杯愁已破，三盏气弥粗。
软美仇家酒，幽闲葛氏姝。
十千方得斗，二八正当垆。
论笑杓胡律，谈怜巩嗫嚅。
李酺犹短窦，庾醉更趫迂。
鞍马呼教住，骰盘喝遣输。
长驱波卷白，连掷采成卢。
筹并频逃席，觥严别置盂。
满卮那可灌，颓玉不胜扶。
入视中枢草，归乘内厩驹。
醉曾冲宰相，骄不揖金吾。
日近恩虽重，云高势却孤。
翻身落霄汉，失脚倒泥涂。
博望移门籍，浔阳佐郡符。
时情变寒暑，世利算锱铢。
即日辞双阙，明朝别九衢。
播迁分郡国，次第出京都。
秦岭驰三驿，商山上二邗。
岘阳亭寂寞，夏口路崎岖。
大道全生棘，中丁尽执殳。

江关未撤警,淮寇尚稽诛。
林对东西寺,山分大小姑。
庐峰莲刻削,溢浦带萦纡。
九派吞青草,孤城覆绿芜。
黄昏钟寂寂,清晓角呜呜。
春色辞门柳,秋声到井梧。
残芳悲鹧鸪,暮节感茱萸。
蕊坼金英菊,花飘雪片芦。
波红日斜没,沙白月平铺。
几见林抽笋,频惊燕引雏。
岁华何倏忽?年少不须臾。
眇默思千古,苍茫想八区。
孔穷缘底事?颜夭有何辜?
龙智犹经醢,龟灵未免刳。
穷通应已定,圣哲不能逾。
况我身谋拙,逢他厄运拘。
漂流随大海,锤锻任洪炉。
险阻尝之矣,栖迟命也夫!
沉冥消意气,穷饿耗肌肤。
防瘴和残药,迎寒补旧襦。
书床鸣蟋蟀,琴匣网蜘蛛。
贫室如悬磬,端忧剧守株。
时遭人指点,数被鬼揶揄。
兀兀都疑梦,昏昏半似愚。
女惊朝不起,妻怪夜长吁。
万里抛朋侣,三年隔友于。
自然悲聚散,不是恨荣枯。

去夏微之疟，今春席八姐。
天涯书达否？泉下哭知无？
谩写诗盈卷，空盛酒满壶。
只添新怅望，岂复旧欢娱？
壮志因愁减，衰容与病俱。
相逢应不识，满颔白髭须！

【解析】

诗作于元和十二年(817)，46岁，江州，江州司马。置身江州的诗人以百韵长篇书写被贬南下的旅程。"南去经三楚"至"浩荡似乘桴"八句总写行程之艰辛、遥远，并表达自我飘零之感；接着以"渐觉乡原异，深知土产殊"二句为过渡，用"夷音语嘲哳"至"盘腥厌脍鲈"三十六句篇幅从异乡人视角洋洋洒洒地书写异域风俗、风物；接以"仲仪徒恋楚，张翰浪思吴"诗句，春秋楚人仲仪被晋国拘囚仍操琴作楚乐(《左传·成公九年》)，晋人张翰在洛阳为官思念吴中"菰菜、莼羹、鲈鱼脍"而辞官归乡(《晋书》卷九二《张翰传》)，诗人运用这些典故，却又说"徒恋楚""浪思吴"，"徒""浪"，均为徒然之意，诗人表达对渭北的强烈思念以及无法抗拒政治命运的无奈之感；又以"忆归恒惨淡，怀旧忽踟蹰"为过渡，引出下文"自念咸秦客"至"骄不揖金吾"六十句对昔日胜境的自豪追忆，其中"崔杜鞭齐下"至"雨露各沾濡"八句关涉崔杜元韦，与题目相照应；又以"日近恩虽重"至"世利算锱铢"八句为过渡，转用"即日辞双阙，明朝别九衢。播迁分郡国，次第出京都。秦岭驰三驿，商山上二邾。岘阳亭寂寞，夏口路崎岖。大道全生棘，中丁尽执殳。江关未撤警，淮寇尚稽诛"十二句，写被贬江州的行程、所见，极其概括地表现出贬谪路途的遥远崎岖及淮西未平的艰难时事；"林对东西寺"至"栖迟命也夫"三十四句写到江州之后所见所感的景、物，引出岁华倏忽之叹，以及对世事穷通之理的思考。诗人对穷通之理的思考没有局限于自身，而是"思千古，想八区"，得出"穷通应已定，圣哲不能逾"的结论并表达自我任运心态；"沉冥消意气"至篇末三十句写自己在江州的落魄、消沉以及与友人的恨别之情。"万里抛朋侣,三年隔友于""天涯书达否,泉下哭知无"诗句关涉友情,再次与题目相照应。诗追忆昔日胜境时充满激情、洋溢自豪,写今日衰境又能把哀愁与悲恨写得震撼人心,再加以淮西未平的世事艰难,"思千古,想八区"的穷通追问,《御选唐宋诗醇》评曰:"波澜壮阔,笔力沉雄,较《代书百韵》更胜。杜甫而下,罕与为俪。"

早发楚城驿

雨过尘埃灭,沿江道径平。
月乘残夜出,人趁早凉行。
寂历闲吟动,冥濛暗思生。
荷塘翻露气,稻垄泻泉声。
宿犬闻铃起,栖禽见火惊。
昽昽烟树色,十里始天明。

【解析】

诗作于元和十二年(817),46岁,江州,江州司马。《太平寰宇记》卷一"江州":"楚城驿在(德化)县南。即旧柴桑县也。"诗题《早发楚城驿》,诗一开始便交代早发的背景:一场雨过后,空气清新,沿江道路平坦,月亮乘着残夜而出,诗人趁着早凉而行。"寂历闲吟动,冥濛暗思生",残夜寂静冷清,景象幽暗不明,诗人的诗情、思绪暗自涌动。冥濛,亦作冥蒙,左思《吴都赋》:"旷瞻迢递,迥眺冥蒙。""荷塘翻露气,稻垄泻泉声","宿犬闻铃起,栖禽见火惊",写路程中所感受到的荷塘露气、稻垄泉声,犬闻车铃而吠,禽见火把而惊,诗人巧妙地从嗅觉、听觉角度来捕捉景物,切合雨过后早发夜行的时空特点。诗末"十里始天明"句,点出诗题"早发"之"早",同时也点出以上皆为天未亮时的所感所闻。

山中问月

为问长安月,谁教不相离?
昔随飞盖处,今照入山时。
借助秋怀旷,留连夜卧迟。
如归旧乡国,似对好亲知。
松下行为伴,溪头坐有期。
千岩将万壑,无处不相随。

【解析】

诗作于元和十二年(817),46岁,江州,江州刺史。"青天有月来几时,我今停杯一问之"(《把酒问月》),李白是中国诗歌史上把酒问月第一人。身在贬地的白居易亦问月,却没有李白把酒问月的浪漫与哲思,诗人借问月要表达的是对故国的思念。诗一开始就称月为"长安月",感念这轮"昔随飞盖处"的长安月依然陪伴着自己,陪伴自己松下行、溪头坐,让自己产生"如归旧乡国,似对好亲知"的幻觉。曹植《公宴》有诗句:"清夜游西园,飞盖相追随。"飞盖即驰车。诗将问月行为置于秋日和山中的时空背景下,又以"千岩将万壑"写深阔之景,"秋怀旷"抒高旷之怀,从而使得整个诗境亦显得深邃旷远。

江南谪居十韵

自哂沉冥客,曾为献纳臣。
壮心徒许国,薄命不如人。
才展凌云翅,俄成失水鳞。
葵枯犹向日,蓬断即辞春。
泽畔长愁地,天边欲老身。
萧条残活计,冷落旧交亲。
草合门无径,烟消甑有尘。
忧方知酒圣,贫始觉钱神。
虎尾难容足,羊肠易覆轮。
行藏与通塞,一切任陶钧。

【解析】

诗作于元和十二年(817),46岁,江州,江州司马。在这首五言排律诗中,诗人慨叹人生命运、世路艰险,并表达任运态度。诗的前三联上下句在意思上皆形成巨大跌落、反差。"自哂沉冥客,曾为献纳臣",曾经的"献纳臣",今为"沉冥客"。昔日的进献忠言之臣,而今成为遁迹潜居之人。沉冥客,汉代扬雄《法言·问明》:"蜀庄沉冥,蜀庄之才之珍也,不作苟见,不治苟得,久幽而不改其操,虽随、和何以加诸?"(晋)李轨注:"蜀人,姓庄,名遵,字君平。沉冥犹玄寂,泯然无迹之貌。是故成、哀不得而利之,王莽不得而害也。"白居易在江州还有《香炉峰下新置草堂即事咏怀题于石上》诗云"时有沉冥子,姓白字乐天",明确称自己是沉冥子;"壮心徒许国,薄命不如人",一片壮心许国,却命薄不如人;"才展凌云翅,俄成失水鳞",凌云之翅刚展开,很快变成了失水鳞。"葵枯犹向日"八句,主要写自己被贬谪的忧、贫、寂寥境况。其中"泽畔长愁地"句,用《楚辞·渔父》:"屈原既放,游于江潭,行吟泽畔,颜色憔悴,形容枯槁。""草合门无径",化用陶渊明《归去来兮辞》中"三径就荒"语典。"虎尾难容足,羊肠易覆轮",二句慨叹世路艰险。上下句皆用典。《尚书·周书·君牙》:"心之忧危,若蹈虎尾,涉于春冰。"(唐)李泰等《括地志》卷二"怀州"记:"太行山在怀州河内县北二十五里……羊肠坂在太行山上……"曹操有《苦寒行》云:"北上太行山,艰哉何巍巍。羊肠坂诘屈,车轮为之摧。"所以白诗云"羊肠易覆轮"。白居易曾有讽喻诗作《初入太行路》:"天冷日不光,太行峰苍莽。尝闻此中险,今我方独往。马蹄冻且滑,羊肠不可上。若比世路难,犹自平于掌。"都是在强调世路艰险。篇末"行藏与通塞,一切任陶钧",表达出处与通塞,一切任运的旷达之意。行藏,《论语·述而》:"子谓颜渊曰:'用之则行,舍之则藏,唯我与尔有是夫!'"

江楼夜吟元九律诗成三十韵

昨夜江楼上,吟君数十篇。
词飘朱槛底,韵堕渌江前。
清楚音谐律,精微思入玄。
收将白雪丽,夺尽碧云妍。
寸截金为句,双雕玉作联。
八风凄间发,五彩烂相宣。
冰扣声声冷,珠排字字圆。
文头交比绣,筋骨软于绵。
澒涌同波浪,铮鏦过管弦。
醴泉流出地,钧乐下从天。
神鬼闻如泣,鱼龙听似禅。
星回疑聚集,月落为留连。
雁感无鸣者,猿愁亦悄然。

交流迁客泪，停住贾人船。
暗被歌姬乞，潜闻思妇传。
斜行题粉壁，短卷写红笺。
肉味经时忘，头风当日痊。
老张知定伏，短李爱应颠。
道屈才方振，身闲业始专。
天教声炬赫，理合命迍邅。
顾我文章劣，知他气力全。
工夫虽共到，巧拙尚相悬。
各有诗千首，俱抛海一边。
白头吟处变，青眼望中穿。
酬答朝妨食，披寻夜废眠。
老偿文债负，宿结字因缘。
每叹陈夫子，常嗟李谪仙。
名高折人爵，思苦减天年。
不得当时遇，空令后代怜。
相悲今若此，溢浦与通川。

【解析】

诗作于元和十二年(817)，46岁，江州，江州司马。诗人在江楼夜吟挚友元稹的数十篇律诗，诗兴大发，于是创作了这首三十韵排律。从"词飘朱槛底"至"钧乐下从天"，诗人充满激情地赞美元稹律诗的音韵和谐、对仗之美及妍丽风格。"神鬼闻如泣"至"短李爱应颠"，从自然物及人两个角度，写元稹律诗的艺术效果：能令"神鬼如闻泣，鱼龙听似禅"，令星回、月落、雁感、猿愁；能"交流迁客泪，停住贾人船"，令歌姬乞、思妇传，令"我"经时忘肉味，头风病痊，亦会让同样攻律诗的张籍、李绅佩服、喜欢。然后以"道屈才方振，身闲业始专"为过渡，引出对元稹以及自己迍邅命运的悲叹。又引陈子昂、李白为同调，感叹"名高折人爵，思苦减天年。不得当时遇，空令后代怜"。"相悲今若此，溢浦与通川"，以两地之水结篇，溢水在江州，通江在通州，既表现江州、通州两地被贬者的内心悲苦，同时也传达出挚友间离别之情悲意苦。

浔阳岁晚寄元八郎中庾三十二员外

阅水年将暮，烧金道未成。
丹砂不肯死，白发自须生。
病肺惭杯满，衰颜忌镜明。
春深旧乡梦，岁晚故交情。
一别浮云散，双瞻列宿荣。
螭头阶下立，龙尾道前行。
封事频闻奏，除书数见名。
虚怀事僚友，平步取公卿。
漏尽鸡人报，朝回幼女迎。
可怜白司马，老大在湓城。

【解析】

诗作于元和十二年（817），46岁，江州，江州司马。元宗简，曾官仓部郎中。庾敬休，曾官礼部员外郎。"阅水年将暮"六句，诗人写自己。"阅水年将暮"句，来自陆机《叹逝赋》："川阅水以成川，水滔滔而日度。世阅人而为世，人冉冉而行暮。""春深旧乡梦"四句为过渡。其中"双瞻列宿荣"句，"列宿"指元宗简、庾敬休。白居易从忠州至长安赴任郎官途中作《宿溪翁》诗有句"郎官应列宿"。"郎官上应列宿（众星宿）"说法出自《后汉书》卷二《明帝纪》。"螭头阶下立"六句写元、庾。诗人将自己在江州衰病的生命状态与任郎官的元、庾得意荣耀的朝中生涯对比来写，以得意反衬失意。诗以"可怜白司马,老大在浔城"结篇,又回到置身浔阳的自己,直接表达哀叹。

送友人上峡赴东川辟命

见说瞿塘峡,斜衔滟滪根。
难于寻鸟路,险过上龙门。
羊角风头急,桃花水色浑。
山回若鳌转,舟入似鲸吞。
岸合愁天断,波跳恐地翻。
怜君经此去,为感主人恩。

【解析】

诗作于元和十二年(817),46岁,江州,江州司马。诗人送友人赴命东川。(唐)李吉甫《元和郡县图志》卷三三"剑南道下":剑南东川节度使,治所在梓州,管梓州等十二州。"难于寻鸟路,险过上龙门"二句总写峡路艰险。比上龙门更险,龙门又名禹门口,《水经注》卷四《河水》记龙门:"其水尚崩浪万寻,悬流千丈,浑洪赑怒,鼓若山腾,浚波颓叠,迄于下口。""羊角风头急"六句,多用比喻、夸张等手法,极力渲染入峡之路的艰险。"羊角风头急,桃花水色浑",上句写龙卷风之急,下句写春汛水色之浑。"山回若鳌转,舟入似鲸吞",山若鳌首回旋,舟入时若被鲸所吞没。"岸合愁天断,波跳恐地翻",生动地写出舟行其中时人的愁、恐等主观感受。诗末点出对方之所以能不畏艰险赴命东川,一切皆因感念东川节度使之恩。

送客春游岭南二十韵

已讶游何远？仍嗟别太频。
离容君蹙促，赠语我殷勤。
迢递天南面，苍茫海北漘。
诃陵国分界，交趾郡为邻。
蓊郁三光晦，温暾四气匀。
阴晴变寒暑，昏晓错星辰。
瘴地难为老，蛮陬不易驯。
土民稀白首，洞主尽黄巾。
战舰犹惊浪，戎车未息尘。
红旗围卉服，紫绶裹文身。
面苦桄榔制，浆酸橄榄新。
牙樯迎海舶，铜鼓赛江神。
不冻贪泉暖，无霜毒草春。
云烟蟒蛇气，刀剑鳄鱼鳞。
路足羁栖客，官多谪逐臣。
天黄生飓母，雨黑长枫人。
回使先传语，征轩早返轮。
须防杯里蛊，莫爱囊中珍。
北与南殊俗，身将货孰亲？
尝闻君子诫，忧道不忧贫。

【解析】

诗作于元和十三年（818），47岁，江州，江州司马。诗题自注："因叙岭南方物以谕之，并拟微之送崔二十二之作。"岭南，唐方镇名，治所在广州。诗为送客春游岭南而作，诗人着力凸显岭南恶劣的自然及社会环境,最后归结为对客的告诫,正如题中所注:"叙岭南方物以谕之。""迢递天南面"至"昏晓错星辰"数句,表现岭南"天南面""海北滑"、毗邻异国的遥远,那里是葐蒀、温暾的蛮瘴之地。由"瘴地难为老,蛮陬不易驯"二句,引出对岭南社会环境的叙写:"土民稀白首,洞主尽黄巾。战舰犹惊浪,戎车未息尘。红旗围卉服,紫绶裹文身。"岭南正值黄洞黄氏叛乱。诗中自注:"时黄家贼方动。"据《新唐书》卷二二二下《南蛮传下》记载:"贞元十年,黄洞首领黄少卿者,攻邕管,围经略使孙公器,请发岭南兵穷讨之,德宗不许,命中人招谕,不从,俄陷钦、横、浔、贵四州,少卿子昌沍趫勇,前后陷十三州,气益振。乃以唐州刺史杨旻为容管招讨经略使,引师掩贼,一日六七战,皆破之,侵地悉复。元和初,邕州擒其别帅黄承庆。明年,少卿等归款,拜归顺州刺史。弟少高为有州刺史,未几复叛。""又有黄少度、黄昌瓘二部,陷宾、峦二州,据之。十一年,攻钦、横二州,邕管经略使韦悦破走之,取宾、蛮二州。是岁,复屠岩州,……""长庆初,以容管经略使留后严公素为经略使,上表请讨黄氏。兵部侍郎韩愈建言……""战舰犹惊浪"四句,战舰、戎车、红旗、紫绶、卉服(绨葛所制衣服)、文身,几笔勾勒出岭南黄洞黄氏叛乱的氛围。"犹惊浪"的比喻把战乱对社会生活的惊扰表现得十分传神;将"红旗"与"卉服"、"紫绶"与"文身"用动词"围""裹"联系起来,着卉服、文身的南蛮在红、紫的衬托下,更凸显出他们的张扬。"面苦桄榔制"至"刀剑鳄鱼鳞"数句,选取岭南物色:桄榔、橄榄、牙樯、铜鼓(乐器)、贪泉、毒草、蟒蛇、鳄鱼;桄榔写其面苦,橄榄写其浆酸;贪泉常年不冻,毒草四季常春;蟒蛇之气凝聚成云烟,鳄鱼鳞片锋利似刀剑。"天黄生飓母,雨黑长枫人",诗中自注:"飓母如断虹,遇大风即见。""枫人因夜雷雨辄暗长数丈。"(宋)李昉等编《太平广记》卷三九四"南海"(出《岭表录异》)记:"南海秋夏间,或云物惨然,则见其晕如虹,长六七尺,此候则飓风必发,故呼为飓母。见忽有震雷,则飓风不作矣。舟人常以为候,预为备之。"(晋)嵇含《南方草木状》卷中载:"枫人,五岭之间多枫木,岁久则生瘤瘿,一夕遇暴雷骤雨,其树赘暗长三五尺,谓之枫人。越巫取之作术,有通神之验。取之不以法,则能化去。"诗人着力凸显岭南恶劣怪异甚至令人恐怖的自然环境。"路足羁栖客,官多谪逐臣",岭南多有羁旅在外的游子,以及被贬逐的官员。由此引出诗人对客的衷心告诫,劝客不要久留要尽早返回,游岭南要警惕杯里蛊毒,也不要贪恋橐中珍宝,要看轻外物,保重生命。这首诗是从诗人的角度,为客描述岭南恶劣的自然、社会环境,由此引出对客"忧道不忧贫"的劝诫。《论语·卫灵公》:"君子忧道不忧贫。"

此诗写岭南环境,让人想到韩愈《八月十五夜赠张功曹》中诗句:"洞庭连天九疑高,蛟龙出没猩鼯号。十生九死到官所,幽居默默如藏逃。下床畏蛇食畏药,海气湿蛰熏腥臊。"韩愈是以切身感受写被贬南迁途中经历的苦难,他对自然环境的恶劣进行了夸张的描写,直接表现自我的政治境遇,传达内心的怨愤。白居易这首诗是在此地写彼地,彼地是他人要去"春游"的空间,按理说,诗人大可不必如此严肃地同时又是如此隆重地,采用二十韵的长篇写这样一首送别诗作来告诫对方。所以,作为被贬南瘴之地的诗人,他对岭南恶劣环境的书写以及对客的警醒,都透露出其对自我处境的真实体味和感受,及其"忧道不忧贫"的内心坚守。

浔阳秋怀赠许明府

霜红二林叶,风白九江波。
暝色投烟鸟,秋声带雨荷。
马闲无处出,门冷少人过。
卤莽还乡梦,依稀望阙歌。
共思除醉外,无计奈愁何!
试问陶家酒,新篘得几多?

【解析】

诗作于元和十三年(818),47岁,江州,江州司马。许明府,应为当时的浔阳县令。"霜红二林叶"四句写景:东、西二林寺红叶如霜,风过处九江水面泛着白波;暝色中鸟儿投林,还有雨打残荷的秋声。"马闲无处出"句始写自己马闲门冷的寂寥情状。隐约"还乡梦"、依稀"望阙歌"透露出被贬诗人内心深处的望归之思。望阙,即仰望宫阙、思念朝廷。"试问陶家酒,新篘得几多",用陶渊明"取头上葛巾漉酒"(《宋书》卷九三《陶潜传》)典故,试问对方新滤的酒有几多?表达借酒浇愁之意,同时也与诗题中"赠许明府"相照应,以陶比许,美其有渊明逸趣。

九日醉吟

有恨头还白,无情菊自黄。
一为州司马,三见岁重阳。
剑匣尘埃满,笼禽日月长。
身从渔父笑,门任雀罗张。
问疾因留客,听吟偶置觞。
叹时论倚伏,怀旧数存亡。
奈老应无计,治愁或有方。
无过学王绩,唯以醉为乡。

【解析】

诗作于元和十三年(818),47岁,江州,江州司马。白居易元和十年(815)冬初到江州,元和十三年写此诗,故云"三见岁重阳"。诗表现寂寥惆怅的生命情状。虽寂寥愁怅,但满是尘埃的"剑匣"形象,还是透露出诗人曾有的济世锋芒。"身从渔父笑"句用《楚辞·渔父》典,《渔父》中记被放逐的屈原"行吟泽畔,颜色憔悴,形容枯槁",渔父见到屈原,与屈原展开一番对话。渔父笑屈原"举世皆浊而我独清,众人皆醉而我独醒"。白居易对于屈原的态度是很复杂的,元和十二年(817)在江州他作《咏怀》诗云:"长笑灵均不知命,江蓠丛畔苦悲吟。"诗人对处于贬谪之地的屈原所采取的"不知命""苦悲吟"态度表示不赞同,而主张以知命、乐观来消解苦难。此诗中"身从渔父笑",特意强调"身"处贬地憔悴枯槁任由渔父嘲笑之意,但其中是否还暗含着自己"独清""独醒"的意思呢?大和三年(829)即将退闲洛阳的白居易有诗句"独醒从古笑灵均,长醉如今敩伯伦"(《咏家酝十韵》),明确表达摒弃独醒选择长醉的态度,由此可见江州时期诗人处于"独醒"状态。《九日醉吟》诗末表达治愁之方,莫过于学初唐王绩,以醉为乡。王绩有《醉乡记》写道:"醉之乡,去中国不知其几千里也,其土旷然无涯","其气和平一揆","其俗大同","其人甚精(清),无爱憎喜怒,吸风饮露,不食五谷","昔者黄帝氏尝获游其都,归而杳然丧其天下,以为结绳之政已薄矣","阮嗣宗、陶渊明等十数人,并游于醉乡,没身不返,死葬其壤,中国以为酒仙云。嗟乎!醉乡氏之俗,岂古华胥氏之国乎?其何以淳寂也如是!"白居易一生有十二次直接用到"醉乡"意象,而最早出现在与《九日醉吟》写于同一年的《醉吟二首》(其一)诗:"空王百法学未得,姹女丹砂烧即飞。事事无成身老也,醉乡不去欲何归?"诗写被贬人生的失意情状,归于"醉乡"似乎成为唯一解脱的途径。而《九日醉吟》一诗虽未直接用到"醉乡"意象,然而,"无过学王绩,唯以醉为乡"二句表达了同样的意旨。可见,元和十三年诗人内心的一种走向,这已显露出"独醒从古笑灵均,长醉如今敩伯伦"(《咏家酝十韵》)人生态度选择的端倪。

题遗爱寺前溪松

偃亚长松树,侵临小石溪。

静将流水对，高共远峰齐。
翠盖烟笼密，花幢雪压低。
与僧清影坐，借鹤稳枝栖。
笔写形难似，琴偷韵易迷。
暑天风槭槭，晴夜露凄凄。
独憩依为舍，闲行绕作蹊。
栋梁君莫采，留著伴幽栖。

【解析】

诗作于元和十三年（818），47岁，江州，江州司马。遗爱寺，在庐山北，白居易庐山草堂就建于庐山北峰香炉峰与北寺遗爱寺间。白《草堂记》曰："匡庐奇秀，甲天下山，山北峰曰香炉峰，北寺曰遗爱寺，介峰寺间，其境胜绝，又甲庐山。"这首五言排律诗是对遗爱寺前石溪畔松之精神气韵的全面展现。除"松"意象，诗中还出现"流水""远峰""雪""鹤""琴"等形象，着力表现松独临溪水之"静"，与远峰齐之"高"，与僧相伴之"清"，与琴音相迷之"韵"，"翠盖烟笼密，花幢雪压低"之势，以及笔力难描之形，由此可窥见诗人对遗爱寺临溪之松高洁脱俗精神气韵的深刻体悟与理解。诗末，谪居失意的诗人"独憩依为舍，闲行绕作蹊"，意欲以松为幽栖伴，表达内心深处对松的精神依恋。白居易一生爱松，此江州遗爱寺前溪松，对被贬诗人无疑具有重要的精神意义。

春江闲步赠张山人

江景又妍和，牵愁发浩歌。
晴沙金屑色，春水曲尘波。
红簇交枝杏，青含卷叶荷。

藉莎怜软暖，憩树爱婆娑。
书信朝贤断，知音野老多。
相逢不闲语，争奈日长何？

【解析】

诗作于元和十三年(818)，47岁，江州，江州司马。"江景又妍和"二句，写春日江景美好和煦，却牵发被贬诗人的愁怀、浩歌。接着三联以不同的句式结构具体写江景以及诗人的活动。"晴沙金屑色，春水曲尘波"二句，分别将要咏写的对象即沙、水放在句首，写晴日下岸沙之金屑色、春水之淡黄色波浪。"红簇交枝杏，青含卷叶荷"二句，以颜色词开头，然后引出呈现此颜色的景物，凸显枝头杏之红、卷叶荷之青。"藉莎怜软暖，憩树爱婆娑"，将表示诗人行为动态的词放在句子开头，从诗人切身感受的角度写莎草之软暖、枝叶之摇曳。"书信朝贤断，知音野老多"，"相逢不闲语，争奈日长何"，将朝贤与诗所赠对象张山人对比来写，表达被贬诗人虽远离朝廷朝贤，却在春江边与山人隐者的自在相逢中获得知音的满足感。

自江州司马授忠州刺史仰荷圣泽聊书鄙诚

炎瘴抛身远，泥涂索脚难。
网初鳞拨刺，笼久翅摧残。
雷电颁时令，阳和变岁寒。
遗簪承旧念，剖竹授新官。
乡觉前程近，心随外事宽。
生还应有分，西笑问长安。

【解析】

诗作于元和十三年(818),47岁,江州,江州司马。此年十二月二十日,因崔群之力,白居易自江州司马授忠州刺史。"炎瘴抛身远"四句,用比喻手法生动形象地写出诗人身处贬地的处境和状态:如深陷泥途拔脚难,像陷入罗网的鱼开始还会摆动而发出声响,而今已是久在笼中的鸟被摧折了翅膀。"雷电颁时令"四句,表达听闻量移忠州的诏令、政治命运陡然变化时诗人的惊、喜之情。"雷电颁时令,阳和变岁寒",《史记》卷六《秦始皇本纪》:"维二十九年,时在中春,阳和方起。"诗以"雷电""阳和"写诏令给诗人带来的春归大地的强烈感受。同时,这些词语也充满诗人对"圣泽"隆恩的感戴之心。"乡觉前程近"四句,写听闻朝廷诏令后诗人随之而来的宽畅心情并生出回归乡国的希望。"生还应分,西笑问长安",(汉)桓谭《新论•祛蔽》有言:"关东鄙语曰:人闻长安乐,则出门西向而笑。"诗人化用此语,表达内心生还乡国的愿望有可能实现的窃喜。

江州赴忠州至江陵已来舟中示舍弟五十韵

昔作咸秦客,常思江海行。
今来仍尽室,此去又专城。
典午犹为幸,分忧固是荣。
箯篁州乘送,艨艟驿船迎。
共载皆妻子,同游即弟兄。
宁辞浪迹远,且贵赏心并。
云展帆高挂,飙驰棹迅征。
溯流从汉浦,循路转荆衡。
山逐时移色,江随地改名。

风光近东早,水木向南清。
夏口烟孤起,湘川雨半晴。
日煎红浪沸,月射白砂明。
北渚寒留雁,南枝暖待莺。
骈朱桃露萼,点翠柳含萌。
亥市鱼盐聚,神林鼓笛鸣。
壶浆椒叶气,歌曲竹枝声。
系缆怜沙静,垂纶爱岸平。
水餐红粒稻,野茹紫花菁。
瓯泛茶如乳,台黏酒似饧。
脍长抽锦缕,藕脆削琼英。
容易来千里,斯须进一程。
未曾劳气力,渐觉有心情。
卧稳添春睡,行迟带酒醒。
忽愁牵世网,便欲濯尘缨。
早接文场战,曾争翰苑盟。
掉头称俊造,翘足取公卿。
且昧随时义,徒输报国诚。
众排恩易失,偏压势先倾。
虎尾忧危切,鸿毛性命轻。
烛蛾谁救护?蚕茧自缠萦。
敛手辞双阙,回眸望两京。
长沙抛贾谊,漳浦卧刘桢。
鶗鴂鸣还歇,蟾蜍破又盈。
年光同激箭,乡思极摇旌。
潦倒亲知笑,衰羸旧识惊。
乌头因感白,鱼尾为劳赪。

剑学将何用？丹烧竟不成。
孤舟萍一叶，双鬓雪千茎。
老见人情尽，闲思物理精。
如汤探冷热，似博斗输赢。
险路应须避，迷途莫共争。
此心知止足，何物要经营？
玉向泥中洁，松经雪后贞。
无妨隐朝市，不必谢寰瀛。
但在前非悟，期无后患婴。
多知非景福，少语是元亨。
晦即全身药，明为伐性兵。
昏昏随世俗，蠢蠢学黎甿。
鸟以能言缚，龟缘入梦烹。
知之一何晚，犹足保余生。

【解析】

  诗作于元和十四年（819），48岁，江州至忠州途中，忠州刺史。"昔作咸秦客"至"且贵赏心并"数句表达知足之心：此去有妻子弟兄同载、同游（"尽室"），又独自负责一城即任郡守（"专城"）。从"云展帆高挂"句始进入对行程的叙写。"云展帆高挂，飙驰棹迅征。溯流从汉浦，循路转荆衡"四句，每句皆有两个动词：展、挂、驰、征、溯、从、循、转，表现出行程之迅捷，以及心情之轻快。从"山逐时移色"至"藕脆削琼英"，写路途所见景色、风物。与迅捷的行程相应，其对仗句中景物选取在空间上也有跳跃，如"夏口孤烟起，湘川雨半晴"分别写夏口、湘川，"北渚寒留雁，南枝暖待莺"分别写北渚、南枝。而在"日煎红浪沸，月射白沙明"二句中，动词"煎""射"、颜色词"红""白"、形容词"沸""明"的运用，使得所写景物、风物给人以跃动之感。"容易来千里"六句是总写行程，"容易来千里，斯须进一程"二句表达行程的快速之感。"忽愁牵世网"转入对昔日的追忆,但诗并未着力于昔日的辉煌,只用"早接文场战"四句做概括,很快便转入对失意被贬的书写。从"长沙抛贾谊"句起写江州,没有具体的生活叙写,而是着力于表现自己的感受与生命的潦倒状态。篇末表达"少语是元亨""晦即全身药"的明哲保身思想。此诗诗情起伏颇大,从赴忠州路上的轻快、愉悦,到追忆前非的悔悟,末段又多了玉洁松贞的坚持。这种诗情变化又不同于其长篇百韵的乐极而悲模式。《御选唐宋诗醇》卷二四评:"议论与叙事相间而行,才气澜翻潮涌,一笔扫就。"诗中多有佳句,如"老见人情尽,闲思物理精","玉向泥中洁,松经雪后贞"。

郡斋暇日忆庐山草堂兼寄二林僧社三十韵多叙贬官已来出处之意

谏诤知无补,迁移分所当。
不堪匡圣主,只合事空王。
龙象投新社,鹓鸾失故行。
沉吟辞北阙,诱引向西方。
便住双林寺,仍开一草堂。
平治行道路,安置坐禅床。
手版支为枕,头巾阁在墙。
先生乌几舄,居士白衣裳。
竟岁何曾闷?终身不拟忙。
灭除残梦想,换尽旧心肠。
世界多烦恼,形神久损伤。
正从风鼓浪,转作日销霜。
吾道寻知止,君恩偶未忘。
忽蒙颁凤诏,兼谢剖鱼章。

莲静方依水，葵枯重仰阳。
三车犹夕会，五马已晨装。
去似寻前世，来如别故乡。
眉低出鹫岭，脚重下蛇冈。
渐望庐山远，弥愁峡路长。
香炉峰隐隐，巴字水茫茫。
瓢挂留庭树，经收在屋梁。
春抛红药圃，夏忆白莲塘。
唯拟捐尘事，将何答宠光？
有期追永远，无政继龚黄。
南国秋犹热，西斋夜暂凉。
闲吟四句偈，静对一炉香。
身老同丘井，心空是道场。
觅僧为去伴，留俸作归粮。
为报山中侣，凭看竹下房。
会应归去在，松菊莫教荒。

【解析】

诗作于元和十四年（819），48岁，忠州，忠州刺史。江州生涯虽属贬谪，但精心营造的庐山草堂，让诗人找到了心灵的安顿与归属，当他在忠州回忆草堂时心中充满激情，创作长律表达对草堂的归思。"沉吟辞北阙，诱引向西方。便住双林寺，仍开一草堂。平治行道路，安置坐禅床"，被贬南下，诗人内心充满失意，他借助佛禅力量欲使自己"灭除残梦想，换尽旧心肠"，忘掉人生的失意烦恼。"正从风鼓浪，转作日销霜"，诗中自注："佛经云：此生死无休已，如风鼓海浪。又云：烦恼如霜露，慧日能消除。"正当烦恼逐渐被消除之时，"忽蒙颁凤诏，兼谢剖鱼章"，忽然接到移官忠州任刺史的诏书。从"吾道寻知止"至"五马已晨装"八句中，我们不难读出诗人内心的喜悦、感恩之情。"去似寻前世"至篇末写离开江州时及到忠州后的复杂情感:"眉低出鹫岭,脚重下蛇冈。渐望庐山远,弥愁峡路长","眉低""脚重""渐望""弥愁",这些自我身体、神情感觉等的描写,传达出诗人内心的流连与不舍,所谓"去似寻前世,来如别故乡","香炉峰隐隐,巴字水茫茫。瓢挂留庭树,经收在屋梁。春抛红药圃,夏忆白莲塘",庐山草堂的一花一物都让诗人魂牵梦萦、朝思暮想。诗题表明"多叙贬官已来出处之意",移官忠州的诗人"唯拟捐尘事",意欲追随高僧慧永、慧远,但其内心还有矛盾,忧虑自己无西汉治民有道的龚遂、黄霸一样的政绩,"将何答宠光"?《汉书》卷五八《公孙弘卜式儿宽传》:"治民则黄霸、王成、龚遂、郑弘、召信臣、韩延寿、尹翁归、赵广汉、严延年、张敞之属,皆有功迹见述于世。"又自觉"身老同丘井,心空是道场",最后终于有了"会应归去在,松菊莫教荒"的坚定表达,诗人意欲归居草堂。"松菊莫教荒"句,化用陶渊明"三径就荒,松菊犹存"(《归去来兮辞》)。

题郡中荔枝诗十八韵兼寄万州杨八使君

奇果标南土,芳林对北堂。
素华春漠漠,丹实夏煌煌。
叶捧低垂户,枝擎重压墙。
始因风弄色,渐与日争光。
夕讶条悬火,朝惊树点妆。
深于红踯躅,大校白槟榔。
星缀连心朵,珠排耀眼房。
紫罗裁衬壳,白玉裹填瓤。
早岁曾闻说,今朝始摘尝。
嚼疑天上味,嗅异世间香。

润胜莲生水，鲜逾橘得霜。
燕脂掌中颗，甘露舌头浆。
物少尤珍重，天高苦渺茫。
已教生暑月，又使阻遐方。
粹液灵难驻，妍姿嫩易伤。
近南光景热，向北道途长。
不得充王赋，无由寄帝乡。
唯君堪掷赠，面白似潘郎。

【解析】

诗作于元和十四年(819)，44岁，忠州，忠州刺史。白居易在忠州作《荔枝图序》写道："荔枝生巴峡间。"此十八韵排律诗主要笔墨咏荔枝，最后点出寄荔枝与杨归厚的情意。诗先概括地写荔枝产于南土，春日素华漠漠，夏日丹实煌煌。再具体写其叶、枝，叶低垂户、枝重压墙，因风弄色、与日争光，以及其成长变化的迅速，夕条悬火、朝树点妆。又着笔于描写荔枝的果实，其颜色、大小、形状。"深于红踯躅，大校白槟榔"，"红踯躅"为杜鹃花之别名。然后从嗅觉的角度写荔枝之香，从味觉的角度写荔枝之润鲜。最后表达"物少尤珍重，天高苦渺茫"，荔枝"粹液灵难驻，妍姿嫩易伤"，因路途遥远，"不得充王赋，无由寄帝乡"的遗憾。白《荔枝图序》中写道：荔枝"若离本枝，一日而色变，二日而香变，三日而味变，四五日外色香味尽去矣。篇末"唯君堪掷赠，面白似潘郎"，点题"寄万州杨八使君"。西晋潘岳"妙有姿容""有美容"（《世说新语·容止》），诗人说杨"面白似潘郎"。诗在咏写荔枝时多用比喻手法，如"条悬火""树点妆""星缀连心朵""珠排耀眼房""紫罗裁衬壳""白玉裹填瓤""燕脂掌中颗""甘露舌头浆"，也用到拟人手法，如"始因风弄色，渐与日增光"，诗人通过修辞手段的大量运用达到了生动状物的艺术效果。同年，白居易又有《重寄荔枝与杨使君时闻杨使君欲种植故有落句之戏》，一寄又"重寄"，见出诗人与友人分享美物的殷切之情。

发白狗峡次黄牛峡登高寺却望忠州

白狗次黄牛，滩如竹节稠。
路穿天地险，人续古今愁。
忽见千花塔，因停一叶舟。
畏途常迫促，静境暂淹留。
巴曲春全尽，巫阳雨半收。
北归虽引领，南望亦回头。
昔去悲殊俗，今来念旧游。
别僧山北寺，抛竹水西楼。
郡树花如雪，军厨酒似油。
时时大开口，自笑忆忠州。

【解析】

诗作于元和十五年（820），49岁，忠州至长安途中，司门员外郎。此年夏，白居易自忠州被召还。经三峡，由商山路返长安。诗以"白狗次黄牛"起笔，黄牛峡、白狗峡，皆江峡名，《水经注》卷三四《江水》："经狗峡西，峡崖龛中，石隐起有狗形，形状具足，故以狗名峡。"又："江水又东经黄牛山，下有滩，名曰黄牛滩，南岸重岭叠起，最外高崖间有石，色如人负刀牵牛，人黑牛黄，成就分明，既人迹所绝，莫能究焉。此岩既高，加以江湍纡回，虽途经信宿，犹望见此物，故行者谣云：朝发黄牛，暮宿黄牛，三朝三暮，黄牛如故。言水路纡深，回望如一矣。"诗先极其概括地勾勒归程，对于形状独特的白狗峡、黄牛峡未作任何景致描写，只以一句"滩如竹节稠"，交代其古今以来引人惆怅的奇险；"忽见千花塔"句点出千花塔，但也只是点到为止，不作描写；正如诗句所言"畏途常迫促，静境暂淹留"，诗的前半段给人以行进速度极快之感，也就是说诗人离开忠州时仿佛没有迟疑，除路途的险恶令诗人担忧，在迅捷的离去中也流露出喜悦之情。这与诗人离开江州时沉重的脚步和心情很不同。然而，诗以

"北归虽引领,南望亦回头"句为过渡,由写归程转到写回首忠州,将笔墨落在对忠州的流连之情的书写。北寺之僧、西楼之竹、郡树之花、军厨之酒,这些忠州空间背景下的人、物都让诗人难以割舍,而这些难以割舍的对象正是诗人忠州生活的构成内容。诗末以"时时大开口,自笑忆忠州"的自嘲结篇,显然对于忠州的回忆诗人自己都始料未及。

中书连直寒食不归因怀元九

去岁清明日,南巴古郡楼。
今年寒食夜,西省凤池头。
并上新人直,难随旧伴游。
诚知视草贵,未免对花愁。
鬓发茎茎白,光阴寸寸流。
经春不同宿,何异在忠州?

【解析】

诗作于长庆元年(821),50岁,长安,主客郎中、知制诰。白居易从忠州回到朝中任职,在中书省连续值班,寒食不归,写诗表达对挚友元稹的思念之情。诗从空间角度来抒情。"去岁清明日,南巴古郡楼。今年寒食夜,西省凤池头",写"我"所处空间的变化。"并上新人直"六句,表达虽身在朝中,却有着"难随旧伴游"的缺憾,以及时光暗流的感逝之愁。"视草",即草拟诏书之意。篇末"经春不同宿,何异在忠州",则写"我"的一种出人意料的感受,那就是我现在身在长安,却依然不能与你同宿,这与身在忠州有什么区别呢?身在忠州则意味着诗人是贬谪之身,诗人似乎完全忘记了这一点,由此可以窥见他对元稹真挚的感情。在诗人的内心中,与友人同在一个具体空间,这才是最重要的。

待漏入阁书事奉赠元九学士阁老

衙排宣政仗,门启紫宸关。
彩笔停书命,花砖趁立班。
稀星点银砾,残月堕金环。
暗漏犹传水,明河渐下山。
从东分地色,向北仰天颜。
碧缕炉烟直,红垂佩尾闲。
纶闱惭并入,翰苑忝先攀。
笑我青袍故,饶君茜绶殷。
诗仙归洞里,酒病滞人间。
好去鸳鸾侣,冲天便不还。

【解析】

诗作于长庆元年(821),50岁,长安,尚书主客郎中、知制诰。长庆元年二月,元稹拜中书舍人、翰林承旨学士,在中书省,故白居易称之为"阁老",(唐)李肇《唐国史补》卷下云:"两省相呼为阁老。"从诗中景物无法判断写作时的具体季节,但从"笑我青袍故"句可以判定是在长庆元年春。因为长庆元年白居易任尚书主客郎中、知制诰。夏,加朝散大夫,始着绯,又转上柱国。待漏,朝臣晨集等候入朝。皇帝于紫宸殿坐朝,朝官自阁门入,称入阁。"衙排宣政仗"四句写上朝情形,写到宣政殿、紫宸殿、花砖等空间和形象。"稀星点银砾"六句,写待漏入阁时特有的自然景象:稀星像颗颗银砾点缀天宇,残月似下坠的金环,银河渐渐落下山去,在东方可以分出地色,向北方可以看到天颜。"碧缕炉烟直"二句,写碧直的炉烟、红色闲垂的佩尾,则是朝中气象。"笑我青袍故"四句,将"我"与元九学士阁老对写:我"青袍故",君"茜绶殷"(茜绶,红色绶带);"诗仙归洞里",何焯云:"'诗仙'句指门中皆诵元诗也。""酒病滞人间"写诗人自己。"好去鸳鸾侣,冲天便不还","冲天便不还"与"酒病滞人间"形成对比，是诗人对元稹美好前程的祝愿。

行简初授拾遗同早朝入阁因示十二韵

夜色尚苍苍，槐阴夹路长。
听钟出长乐，传鼓到新昌。
宿雨沙堤润，秋风桦烛香。
马骄欺地软，人健得天凉。
待漏排阊阖，停珂拥建章。
尔随黄阁老，吾次紫微郎。
并入连称籍，齐趋对折方。
斗班花接萼，绰立雁分行。
近职诚为美，微才岂合当？
纶言难下笔，谏纸易盈箱。
老去何侥幸，时来不料量。
唯求杀身地，相誓答恩光。

【解析】

诗作于长庆元年（821），50岁，长安，主客郎中、知制诰。此年，白居易三弟行简授左拾遗。诗所写为诗人与行简同早朝入阁的情景。"夜色尚苍苍"至"人健得天凉"写上朝路上，槐荫、钟声、鼓声、沙堤、桦烛，诗人从视觉、听觉、触觉、嗅觉等多角度呈现上朝路上的感受。沙堤，（唐）李肇《唐国史补》卷下："凡拜相，礼绝班行，府县载沙填路，自私第至子城东街，名曰沙堤。""待漏排阊阖，停珂拥建章"，写来到朝中。建章，汉建章宫，借指唐宫。"尔随黄阁老"至"绰立雁分行"，写分属门下省、中书省的行简与诗人随不同队列上朝的情形。左拾遗属门下省，门下省开元时曰黄门省,故称黄阁(宋·王应麟《困学纪闻》卷十八《评诗》)。紫微郎,中书舍人。"斗班花接萼,绰立雁分行"二句,用形象的比喻呈现中书省与门下省两省上朝时的情景。花萼,亦作"华鄂",萼与花同生一枝,因以比喻兄弟友爱,《诗·小雅·常棣》:"常棣之华,鄂不韡韡。凡今之人,莫如兄弟。"斗班,据"花接萼"之意,释为朝参时两省官班相合似更为合理。何焯评"斗班接花萼"句为"警句"。篇末"近职诚为美"数句,诗人表达惭愧、庆幸、感恩等复杂心理。

送客南迁

我说南中事,君应不愿听。
曾经身困苦,不觉语叮咛。
烧处愁云梦,波时忆洞庭。
春畬烟勃勃,秋瘴露冥冥。
蚊蚋经冬活,鱼龙欲雨腥。
水虫能射影,山鬼解藏形。
穴掉巴蛇尾,林飘鸩鸟翎。
飓风千里黑,蔹草四时青。
客似惊弦雁,舟如委浪萍。
谁人劝言笑?何计慰漂零?
慎勿琴离膝,长须酒满瓶。
大都从此去,宜醉不宜醒。

【解析】
　　诗作于长庆元年(821),50岁,长安,主客郎中、知制诰。这首诗是从南漳之地回到朝中任职的白居易,在送客南迁时对客的一番叮咛。主要是对南瘴之地物候物色的描写，凸显南瘴之地异常恶劣，甚至给人恐怖惊悚之感的环境特点。"客似惊弦雁，舟如委浪萍"二句，写南迁之客似惊弓之雁，以及漂泊之舟如随浪的萍草，无法把握自己的方向。最后，诗人为南迁之客开出慰藉飘零的良方，即在琴酒中寻求精神寄托，"宜醉不宜醒"。经历了七年贬谪生涯、此时已身在朝廷的诗人，在对南迁之客的叮嘱中，再次流露出那段生涯在其心中留下的阴影。

新昌新居书事四十韵因寄元郎中张博士

冒宠已三迁，归朝始二年。
囊中贮余俸，园外买闲田。
狐兔同三径，蒿莱共一廛。
新园聊划秽，旧屋且扶颠。
檐漏移倾瓦，梁攲换蠹椽。
平治绕台路，整顿近阶砖。
巷狭开容驾，墙低垒过肩。
门闲堪驻盖，堂室可铺筵。
丹凤楼当后，青龙寺在前。
市街尘不到，宫树影相连。
省吏嫌坊远，豪家笑地偏。
敢劳宾客访，或望子孙传。
不觅他人爱，唯将自性便。
等闲栽树木，随分占风烟。
逸致因心得，幽期遇境牵。
松声疑涧底，草色胜河边。
虚润冰销地，晴和日出天。

苔行滑如簟,莎坐软于绵。
帘每当山卷,帷多带月褰。
篱东花掩映,窗北竹婵娟。
迹慕青门隐,名惭紫禁仙。
假归思晚沐,朝去恋春眠。
拙薄才无取,疏慵职不专。
题墙书命笔,沽酒率分钱。
柏杵舂灵药,铜瓶漱暖泉。
炉香穿盖散,笼烛隔纱然。
陈室何曾扫,陶琴不要弦。
屏除俗事尽,养活道情全。
尚有妻孥累,犹为组绶缠。
终须抛爵禄,渐拟断腥膻。
大抵宗庄叟,私心事竺乾。
浮荣水划字,真谛火生莲。
梵部经十二,玄书字五千。
是非都付梦,语默不妨禅。
博士官犹冷,郎中病已痊。
多同僻处住,久结静中缘。
缓步携筇杖,徐吟展蜀笺。
老宜闲语话,闷忆好诗篇。
蛮榼来方泻,蒙茶到始煎。
无辞数相见,鬓发各苍然。

【解析】

诗作于长庆元年(821),50岁,长安,中书舍人。白居易元和十年(815)被贬江州,元和十四(819)年移官忠州,元和十五年(820)被召还,次年即长庆元年春购得新昌里宅院。日本学者妹尾达彦在其《9世纪的转型——以白居易为例》一文中说："新昌里的私宅，是白居易在经历了五年的左迁之后，终于作为五品京官被召还朝廷，第一次在长安所购之私宅，是他名副其实的获准进入高官们把持的中央政界的场所。"[1]诗人为其新昌宅创作了这首四十韵长诗，在诗中他书写对这一空间的治理，以及空间的自然幽境、人文氛围，着力表现其身心安顿意义。在"坊远""地偏"的新昌里居，诗人划秽、扶颠、移瓦、换椽、平路、治砖、开巷、垒墙、栽植，经过一番精心整治，这里成为诗人自得自在的空间。"不觅他人爱，唯将自性便。等闲栽树木，随分占风烟。逸致因心得，幽期遇境牵"，道出诗人治园的终极目标所在，即随心遂性。"松声疑涧底"至"窗北竹婵娟"十句写新昌幽境：松声疑似来自涧底，可见其幽深；草色胜于河边，可见其怡人；冰融地虚润，日出天晴和；苔滑如簟，莎软于绵；卷帘见山，褰帷带月；篱东花色掩映，窗北竹树婵娟。在松、竹、草、花、月以及远山、帘帷所构成的新昌幽深之境中，始终有诗人自我在，他听松声、观草色，行苔上、坐莎草，卷窗帘、褰帷幕、望山月，由诗中直接出现的行、坐、卷、褰这些动词，可以窥见诗人在新昌幽境中的自适身影。"迹慕青门隐，名惭紫禁仙"，诗人明确表达对于隐逸的向往。"柏杵春灵药"至"陶琴不要弦"数句，以"柏杵""灵药""铜瓶""暖泉""炉香""笼烛""陶琴"等意象，渲染室内一派"屏除俗事尽"以此怡养真性的氛围。"尚有妻孥累"至"语默不妨禅"十二句，写羁身仕宦的诗人一方面存在仕与隐的内心矛盾，一方面又寄心于佛、道，尤其着力于佛禅，以此看破浮华、消尽是非，明心见性，获得真谛。其中"浮荣水划字，真谛火生莲"，意为浮世荣华，就像在水上划字，终归虚无，而修行中得到人生的真谛，则如火上莲花，灿烂光明。"水划字""火生莲"的意象出自佛经，《大般涅槃经》卷一："是身无常，念念不住，犹如电光暴水幻炎；亦如画水，随画随合。"《维摩诘经·佛道品》："火中生莲华，是可谓稀有；在欲而行禅，稀有亦如是。"在

---

[1] [日]妹尾达彦《9世纪的转型——以白居易为例》，《唐研究》第一一卷，北京大学出版社，2005年。

僻静的新昌里宅园，诗人"缓步携筇杖，徐吟展蜀笺""蛮榼来方泻，蒙茶到始煎"，在随性从容中求得宁静幽深的心灵归属；在自然和人文幽境中，为尘务所羁绊的心灵得以栖息而获得安宁。

草词毕遇芍药初开因咏小谢红药当阶翻诗以为一句未尽其状偶成十六韵

罢草紫泥诏，起吟红药诗。
词头封送后，花口拆开时。
坐对钩帘久，行观步履迟。
两三丛烂熳，十二叶参差。
背日房微敛，当阶朵旋欹。
钗葶抽碧股，粉蕊扑黄丝。
动荡情无限，低斜力不支。
周回看未足，比谕语难为。
勾漏丹砂里，僬侥火焰旗。
彤云剩根蒂，绛帻欠缨緌。
况有晴风度，仍兼宿露垂。
疑香薰罨画，似泪著燕脂。
有意留连我，无言怨思谁？
应愁明日落，如恨隔年期。
菡萏泥连萼，玫瑰刺绕枝。
等量无胜者，唯眼与心知。

【解析】

诗作于长庆二年（822），51岁，长安，中书舍人。诗题完整地表明了写作缘起,制词草写完毕,诗人看到芍药初开,于是吟咏"小谢"谢朓《直中书省》诗句:"红药当阶翻,苍苔依砌上。"谢朓只以"红药当阶翻"一句写芍药花开,诗人觉得远未尽其状,于是写成此十六韵排律以状写芍药,主要笔墨写芍药之美,同时也表现"我"对芍药的欣赏与留连之情。"两三丛烂熳"八句,以及"勾漏丹砂里"八句,直接写芍药的形、色、香,多用比喻、拟人手法,如"丹砂""火焰""彤云""绛帻""罂画(彩画)""燕脂";"房微敛""朵旋欹""扑黄丝""动荡情无限,低斜力不支""有意留连我,无言怨思谁""应愁明日落,如恨隔年期"等,不仅写出芍药形色之火红热烈,还写出芍药的婉转多情。最后诗人表达在"我"心目中,如以连泥荷花、绕刺玫瑰与芍药相比拟,荷花、玫瑰皆不能胜过芍药。"罢草紫泥诏,起吟红药诗",这就是古代官僚文人的诗意和人文情怀。

与沈杨二舍人阁老同食敕赐樱桃玩物感恩因成十四韵

清晓趋丹禁,红樱降紫宸。
驱禽养得熟,和叶摘来新。
圆转盘倾玉,鲜明笼透银。
内园题两字,西掖赐三臣。
荧惑晶华赤,醍醐气味真。
如珠未穿孔,似火不烧人。
杏俗难为对,桃顽讵可伦。
肉嫌卢橘厚,皮笑荔枝皴。
琼液酸甜足,金丸大小匀。
偷须防曼倩,惜莫掷安仁。

手擘才离核，匙抄半是津。
甘为舌上露，暖作腹中春。
已惧长尸禄，仍惊数食珍。
最惭恩未报，饱喂不才身。

【解析】

诗作于长庆二年(822)，51岁，长安，中书舍人。沈传师，"长庆元年二月二十四日迁中书舍人。(二年)二月十九日出守本官，判史馆事"（丁居晦《重修承旨学士壁记》）；杨嗣复，长庆元年(821)十月以库部郎中、知制诰，正拜中书舍人（《旧唐书》卷一七六《杨嗣复传》）。诗的主要笔墨在咏御赐樱桃。"清晓趋丹禁"至"暖作腹中春"，诗人从视觉、嗅觉、味觉等多角度极力书写御赐樱桃给自己带来的美好感受。"圆转盘倾玉，鲜明笼透银""荧惑晶华赤，醍醐气味真""如珠未穿孔，似火不烧人"等诗句皆用比喻手法，写樱桃的形状、色泽、气味之圆转、鲜明、火红、真。又从与杏、桃、卢橘、荔枝对比角度，写樱桃的不同流俗。篇末表达君恩未报的愧疚心理。诗为颂美之作，但经历七年贬谪生涯终于回到朝中的诗人，在对御赐樱桃的赞美中，写出了自己此刻真切的被皇恩笼罩的幸福感受和珍惜之情。

重到江州感旧游题郡楼十一韵

掌纶知是忝，剖竹信为荣。
才薄官仍重，恩深责尚轻。
昔征从典午，今出自承明。
凤诏休挥翰，渔歌欲濯缨。
还乘小艛艓，却到古湓城。

醉客临江待,禅僧出郭迎。
青山满眼在,白发半头生。
又校三年老,何曾一事成。
重过萧寺宿,再上庾楼行。
云水新秋思,闾阎旧日情。
郡民犹认得,司马咏诗声。

【解析】

诗作于长庆二年(822),51岁,长安至杭州途中,杭州刺史。在江州四年,又量移忠州三年,然后回到朝中任职,长庆元年(821)十月,白居易由主客郎中、知制诰转中书舍人,"凡朝廷文字之职,无不首居其选,然多为排摈,不得用其才","时天子荒纵不法,执政非其人,制御乖方,河朔复乱。居易累上疏论其事,天子不能用"(《旧唐书》卷一六六《白居易传》),在这种情况下,长庆二年,宦情衰落的白居易自请外任。七月,自中书舍人除杭州刺史。赴杭途中,因宣武军乱,汴河未通,乃取道襄汉赴任,途经江州(朱金城《白居易年谱》)。"掌纶知是忝,剖竹信为荣","掌纶",掌管草拟诏书,指任中书舍人;"剖竹",指此去任刺史。"昔征从典午,今出自承明",昔日在江州任司马,今日是从宫廷而来。由"还乘小艛艓,却到古湓城"二句,引出后面对到江州情形的书写。"醉客临江待,禅僧出郭迎","醉客""禅僧"这些等待、迎接自己的人物形象再次呈现出诗人在江州曾有的交游生活;"郡民犹认得,司马咏诗声",也令人想到诗人在《山中狂吟》诗中所写的狂吟情状。醉酒、亲禅、吟诗,也构成江州时期诗人的精神世界。"重过萧寺宿,再上庾楼行",诗人对这片曾经让自己痛苦失意的土地显然充满深情。长庆二年,同样写于赴杭途中的《秋寒》诗云:"身外名何有,人间事且休。淡然方寸内,唯拟学虚舟。"以"虚舟"写自我了无一物的心境,一"唯"字表明诗人此时内心明确的指向。"凤诏休挥翰,渔歌欲濯缨"二句,正是表达隐逸心志,"沧浪之水清兮,可以濯我缨;沧浪之水浊兮,可以濯我足"(《孺子歌》),这是诗人内心的一种真实走向，由此开启其杭州的吏隐生活。

赠江州李十使君员外十二韵

> 我本江湖上，悠悠任运身。
> 朝随卖药客，暮伴钓鱼人。
> 迹为烧丹隐，家缘嗜酒贫。
> 经过剡溪雪，寻觅武陵春。
> 岂有疏狂性，堪为侍从臣。
> 仰头惊凤阙，下口触龙鳞。
> 剑佩辞天上，风波向海滨。
> 非贤虚偶圣，无屈敢求伸。
> 昔去曾同日，今来即后尘。
> 中年俱白发，左宦各朱轮。
> 长短才虽异，荣枯事略均。
> 殷勤李员外，不合不相亲。

【解析】

诗作于长庆二年（822），51岁，长安至杭州途中，杭州刺史。李十使君，李渤，时为江州刺史。关于白居易自请外任及赴杭途中取道江州的原因，在前诗解析中已有交代。了解了白居易自请外任杭州刺史的原因，才能读懂诗人赴杭途中这些诗句的真正含义。"我本江湖上，悠悠任运身"，说自己卖药、钓鱼、烧丹、嗜酒，有着王子猷般的任性、陶渊明般的超然，"岂有疏狂性，堪为侍从臣"，这种疏狂之性如何能适应朝中生活？"仰头惊凤阙，下口触龙鳞"，写出置身朝廷的惶恐感受。这种感受在赴杭途中所作《马上作》诗中也有书写："一列朝士籍，遂为世网拘。高有缴忧,下有陷阱虞。每觉宇宙窄,未尝心体舒。""剑佩辞天上,风波向海滨",写自己离开朝廷,选择到杭州过一种吏隐生活。最后就自己与李渤的人生仕途表达感慨,流露出诗人看透荣枯的通达态度。"昔去曾同日,今来即后尘",诗中有注:"元和末,余与李员外同日黜官,今又相次出为刺史。"

题别遗爱草堂兼呈李十使君

曾住炉峰下,书堂对药台。
斩新萝径合,依旧竹窗开。
砌水亲开决,池荷手自栽。
五年方暂至,一宿又须回。
纵未长归得,犹胜不到来。
君家白鹿洞,闻道亦生苔。

【解析】

诗作于长庆二年(822),51岁,长安至杭州途中,杭州刺史。诗题自注:"李亦庐山人,常隐白鹿洞。"遗爱草堂,即白居易所建庐山草堂,遗爱寺紧邻草堂。白居易《香炉峰下新置草堂即事咏怀题于石上》云:"香炉峰北面,遗爱寺西偏。"《重题》(其三)曰:"遗爱寺钟欹枕听,香炉峰雪拨帘看。""曾住炉峰下"六句回顾自己对草堂的营建,开竹窗,亲自开决水池,亲手栽种荷花。草堂不仅是诗人安顿身心的空间,同时他也意欲以此作为退闲终老之地。元和十四年(819),其作《别草堂三绝句》,"为感君恩须暂起,炉峰不拟别多年"(其一),"身出草堂心不出,庐山未要勒移文"(其二),"山色泉声莫惆怅,三年官满却归来"(其三),这些诗句明确道出诗人意欲以草堂为归处的想法。在忠州刺史任,诗人依然在表达"会应归去在,松菊莫教荒"(《郡斋暇日忆庐山草堂兼寄二林僧社三十韵多叙贬官已来出处之意》)的意愿。所以,在这首《题别遗爱草堂兼呈李十使君》诗中,有诗句云"纵未长归得,犹胜不到来",虽然心随境迁,自己曾有的退闲庐山的愿望无法实现,但五年时间能到草堂看看,总比没有机会再来要好些。白鹿洞,《太平寰宇记》卷一一一"德化县":"白鹿洞,在庐山东南。本李渤书堂,今为官学。"(宋)祝穆《方舆胜览》卷十七"南康军":"白鹿书堂。唐李渤与兄涉俱隐于此山,尝养一白鹿,因名之。"诗末"君家白鹿洞,闻道亦生苔",以白鹿洞的苔草景象结束,透露出一种世事变迁之感。

初到郡斋寄钱湖州李苏州

俱来沧海郡,半作白头翁。
谩道风烟接,何曾笑语同?
吏稀秋税毕,客散晚庭空。
霁后当楼月,潮来满座风。
霅溪殊冷僻,茂苑太繁雄。
唯此钱唐郡,闲忙恰得中。

【解析】

诗作于长庆二年(822),51岁,杭州,杭州刺史。诗题自注:"聊取二郡一哂,故有落句之戏。"诗寄分别在湖州、苏州任刺史的钱徽、李谅。"俱来沧海郡"四句,表达三州相邻、风烟相接,却不能相聚的缺憾。"吏稀秋税毕"四句,写诗人所在的杭州空间:吏事毕,晚庭空,雨霁后明月当楼,潮来时满座生风。霅溪,湖州苕溪水,此指湖州。茂苑,苏州长洲苑,此指苏州。湖州太冷僻,苏州太繁雄,"唯此钱唐郡,闲忙恰得中",

诗人意谓杭州是实践"非忙亦非闲"(《郡亭》)之吏隐的佳处。

对酒自勉

五十江城守,停杯一自思。
头仍未尽白,官亦不全卑。
荣宠寻过分,欢娱已校迟。
肺伤虽怕酒,心健尚夸诗。
夜舞吴娘袖,春歌蛮子词。
犹堪三五岁,相伴醉花时。

【解析】

诗作于长庆二年(822),51岁,杭州,杭州刺史。白居易此年十月到达杭州,诗当作于到杭后不久。时年诗人51岁,故诗云"五十江城守"。开启杭州吏隐生活的诗人停杯自思,"头仍未尽白"至"相伴醉花时"数句,所写皆为诗人自思之内容,诗题为自勉,诗人所自勉的是对杭州诗酒花乐相伴的吏隐生活的选择与期待。

晚岁

壮岁忽已去,浮荣何足论。
身为百口长,官是一州尊。
不觉白双鬓,徒言朱两辀。
病难施郡政,老未答君恩。

岁暮别兄弟，年衰无子孙。
惹愁谙世网，治苦赖空门。
揽带知腰瘦，看灯觉眼昏。
不缘衣食系，寻合返丘园。

【解析】

诗作于长庆二年 (822)，51 岁，杭州，杭州刺史。岁暮时分，置身杭州刺史任而宦情已衰落的诗人，发出一连串老病愁苦的感慨，在这感慨中又有着君恩未答、难施郡政的愧疚，以及依托佛禅疗愈人生之苦等复杂情绪。篇末表达若不是为衣食之故，"寻合返丘园"的心愿，也就是退闲归隐之意。

与诸客空腹饮

隔宿书招客，平明饮暖寒。
曲神寅日合，酒圣卯时欢。
促膝才飞白，酡颜已渥丹。
碧筹攒米碗，红袖拂骰盘。
醉后歌尤异，狂来舞可难？
抛杯语同坐，莫作老人看。

【解析】

诗作于长庆二年 (822)，51 岁，杭州，杭州刺史。诗写诗人与诸客空腹饮卯时酒的情形。诗中大量运用与酒有关的语词，如"曲神""酒圣""筹""米碗"等。"促膝才飞白，酡颜已渥丹"，白居易《代书诗一百韵寄微之》有诗句"觥飞白玉卮"，可以用来解释飞白之意，促膝飞白，足见亲密；才飞白，脸上即泛起红晕，一白一丹，令人想见诗人与诸客饮酒时的热烈气氛。"碧筹攒米碗，红袖拂骰盘"，写饮酒时的一些活动。"筹"是酒令筹，酒令中有以筹巡酒的筹令。"米碗"当是一种酒杯，白居易《代书诗一百韵寄微之》有诗句"筹插红螺碗"。骰，此处亦为行酒令的用具。"醉后歌尤异，狂来舞可难"，可难即岂难，醉后狂来时，歌声尤异，平时难舞此时亦不难舞矣。诗末，诗人"抛杯语同坐，莫作老人看。"诗人乘着酒兴"抛杯"的动作、不服老的劲头，呼之欲出。

东楼南望八韵

不厌东南望，江楼对海门。
风涛生有信，天水合无痕。
鹢带云帆动，鸥和雪浪翻。
鱼盐聚为市，烟火起成村。
日脚金波碎，峰头钿点繁。
送秋千里雁，报暝一声猿。
已豁烦襟闷，仍开病眼昏。
郡中登眺处，无胜此东轩。

【解析】

诗作于长庆三年（823），52岁，杭州，杭州刺史。白居易《杭州春望》诗首句："望海楼明照曙霞。"诗中自注云："城东楼名望海楼。"《咸淳临安志》卷五二："东楼，一名望海楼，在中和堂之北，《太平寰宇记》名望潮楼。"《太平寰宇记》卷九三"钱塘县"记："望潮楼，高十丈，在县南十三里。唐武德七年置。""不厌东南望，江楼对海门"，写登上望海楼所见开阔的江山之景，夹钱塘江，南有龛山、北有赭山，合称海门山。此诗中东楼所望不再是"山冷微有雪,波平未生涛"(《初领郡政衙退登东楼作》)的静景,而是"风涛生有信,天水合无痕。鹚带云帆动,鸥和雪浪翻"的画面。在"天水合无痕"的背景下,鹚、鸥飞,云帆动,雪浪翻,仿佛是鹚鸟带动了云帆,鸥鸟和着如雪浪花的节拍而飞舞,又加以"日脚金波碎"的景象,海面愈加显得开阔而动趣横生;诗人又将视、听界荡开,见"峰头钿点繁","送秋千里雁",闻"报暝一声猿",点出了时令为秋和日暮时分,增添清旷之感。诗末云"已豁烦襟闷,仍开病眼昏",赞叹"郡中登眺处,无胜此东轩",公务之余诗人登上东楼,在远望中获得心灵的容与和自由。在杭任职期间,东楼是诗人心灵获得安顿的一个空间所在。

新秋病起

一叶落梧桐,年光半又空。
秋多上阶日,凉足入怀风。
病瘦形如鹤,愁焦鬓似蓬。
损心诗思里,伐性酒狂中。
华盖何曾惜?金丹不致功。
犹须自惭愧,得作白头翁。

【解析】

诗作于长庆三年(823),52岁,杭州,杭州刺史。一叶落而知秋,感受到初秋凉意,又在病中的诗人不免产生悲秋情绪。但诗人的悲秋情绪,不再有传统秋士之悲中壮志未酬的内涵,而是充满对老病的焦愁,所沉溺于其中的诗酒也是损心、伐性的物事。对于生命来说,"华盖何曾惜?金丹不致功",荣耀的官爵不足珍惜,丹药也不起作用。最后表达,"得作白头翁",已是十分侥幸之事,犹自惭愧。

奉和李大夫题新诗二首各六韵·因严亭

箕颍人穷独,蓬壶路阻难。
何如兼吏隐,复得事跻攀。
岩树罗阶下,江云贮栋间。
似移天目石,疑入武丘山。
清景徒堪赏,皇恩肯放闲?
遥知兴未足,即被诏征还。

【解析】

  诗作于长庆三年(823),52岁,杭州,杭州刺史。诗奉和时任润州刺史等职的李德裕而作。因严亭,在凤凰山杭州刺史治所内(《咸淳临安志》卷五二"府治")。此诗表达了诗人的吏隐思想。"箕颍人穷独,蓬壶路阻难。何如兼吏隐,复得事跻攀",高士许由遁耕于中岳颍水之阳,箕山之下(《高士传》卷上),许由式的山水之隐,隐者处于"穷独"之境;蓬莱仙境亦路途艰难,遥不可及,诗人选择吏隐。诗以"因严亭"为题,"亭"成为实现吏隐的空间条件。接着写因严亭高旷的环境:"岩树罗阶下,江云贮栋间。"以及幻化中的情境:"似移天目石,疑入武丘山。"《咸淳临安志》卷二五"临安县":"天目山,在县西五十里,高三千九百丈,周八百里,有三十六洞,为仙灵所居。"武丘山,即虎丘山,《元和郡县图志》卷二五苏州吴县:"虎丘山,在县西北八里。""清景徒堪赏"四句,点出李德裕终将会被朝廷征还,得到重用。

  白居易、李德裕之间唱和极少,仅有的唱和就是白任杭州刺史时的这两首诗,以及白任苏州刺史时,由李德裕首唱,先作《霜夜对月听小童薛阳陶吹觱篥》,白居易有《小童薛阳陶吹觱篥歌》。"牛李党争"种因于元和三年(808)贤良方正能直言极谏科考试事,朱金城《白居易年谱》云:"后居易屡为德裕所排挤,亦与此有关。"长庆元年(821)后,李德裕、李宗闵各分朋党,相互倾轧。白、李唱和之时,党争的端倪刚刚出现不久,没有影响他们的关系,但随着党争的深入发展,白居易因与杨虞卿、杨汝士的姻亲关系及与牛僧孺的密切交往,显然属牛党,或至少是亲牛派。这应是李、白关系疏远的根本原因。

奉和李大夫题新诗二首各六韵·忘筌亭

翠巘公门对,朱轩野径连。
只开新户牖,不改旧风烟。
虚室闲生白,高情澹入玄。
酒容同座劝,诗借属城传。
自笑沧江畔,遥思绛帐前。
亭台随处有,争敢比忘筌?

【解析】

诗作于长庆三年(823),52岁,杭州,杭州刺史。诗奉和时任润州刺史等职的李德裕而作。忘筌亭,在凤凰山杭州刺史治所内(《咸淳临安志》卷五二"府治")。亭名取自《庄子·外物》:"筌者所以在鱼,得鱼而忘筌。蹄者所以在兔,得兔而忘蹄;言者所以在意,得意而忘言。"筌,通荃。"亭台随处有,争敢比忘筌",忘筌亭之所以得到诗人如此高的评价,除了在于其敞开的自然视界,所谓"翠巘公门对,朱轩野径连",诗句"虚室闲生白,高情澹入玄",道出的正是亭空间的虚空与人内心的虚静之间的对应关系。《庄子·人间世》:"虚室生白,吉祥止止。"司马彪解释曰:"室比喻心,心能空虚,则纯白独生也。"(《释文》引) 杭州刺史治所内,即有虚白堂,白有《虚白堂》诗:"虚白堂前衙退后,更无一事到中心。移床就日檐间卧,卧咏闲诗侧枕琴。"从《忘筌亭》诗,可见诗人内心对空明宁静之境的追求。

早春西湖闲游怅然兴怀忆与微之同赏因思在越官重事殷镜湖之游或恐未暇偶成十八韵寄微之

上马复呼宾,湖边景气新。
管弦三数事,骑从十余人。
立换登山屐,行携漉酒巾。
逢花看当妓,遇草坐为茵。
西日笼黄柳,东风荡白蘋。
小桥装雁齿,轻浪辔鱼鳞。
画舫牵徐转,银船酌慢巡。
野情遗世累,醉态任天真。
彼此年将老,平生分最亲。
高天从所愿,远地得为邻。
云树分三驿,烟波限一津。
翻嗟寸步隔,却厌尺书频。
浙右称雄镇,山阴委重臣。
贵垂长紫绶,荣驾大朱轮。
出动刀枪队,归生道路尘。
雁惊弓易散,鸥怕鼓难驯。
百吏瞻相面,千夫捧拥身。
自然闲兴少,应负镜湖春。

【解析】

诗作于长庆四年(824),53岁,杭州,杭州刺史。诗寄在越州任浙东观察使的元稹。西湖是白居易心目中杭州的代表性地理意象。诗写早春游西湖时的情形,"立换登山屐,行携漉酒巾"二句暗用谢灵运着木屐游山(《宋书》卷六七《谢灵运传》)、陶渊明取头上葛巾漉酒(《宋书》卷九三

《陶潜传》)的典故;"西日笼黄柳"四句写景,夕阳笼罩黄柳,东风吹动白蘋,桥的台阶排列有序如雁行,湖浪轻翻排列呈鱼鳞状;上马、呼宾、管弦、骑从、画舫、银船(船形银质酒器),在"野情遗世累,醉态任天真"的洒脱闲适中,带出几分热闹与游宴之气。从"彼此年将老"句始,关涉"我"与元稹,这对挚友"平生分最亲",今日"远地得为邻",诗人说"高天从所愿",诗句中溢满欣喜与珍惜之情。"浙右称雄镇"至"千夫捧拥身"数句集中写元稹是拥雄镇的荣贵重臣,以及其出行时令雁惊鸥怕的阵仗,最后得出"自然闲兴少,应负镜湖春"的推测,与前文中"我"的西湖之游形成对照,同时也与题目中"因思在越官重事殷镜湖之游或恐未暇"相照应。

早饮湖州酒寄崔使君

一榼扶头酒,泓澄泻玉壶。
十分蘸甲酌,潋滟满银盂。
捧出光华动,尝看气味殊。
手中稀琥珀,舌上冷醍醐。
瓶里有时尽,江边无处沽。
不知崔太守,更有寄来无?

【解析】

诗作于长庆四年(824),53岁,杭州,杭州刺史。崔使君,湖州刺史崔玄亮,为人"性雅淡,好道术,不乐趋竞,久游江湖。至元和初,因知己荐达入朝"(《旧唐书》卷一六五《崔玄亮传》),对诗酒琴有癖好,自号"三癖翁"。刘禹锡有诗《湖州崔郎中曹长寄三癖诗自言癖在诗与琴酒其词逸而高吟咏不足昔柳吴兴亭皋陇首之句王融书之白团扇故为四韵以谢之》云:"视事画屏中,自称三癖翁。"白诗从视觉、味觉等多角度写湖州酒的独特,尤其多有诗句写其色泽:"泓澄泻玉壶""潋滟满银盂""捧出光华动""手中稀琥珀"。最后问湖州刺史还能寄酒无,进一步表达对湖州酒的喜爱。在白居易晚年洛下交游中,崔玄亮是趣味与之最为相投、相契者,居易称其为"琴樽伴"(《答崔十八见寄》)。从这首《早饮湖州酒寄崔使君》,可以窥见他们在杭州、湖州间的诗酒交游之一斑。

留题天竺灵隐两寺

在郡六百日,入山十二回。
宿因月桂落,醉为海榴开。
黄纸除书到,青宫诏命催。
僧徒多怅望,宾从亦徘徊。
寺暗烟埋竹,林香雨落梅。
别桥怜白石,辞洞恋青苔。
渐出松间路,犹飞马上杯。
谁教冷泉水,送我下山来?

【解析】

诗作于长庆四年(824),53岁,杭州,杭州刺史。此年五月,白居易杭州任满。"黄纸除书到,青宫诏命催","青宫"即太子所居之东宫,白当是由杭州刺史改任太子属官。诗人与这里的一切依依惜别。天竺寺位于天竺山,诗人"在郡六百日,入山十二回",游山、寺可谓频繁。白居易在杭与天竺寺僧多有交游,尤其与韬光禅师过从甚密。任苏州刺史时,白有诗《寄韬光禅师》:"一山门作两山门,两寺原从一寺分。"两寺指天竺寺、灵隐寺,两寺共一门,两寺本一寺。诗人离开杭州时留题天竺寺、灵隐寺。

"僧徒多怅望,宾从亦徘徊","渐出松间路,犹飞马上杯",由此可以窥见诗人与僧徒间的密切交往及深挚情谊。"别桥怜白石,辞洞恋青苔","谁教冷泉水,送我下山来",白石、青苔都让我留恋,冷泉(在灵隐寺西南隅)水也不舍,依依送我下山,写泉水,实是写自己,诗人对这里的一草一石都充满深情。诗体现了诗人在杭州的宗教情感寄托所在。

洛下寓居

秋馆清凉日,书因解闷看。
夜窗幽独处,琴不为人弹。
游宴慵多废,趋朝老渐难。
禅僧教断酒,道士劝休官。
渭曲庄犹在,钱唐俸尚残。
如能便归去,亦不至饥寒。

【解析】

　　诗作于长庆四年(824),53岁,洛阳。此年五月末,白居易离杭,秋至洛阳,买洛阳故杨凭旧履道里宅。从此诗中"秋馆清凉日""渭曲庄犹在""如能便归去"等诗句,可推知作此诗时诗人尚未购得履道宅园。诗表现诗人寓居洛下时一种寂寥幽独的生命状态,以及想要从此归居的心理。

求分司东都寄牛相公十韵

忽忽心如梦,星星鬓似丝。

纵贫长有酒，虽老未抛诗。
俭薄身都惯，疏顽性颇宜。
饭粗餐亦饱，被暖起常迟。
万里归何得，三年伴是谁？
华亭鹤不去，天竺石相随。
王尹贳将马，田家卖与池。
开门闲坐日，绕水独行时。
懒慢交游许，衰羸相府知。
官寮幸无事，可惜不分司。

【解析】

诗作于长庆四年(824)，53岁，洛阳。牛僧孺长庆三年(823)任宰相。洛阳作为陪都并明确设置有分司机构和职官的时期，是北周时。唐朝沿袭了这种制度，于高宗显庆二年(657)正式以洛阳为东都。随后又命韦弘机主持整修洛阳宫室、廨署，并开始设置分司官。随着洛阳政治地位的下降，除侍御史分司尚存监察之职外，其他分司官员皆为闲职，一般用以安置退罢大臣。在分司生活中，例行的公事有行香（礼佛仪式）、拜表（拜起居表）。分司之职不仅没有实际事务，而且可以拿全俸。长庆四年初秋，白居易杭州任满回到洛阳。这首诗主要传达知足闲适的意趣。"华亭鹤不去，天竺石相随"，诗中自注："余罢杭州，得华亭鹤、天竺石同载而归。"从"王尹贳将马，田家卖与池"诗句可知，此时的白居易已购得履道宅园。篇末"官寮幸无事，可惜不分司"，白居易离杭时有诗《留题天竺灵隐两寺》云："黄纸除书到，青宫诏命催。"白当是由杭州刺史改任东宫之官，太子属官。此外，其开成元年(836)所作《奉酬淮南牛相公思黯见寄二十四韵》诗中有注云："居易三任官寮，皆分司东都，于兹八载。"白八年内任太子宾客分司和太子少傅分司，宫寮指太子属官。"官寮幸无事"，"可惜不分司"，表达不能任分司的遗憾，提出分司东都的请求，与标题"求分司东都"相照应。后诏除太子左庶子分司东都，作有《分司》诗写分司的妙处:"散秩留司殊有味,最宜病拙不才身。行香拜表无公事,碧洛青嵩当主人。已出闲游多到夜,却归慵卧又经旬。钱唐五马留三匹,还拟骑游搅扰春。"关于白居易杭州任满后的任职情况,王拾遗在《白居易研究》中写道:"他虽在洛阳'寓居'下来,但行止如何还不能决定……后来,在宰相牛僧孺的支持之下,诏除太子左庶子分司东都。"大和三年(829)白居易长归洛阳,有十年时间都在任分司之职,分司成为诗人实践身心合一的新吏隐观"中隐"的重要条件。

履道新居二十韵

履道坊西角,官河曲北头。
林园四邻好,风景一家秋。
门闭深沉树,池通浅沮沟。
拔青松直上,铺碧水平流。
篱菊黄金合,窗筠绿玉稠。
疑连紫阳洞,似到白蘋洲。
僧至多同宿,宾来辄少留。
岂无诗引兴,兼有酒销忧。
移榻临平岸,携茶上小舟。
果穿闻鸟啄,萍破见鱼游。
地与尘相远,人将境共幽。
泛潭菱点镜,沉浦月生钩。
厨晓烟孤起,庭寒雨半收。
老饥初爱粥,瘦冷早披裘。
洛下招新隐,秦中忘旧游。
辞章留凤阁,班籍寄龙楼。

病惬官曹静，闲惭俸禄优。
琴书中有得，衣食外何求？
济世才无取，谋身智不周。
应须共心语，万事一时休。

【解析】

诗作于长庆四年（824），53岁，洛阳，太子左庶子分司。此年，"居易罢杭州，归洛阳。于履道里得故散骑常侍杨凭宅，竹木池馆，有林泉之致"（《旧唐书》卷一六六《白居易传》）。其宝历元年（825）所作《泛春池》诗写到池台的由来："谁知始疏凿，几主相传受？杨家去云远，田氏将非久。天与爱水人，终焉落吾手。"诗中注："此池始杨常侍开凿，中间田家为主，予今有之，蒲浦、桃岛皆池上所有。"可见池台几易其主。"天与爱水人，终焉落吾手"，诗人为其履道新居作此长篇排律，诗生动细腻地描写履道新居空间充满生趣的幽境，以及置身于其间的诗人诗酒闲适的生命状态。"门闭深沉树，池通浅沮沟。拔青松直上，铺碧水平流。篱菊黄金合，窗筠绿玉稠""果穿闻鸟啄，萍破见鱼游""泛潭菱点镜，沉浦月生钩。厨晓烟孤起，庭寒雨半收"，这些写景的诗句句式有一个共同特点，那就是每句中出现两个意象，或一为空间一为景物，如"门闭深沉树，池通浅沮沟""篱菊黄金合，窗筠绿玉稠""厨晓烟孤起，庭寒雨半收"；或一为颜色一为景物，如"拔青松直上，铺碧水平流"，在颜色词前面使用动词，将颜色词名词化，使得颜色成为被拔、铺的对象，从而将青松直上、碧水平流具象化；"篱菊黄金合，窗筠绿玉稠"二句，空间、景物、颜色皆有。这种意象选取和组合的特点，能将空间与景物的关系丰富地呈现出来，并给人以鲜明的色彩感。"僧至多同宿，宾来辄少留。岂无诗引兴，兼有酒销忧。移榻临平岸，携茶上小舟"数句，直接写人的活动，其中"移榻临平岸，携茶上小舟"二句，以两个动词，生动具象地表现出人向履道空间内之小空间"平岸""小舟"的主动位移、靠近，从而表达出人的自适以及人与空间的和谐。"地与尘相远，人将境共幽"为全诗点睛之笔。

诗末表达诗人对琴书相伴、衣食无忧生活的知足,以及济世无才却俸禄优厚的自惭等复杂心理。

洛城东花下作

记得旧诗章,花多数洛阳。
及逢枝似雪,已是鬓成霜。
向后光阴促,从前事意忙。
无因重年少,何计驻时芳?
欲送愁离面,须倾酒入肠。
白头无藉在,醉倒亦何妨!

【解析】

诗作于宝历元年(825),54岁,洛阳,太子左庶子分司。"记得旧诗章,花多数洛阳"二句,诗注云:"旧诗云:'洛阳城东面,今来花似雪。'又云:'更待城东桃李发。'又云:'花满洛阳城。'"南朝梁范云《别诗》:"洛阳城东西,长作经时别。昔去雪如花,今来花似雪。"自汉魏以来,洛阳城东就有大片的桃树和李树。唐诗中有"城东桃李""洛阳城东""洛阳东""洛城东""洛东""东陌"等意象。春日,东城桃李繁艳动人,洛城士女争相游赏,文人墨客更是酌酒花下,互相酬唱,构成一幅具有浓厚人文意味的生动图画。白居易这首《洛城东花下作》并未着笔于洛城东花的美丽,在"枝似雪"的花下,"鬓成霜"的诗人叹惋光阴老去,无计驻芳华,唯以酒解忧、醉倒花下,方觉不负春光。

奉和汴州令狐令公二十二韵

客有东征者,夷门一落帆。
二年方得到,五日未为淹。
在浚旌重葺,游梁馆更添。
心因好善乐,貌为礼贤谦。
俗阜知敦劝,民安见察廉。
仁风扇道路,阴雨膏闾阎。
文律操将柄,兵机钓得钤。
碧幢油叶叶,红旆火襜襜。
景象春加丽,威容晓助严。
枪森赤豹尾,纛咤黑龙髯。
门静尘初敛,城昏日半衔。
选幽开后院,占胜坐前檐。
平展丝头毯,高褰锦额帘。
雷槌柘枝鼓,雪摆胡腾衫。
发滑歌钗坠,妆光舞汗沾。
回灯花簇簇,过酒玉纤纤。
馔盛盘心磻,酷浓盏底黏。
陆珍熊掌烂,海味蟹螯咸。
福履千夫祝,形仪四座瞻。
羊公长在岘,傅说莫归岩。
眷爱人人遍,风情事事兼。
犹嫌客不醉,同赋夜厌厌。

【解析】

诗作于宝历元年(825),54岁,洛阳至苏州途中,苏州刺史。宝历元年三月四日,白居易除苏州刺史,二十九日发东都,过汴州,与令狐楚相会。令狐楚时任宣武军节度使,治汴州。诗和令狐楚,诗题有注:"同用淹字。"刘禹锡有《和汴州令狐相公到镇改月偶书所怀二十二韵》,同用一韵。白诗主要颂美令狐楚的德政、威仪。"心因好善乐,貌为礼贤谦。俗阜知敦劝,民安见察廉。仁风扇道路,阴雨膏闾阎",直接颂美其好善、礼贤、敦廉,其仁风阴雨惠及、润泽百姓。以"文律操将柄,兵机钓得钤"二句为过渡,紧扣节度使职位,选取碧油幢、旆、枪、豹尾、纛等形象,凸显节度使的威容。(宋)叶梦得《石林燕语》卷六记:"节度使旌节:门旗二,龙虎旗一,节一,麾枪二,豹尾二,凡八物。旗以红缯为九幅,上为涂金铜龙头以揭旗,加木盘。节以金铜叶为之。盘三层,加红丝为旄。麾枪亦施木盘。豹尾以赤黄布画豹文。皆以髹漆为杠,文臣以朱,武臣以黑。旗则绸以红缯,节及麾枪则绸以碧油,故谓之'碧油红旆'。受赐者藏于公宇私室,皆别为堂,号'节堂'。每朔望之次日祭之,号'衙日'。唐制有六纛,今无有也。"诗接着写宴会的情景,宴会上有柘枝、胡腾健舞表演,鼓声如雷,衫摆似雪,有歌舞花酒、陆珍海味,凸显宴会的富丽热闹。最后再次颂美令狐楚的形仪、德政及好客。其中"羊公长在岘,傅说莫归岩"二句,上句典出《晋书》卷三四《羊祜列传》:"祜乐山水,每风景,必造岘山,置酒言咏,终日不倦。"下句典出《史记》卷三《殷本纪》:"武丁夜梦得圣人,名曰说。以梦所见视群臣百吏,皆非也。于是乃使百工营求之野,得说于傅险中。""眷爱人人遍,风情事事兼",赞令狐楚的山水诗酒雅兴及其对人才的爱重。

去岁罢杭州今春领吴郡惭无善政聊写鄙怀兼寄三相公

为问三丞相,如何秉国钧?
那将最剧郡,付与苦慵人。
岂有吟诗客,堪为持节臣?

不才空饱暖，无惠及饥贫。
昨卧南城月，今行北境春。
铅刀磨欲尽，银印换何频？
杭老遮车辙，吴童扫路尘。
虚迎复虚送，惭见两州民。

【解析】

诗作于宝历元年（825），54岁，苏州，苏州刺史。白居易宝历元年三月四日除苏州刺史，五月五日到苏州任。诗寄三位宰相：李程、窦易直、裴度。诗意在诗题中有明确揭示，即"惭无善政聊写鄙怀"。"为问三丞相，如何秉国钧"，诗人问三位宰相如何作宰相？诗人称自己是"苦慵人""吟诗客"，不才、无惠，与"最剧郡"（政务繁剧之郡）、"持节臣"不相称。"昨卧南城月，今行北境春"，正是写"苦慵人"耽溺自然美景的具体表现。"杭老遮车辙"的"虚送"，"吴童扫路尘"的"虚迎"，都让诗人产生"惭见两州民"的愧疚心理。白居易有《别州民》诗写杭州百姓送别自己的情形："耆老遮归路，壶浆满别筵。"愧疚心理是古代有良知的官僚文人经常表达的，如韦应物"邑有流亡愧俸钱"（《寄李儋元锡》）。其实，白居易在杭州刺史任期间，修筑钱塘湖堤，蓄水，可灌田千顷。又浚城中李泌六井，以供饮用。诗人到苏州后经旬日专于公务，未及宴游，其《自到郡斋仅经旬日方专公务未及宴游偷闲走笔题二十四韵兼寄常州贾舍人湖州崔郎中仍呈吴中诸客》诗，明确写到自己的施政原则和做法，宝历元年（825）所作《故京兆元少尹文集序》亦云："及刺苏州，又剧郡，治数月，政方暇。"他"清旦方堆案，黄昏始退公"（《秋寄微之十二韵》），朝暮忙于公务。苏杭时期的白居易明确以"吏隐"为追求，亦能将"吏"与"隐"的关系处理得恰到好处。诗人一方面勤于政务，一方面又在政务之余追求闲适自由。所以对其愧疚心理要做正确理解。

自到郡斋仅经旬日方专公务未及宴游偷闲走笔题二十四韵兼寄常州贾舍人湖州崔郎中仍呈吴中诸客

渭北离乡客，江南守土臣。
涉途初改月，入境已经旬。
甲郡标天下，环封极海滨。
版图十万户，兵籍五千人。
自顾才能少，何堪宠命频！
冒荣惭印绶，虚奖负丝纶。
候病须通脉，防流要塞津。
救烦无若静，补拙莫如勤。
削使科条简，摊令赋役均。
以兹为报效，安敢不躬亲？
襦袴提于手，韦弦佩在绅。
敢辞称俗吏，且愿活疲民。
常未征黄霸，湖犹借寇恂。
愧无铛脚政，徒忝犬牙邻。
制诏夸黄绢，诗篇占白蘋。
铜符抛不得，琼树见无因。
警寐钟传夜，催衙鼓报晨。
唯知对胥吏，未暇接亲宾。
色变云迎夏，声残鸟过春。
麦风非逐扇，梅雨异随轮。
武寺山如故，王楼月自新。
池塘闲长草，丝竹废生尘。
暑遣烧神酎，晴教晒舞茵。
待还公事了，亦拟乐吾身。

【解析】

诗作于宝历元年(825),54岁,苏州,苏州刺史。诗寄常州贾𬤊、湖州刺史崔郎中,还呈吴中诸客。诗所表现的是初任苏州刺史的诗人致力于政务,为苏州的百姓着想,无暇接待宾客、无暇娱乐休闲,呈现在世人眼前的是诗人入世的形象。"冒荣惭印绶,虚奖负丝纶","待还公事了,亦拟乐吾身",体现了诗人对兼济与独善关系的恰当处理,他在很好地完成政务之余,再去享受身心自由自在的生命状态。从"候病须通脉"至"且愿活疲民"数句,诗人表达了自己的施政原则和做法:静以救烦,勤以补拙;简化科条,均平赋税,亲力亲为。"襦袴提于手,韦弦佩在绅"二句,上句典出《后汉书》卷三一《廉范传》:"成都民物丰盛,邑宇逼侧,旧制禁民夜作,以防火灾,而更相隐蔽,烧者日属。范乃毁削先令,但严使储水而已。百姓为便,乃歌曰:'廉叔度,来何暮?不禁火,民安作。平生无襦今五绔。'"诗人通过"襦袴"典故的运用生动表达自己一心为苏州百姓着想的心迹;下句用《韩非子•观行》典:"西门豹之性急,故佩韦以缓己;董安于之心缓,故佩弦以自急。"二句运用典故十分传神地表现出诗人作为苏州这样"版图十万户,兵籍五千人"的标天下的"甲郡"刺史的自警与自励。从"常未征黄霸"至"未暇接亲宾"数句,开始关涉常州贾𬤊、湖州崔郎中,照应题目,赞美对方的美政,表达无暇相见的遗憾。"愧无铗脚政,徒忝犬牙邻","铗脚政"用《旧唐书》卷一八五上《薛大鼎传》典,沧州刺史薛大鼎"时与瀛洲刺史贾敦颐、曹州刺史郑德本,俱有美政,河北称为'铗脚刺史'"。赞美对方的同时,也表达自己实施美政的心愿。"色变云迎夏,声残鸟过春。麦风非逐扇,梅雨异随轮。武寺山如故,王楼月自新。池塘闲长草,丝竹废生尘。暑遣烧神酎,晴教晒舞茵。待还公事了,亦拟乐吾身",篇末出现景物描写,诗人期待着了却公事后对自然、丝竹、歌舞、醉乡的生命投入。

秋寄微之十二韵

娃馆松江北，稽城浙水东。
屈君为长吏，伴我作衰翁。
旌旆知非远，烟云望不通。
忙多对酒榼，兴少阅诗筒。
淡白秋来日，疏凉雨后风。
余霞数片绮，新月一张弓。
影满衰桐树，香凋晚蕙丛。
饥啼春谷鸟，寒怨络丝虫。
览镜头虽白，听歌耳未聋。
老愁从此遣，醉笑与谁同？
清旦方堆案，黄昏始退公。
可怜朝暮景，销在两衙中。

【解析】

　　诗作于宝历元年（825），54岁，苏州，苏州刺史。诗寄元稹，时元在越州任浙东观察使，故诗云"娃馆松江北，稽城浙水东"，二句分别写苏州、越州。诗中提到"诗筒"。"诗筒"传诗是白居易在杭州刺史任时，和在越州任职的元稹之间的佳话。白居易《与微之唱和来去常以竹筒贮诗陈协律美而成篇因以此答》云："拣得琅玕截作筒，缄题章句写心胸。随风每喜飞如鸟，渡水常忧化作龙。粉节坚如太守信，霜筠冷称大夫容。烦君赞咏心知愧，鱼目骊珠同一封。"其《醉封诗筒寄微之》有诗句："为向两州邮吏道，莫辞来去递诗筒。""诗筒"，即将翠竹截成竹筒，以之贮诗、邮寄，是诗人与元稹杭、越之间的诗意故事。"淡白秋来日"至"寒怨络丝虫"八句，写秋日景象，多衰败之物色的选取，由此引出叹老思友之情。"清旦方堆案，黄昏始退公"，写自己朝暮忙于公务。最后二句"可怜朝暮景，销在两衙中"，二句表达将生命耽于公务的人生缺憾。如何理解白居易这样的想法？白居易有着"疏顽性""野性"的一面，他认为将生命安顿于山水风月的自然之中才是最诗意的状态。

对酒吟

一抛学士笔，三佩使君符。
未换银青绶，唯添雪白须。
公门衙退掩，妓席客来铺。
履舄从相近，讴吟任所须。
金衔嘶五马，钿带舞双姝。
不得当年有，犹胜到老无。
合声歌汉月，齐手拍吴歈。
今夜还先醉，应烦红袖扶。

【解析】

诗作于宝历元年（825），54岁，苏州，苏州刺史。"一抛学士笔，三佩使君符"，白居易罢翰林学士后，历任忠州、杭州、苏州三州刺史。诗主要着笔于公务衙退后的歌酒生活："妓席客来铺""钿带舞双姝""合声歌汉月，齐手拍吴歈"（歈，即歌）。篇末，"今夜还先醉，应烦红袖扶"，写出率真任性的刺史形象。由此诗可以窥见诗人苏州吏隐生活之一斑。

西楼喜雪命宴

宿云黄惨澹，晓雪白飘飖。

散面遮槐市,堆花压柳桥。
四郊铺缟素,万室甃琼瑶。
银榼携桑落,金炉上丽谯。
光迎舞妓动,寒近醉人销。
歌乐虽盈耳,惭无五袴谣。

【解析】

诗作于宝历元年(825),54岁,苏州,苏州刺史。(宋)范成大《吴郡志》卷六"官宇":"西楼在郡治子城西门之上。唐旧名西楼,后更为观风楼,今复旧。""宿云黄惨澹"六句,通过句式结构的变换来多方位写雪。"宿云黄惨澹,晓雪白飘飖"二句,用"宿云""晓雪"开头的主谓句式,写黄云惨淡,拂晓时分白雪飘摇。"散面遮槐市,堆花压柳桥"二句,句式结构以动词开头,写雪遮槐市(槐市,汉代长安读书人聚会、贸易之市,后借指学宫、学舍),压柳桥;"散面""堆花",以面粉、花喻雪。"四郊铺缟素,万室甃琼瑶"二句,以四郊、万室这样的空间开头,写雪在整个世界所产生的效果,四郊仿佛铺了白绢一样,万室像被用琼瑶美玉砌过一般,亦用比喻手法。诗人通过句式结构的变换,意欲传达出雪纷纷飘落的节奏和画面,从而形成一种音乐感。"银榼携桑落"六句,则是写面对雪景,诗人命人携酒上高楼(丽谯,高楼),以歌乐舞酒表达喜雪之情。篇末"歌乐虽盈耳,惭无五袴谣",诗意一转,表达惭愧之意。"五袴谣"用《后汉书》卷三一《廉范传》典:"……范乃毁削先令,但严使储水而已。百姓为便,乃歌曰:'廉叔度,来何暮?不禁火,民安作。平生无襦今五绔。'"白居易在《自到郡斋仅经旬日方专公务未及宴游偷闲走笔题二十四韵兼寄常州贾舍人湖州崔郎中仍呈吴中诸客》诗中"襦袴提于手"句,通过"襦袴"典故的运用生动表达自己一心为苏州百姓着想的心迹。此诗则在喜雪命宴之时用"五袴谣"典故,表达作为刺史的惭愧心理。从这首诗也可以窥见诗人一方面享受苏州吏隐生活,一方面衙退后依然不忘政务、不忘百姓的复杂心理状态。

夜归

逐胜移朝宴，留欢放晚衙。
宾寮多谢客，骑从半吴娃。
到处销春景，归时及月华。
城阴一道直，烛焰两行斜。
东吹先催柳，南霜不杀花。
皋桥夜沽酒，灯火是谁家？

【解析】

诗作于宝历二年（826），55岁，苏州，苏州刺史。"逐胜移朝宴"六句，写晚衙后，诗人率众"到处销春景"，归来时已是月华当空。谢客，用谢灵运典。《咸淳临安志》卷二三记梦谢亭："晏公《舆地志》：晋谢灵运，会稽人。其家不宜子，乃寄养于钱塘杜明师。明师夜梦东南有贤人相访，翌旦灵运至，故号梦谢亭。陆羽《记》云：一名客儿亭……""城阴一道直，烛焰两行斜"二句，写夜色中的树荫、灯烛，一道直、两行斜，像简笔画勾勒出苏州夜景。"东吹先催柳，南霜不杀花"，将东风、南霜拟人化，唤起柳绿花好的景象。白居易《苏州柳》诗云："金谷园中黄袅娜，曲江亭畔碧婆娑。老来处处游行遍，不似苏州柳最多。""皋桥夜沽酒，灯火是谁家"二句，聚焦皋桥那灯火依旧的酒家。《吴郡志》卷十七"桥梁"："皋桥，在吴县西北，阊门内。汉议郎皋伯通居此桥侧，因名之。"诗所写为白居易衙退后游春晚归的吏隐生活，但此诗没有歌乐宴饮，而更多传达出的是诗人高昂的雅兴。

仲夏斋居偶题八韵寄微之及崔湖州

腥血与荤蔬，停来一月余。
肌肤虽瘦损，方寸任清虚。
体适通宵坐，头慵隔日梳。
眼前无俗物，身外即僧居。
水榭风来远，松廊雨过初。
褰帘放巢燕，投食施池鱼。
久别闲游伴，频劳问疾书。
不知湖与越，吏隐兴何如？

【解析】

诗作于宝历二年（826），55岁，苏州，苏州刺史。诗所写亦为诗人苏州吏隐生活的一幕，但这一幕不是衙退后的歌酒游宴，而是脱俗的斋居生活。"腥血与荤菜"八句写斋居时的生命状态，身体安适，方寸清虚，眼前无俗物，身外即僧居。"水榭风来远，松廊雨过初"二句，写自然景物，有风自远处吹过水榭，雨过后松廊一片清新。"褰帘放巢燕，投食施池鱼"，以动词开头的句式写斋居中诗人与自然的和谐共处。最后"不知湖与越，吏隐兴如何"，照应题目中"寄微之及崔湖州"，同时点出题旨。

六月三日夜闻蝉

荷香清露坠，柳动好风生。
微月初三夜，新蝉第一声。
乍闻愁北客，静听忆东京。
我有竹林宅，别来蝉再鸣。

不知池上月，谁拨小船行？

【解析】

诗作于宝历二年（826），55岁，苏州，苏州刺史。《礼记·月令》曰：夏至到，"鹿角解，蝉始鸣，半夏生，木堇荣"。夏日的第一声蝉鸣，牵动作为北客的诗人的愁绪，引发他对于洛下履道池台的思念。履道池台以水竹为主景，所以诗人称之为"竹林宅"，诗将空间切回到履道池，"不知池月上，谁拨小船行"，这颇富诗意的月下池上小舟划行的画面传达出诗人内心的归思。诗紧扣蝉声，将两个不同的空间连接起来；写景细腻，选取景物符合夜的时间特点，眼前感受到的有荷香（嗅觉）、荷露坠落的声响（听觉），以及风生柳动（触觉），还有想象中的空间之景：小船划行在月下池上。全诗体现出精巧严密的构思。

莲石

青石一两片，白莲三四枝。
寄将东洛去，心与物相随。
石倚风前树，莲栽月下池。
遥知安置处，预想发荣时。
领郡来何远？还乡去已迟。
莫言千里别，岁晚有心期。

【解析】

诗作于宝历二年（826），55岁，苏州，苏州刺史。任杭州刺史时，白居易带天竺石、鹤归去；在苏州刺史任，又寄青石一两片、白莲三四枝到洛。其《池上篇》序记："罢苏州刺史时，得太湖石、白莲、折腰菱、青板舫以归。"可见此诗中所云"青石一两片",青石是太湖石。白居易在江州东林寺第一次见到白莲,就被其脱俗气质所吸引,即产生移植到中原的念头,有《浔阳三题·东林寺白莲》诗云:"欲收一颗子,寄向长安城。"真正实现移植愿望,就是在苏州任。这首《莲石》诗记下了这个事实。诗人想象莲、石到洛下后的安置,预想白莲发荣时。前有诗句"心与物相随",最后表达自己终将归洛的心志。诗人寄莲石到洛下,莲石作为江南的物象走进履道池台,成为构成履道池台江南韵味的重要元素,同时,在白居易的世界里,它们皆具有重要的精神意义。

题东武丘寺六韵

香刹看非远,祇园入始深。
龙蟠松矫矫,玉立竹森森。
怪石千僧坐,灵池一剑沉。
海当亭两面,山在寺中心。
酒熟凭花劝,诗成倩鸟吟。
寄言轩冕客,此地好抽簪。

【解析】

诗作于宝历二年(826),55岁,苏州,苏州刺史。《吴郡志》卷三二"郭外寺":"云岩寺,即虎丘山寺。晋司徒王珣及弟司空王珉之别业也。咸和二年(327),舍以为寺。即剑池而分东西,今合为一。寺之胜,闻天下。四方游客过吴者,未有不访焉。"唐讳虎,虎改为武。诗从"香刹看非远,祇园入始深"起笔,"看""入"字眼表明是诗人"我"的视角。然后将笔墨聚焦于东武丘寺之"深",选取如龙蟠状矫矫之松、玉立般森森竹林,以及千人坐、剑池等形象。"怪石千僧坐,灵池一剑沉",关于千人坐,《吴郡志》卷十六"虎丘":"千人坐,生公讲经处也。大石盘陀数亩,高下如刻削,亦它山所无。"《方舆胜览》卷二三"佛寺":"千人坐,在虎丘山侧。有平石,可坐千人。"关于剑池,《吴郡志》卷十六"虎丘":"剑池,吴王阖庐葬其下。以扁诸、鱼肠等剑三千殉焉,故以剑名池。"《方舆胜览》卷二三"佛寺":"剑池,在虎丘寺。始皇试剑于此,乃石罅,深数十丈,阔丈余。水无底,寺中日汲此水。其声潺湲,极可听。"松、竹、千人坐、剑池,这些形象传达出东武丘寺悠远、苍古的神韵和力量。"海当亭两面,山在寺中心",将"寺"与"海(太湖)""山"等形象联系起来,写出东武丘寺开阔的空间环境,给人以气象非凡之感。"酒熟凭花劝,诗成倩鸟吟",由"凭""倩"字眼可见诗人"我"的影子,酒熟诗成、花鸟相伴,置身东武丘寺中,诗人内心和谐愉悦、超然忘俗。"寄言轩冕客,此地好抽簪",沉浸于东武丘寺远俗氛围中的诗人,不由得说出自己真切的感受,告诉那些羁身仕宦者,这里是可以安心退身之处。此诗构思精巧、笔力劲道,堪称佳作,这也透露出诗人内心对于东武丘寺宗教力量的感知与体悟。

夜游西武丘寺八韵

不厌西丘寺,闲来即一过。
舟船转云岛,楼阁出烟萝。
路入青松影,门临白月波。
鱼跳惊秉烛,猿觑怪鸣珂。
摇曳双红旆,娉婷十翠娥。
香花助罗绮,钟梵避笙歌。
领郡时将久,游山数几何?
一年十二度,非少亦非多。

【解析】

诗作于宝历二年(826)，55岁，苏州，苏州刺史。诗人夜游西武丘寺，从"舟船转云岛"句起，从行船的角度，写临近武丘寺时的情形。"楼阁出烟萝""青松影""白月波"，"钟梵"（钟声和诵经声）等视觉、听觉形象凸显武丘寺非凡脱俗的气象及环境氛围。同时，"红旆""翠娥""罗绮"等形象，以及鸣珂声，也呈现苏州刺史出游的阵势。"不厌西丘寺，闲来即一过"，"一年十二度，非少亦非多"，此诗则写月夜游西武丘寺，真可谓"秉烛夜游"了。

松江亭携乐观渔宴宿

震泽平芜岸，松江落叶波。
在官常梦想，为客始经过。
水面排罾网，船头簇绮罗。
朝盘鲙红鲤，夜烛舞青娥。
雁断知风急，潮平见月多。
繁丝与促管，不解和渔歌。

【解析】

诗作于宝历二年(826)，55岁，苏州，苏州刺史。诗人携乐于松江亭观渔、宴宿。《大清一统志》卷七八"苏州府"二："松江亭在吴江县东吴淞江口，唐白居易有《松江亭携乐观渔》诗。"《江南通志》卷三一"苏州府"："松江亭在吴江县东门外，唐时建……朱鹤龄《文类》云：松江亭即古松陵驿。古时亭即驿，后人则别置一亭于江上，为游观之所。""震泽平芜岸，松江落叶波"二句，分别写太湖、松江，篇首即表现水面平阔、落叶纷纷的秋日景象。震泽，即太湖，"在(吴)县西南五十里"(《元和郡县图志》卷二五"江南道一")。"水面排罾网,船头簇绮罗"二句,扣"观渔"来写,绮罗指穿绮罗的乐伎。"朝盘鲙红鲤,夜烛舞青娥","繁丝与促管,不解和渔歌",扣宴、乐来写。"震泽平芜岸,松江落叶波","雁断知风急,潮平见月多",写景平旷开阔,有苍劲之气。

齐云楼晚望偶题十韵兼呈冯侍御周殷二协律

潦倒宦情尽,萧条芳岁阑。
欲辞南国去,重上北城看。
复叠江山壮,平铺井邑宽。
人稠过杨府,坊闹半长安。
插雾峰头没,穿霞日脚残。
水光红漾漾,树色绿漫漫。
约略留遗爱,殷勤念旧欢。
病抛官职易,老别友朋难。
九月全无热,西风亦未寒。
齐云楼北面,半日凭栏杆。

【解析】

诗作于宝历二年(826),55岁,苏州,苏州刺史。诗题自注:"(齐云)楼在苏州。"《吴郡志》卷六"官宇":"齐云楼,在郡治后子城上。绍兴十四年,郡守王㬇重建。"诗呈冯侍御、周元范、殷尧藩。宝历二年二月末,诗人落马伤足,卧三旬。五月末,其又以眼病肺伤,请百日假。九月初,其假满,罢官。十月初,发苏州。从诗句"九月全无热"可知,此诗作于诗人两次百日假假满后,罢苏州刺史,诗中有句"欲辞南国去"。《唐会要》卷八二《休假》元和元年(806)八月御史台奏:"新授常参官在城未上,及在外未到假故等,准令式,职事官假满百日,即合停解。"宦情衰落的白居易请百日假,意在达到罢官目的。所以诗的首句云"潦倒宦情尽"。即将离开苏州的白刺史登上齐云楼,半日凭栏,从登高而望的全景式视角俯瞰苏州。"重叠江山壮"四句,写江山壮丽,市井平铺开阔,人口稠密多于扬州,坊六十,是长安坊的一半。"插雾峰头没"四句,写此刻所看到的景象:山峰高耸,峰顶消失在云雾之中;傍晚时分,夕阳穿过云霞照射在地面上;江水在晚霞映衬下红波荡漾,与呈现漫漫绿色的树景形成对照。"约略留遗爱,殷勤念旧欢。病抛官职易,老别友朋难","约略留遗爱"句用甘棠遗爱之典,《诗·召南·甘棠》:"蔽芾甘棠,勿剪勿伐,召伯所茇。"朱熹《诗集传》解释:"召伯循行南国以布文王之政,或舍甘棠(杜梨)之下。其后人思其德,故爱其树,而不忍伤也。"诗人说自己在苏州的政绩略有遗爱,而用"殷勤念旧欢"三句表达抛官后对旧欢、友朋的留恋之情。诗末"齐云楼北面,半日凭栏杆",与诗题"齐云楼晚望"相照应,即将离开苏州的白刺史深情地望着这片土地,这一形象十分动人。

感悟妄缘题如上人壁

自从为骇童,直至作衰翁。
所好随年异,为忙终日同。
弄沙成佛塔,锵玉谒王宫。
彼此皆儿戏,须臾即色空。
有营非了义,无著是真宗。
兼恐勤修道,犹应在妄中。

【解析】

诗作于宝历二年(826),55岁,苏州,苏州刺史。如上人,洛阳圣善寺僧如信,长庆四年(824)二月卒,宝历元年(825)迁葬于奉先寺,请苏州刺史白居易为记,白有《如信大师功德幢记》。一说,如上人为洛阳长圣善寺钵塔院主,授白居易八关斋戒,大和八年(834)卒。白居易有《东都十律大德长圣善寺钵塔院主智如和尚茶毗幢记》。诗人在《感悟妄缘题如上人壁》诗中,回顾总结自己从孩童到衰翁的一生,虽然随着年龄增长所好也在变化,但终日忙碌是相同的。"弄沙成佛塔"后的诗句多用佛教典故,表达诗人对妄缘的感悟。"弄沙成佛塔,锵玉谒王宫",《法华经·方便品》:"若于旷野中,积土成佛庙。乃至童子戏,聚沙为佛塔。如是诸人等,皆已成佛道。""彼此皆儿戏,须臾即色空",《维摩经·入不二法门品》:"色色空为二,色即是空,非色灭空,色性自空。""有营非了义,无著是真宗",《维摩经·法供养品》:"依了义经,不依不了义经。"了义,即真实之义,最圆满的义谛。敦煌本《坛经》云:"悟此法者,即是无念、无忆、无著。莫起杂妄,即自是真如性。"色即是空,诗人对"有营"予以否定,认为"无著"才是真宗。白《传法堂碑》记:"居易为赞善大夫时,尝四诣师,四问道……第四问云:'无修无念,亦何异于凡夫耶?'师曰:'凡夫无明,二乘执着,离此二病,是名真修。真修者不得勤,不得妄。勤即近执着,妄即落无明。'其心要云尔。"诗末"兼恐勤修道,犹应在妄中",正是对惟宽禅师所言"真修者不得勤,不得妄。勤即近执着,妄即落无明"的感悟。

忆洛中所居

忽忆东都宅,春来事宛然。
雪销行径里,水上卧房前。
厌绿栽黄竹,嫌红种白莲。
醉教莺送酒,闲遣鹤看船。

> 幸是林园主,惭为食禄牵。
> 宦情薄似纸,乡思急于弦。
> 岂合姑苏守,归休更待年?

【解析】

诗作于宝历二年(826),55岁,苏州,苏州刺史。身在苏州的诗人"忽忆"洛下履道宅,想象春来时冬雪融化,栽黄竹、种白莲,此年白居易寄白莲到洛,有《莲石》诗云"白莲三四枝""寄将东洛去"。"醉教莺送酒,闲遣鹤看船",一派人与园林自然和谐共处的画面。诗人又从想象中回到现实,惭愧自己为食禄所牵,不能真正置身自家林园。最后表达宦情衰落,"乡思急于弦"的盼归心理,"急于弦"的比喻写归心之强烈十分生动。

初授秘监拜赐金紫闲吟小酌偶写所怀

> 紫袍新秘监,白首旧书生。
> 鬓雪人间寿,腰金世上荣。
> 子孙无可念,产业不能营。
> 酒引眼前兴,诗留身后名。
> 闲倾三数酌,醉咏十余声。
> 便是羲皇代,先从心太平。

【解析】

诗作于大和元年(827),56岁,长安,秘书监。宝历二年(826)九月初,白居易假满罢苏州刺史,大和元年三月,征为秘书监,赐金紫。秘书监,从三品。唐制,文散官三品以上给金鱼袋、紫衣,散官不及三品者,皇帝推恩特赐,准许着紫,同时赐金鱼袋,称赐金紫。诗写授秘书监赐金紫后闲适自足的生命状态。"紫袍新秘监"四句,诗人故意将紫袍与白首、鬓雪与腰金对写,从而形成颜色的强烈映衬,在表达知足之情的同时也传达出一种复杂的意绪。"酒引眼前兴"四句,紧扣题目中"闲吟小酌"来写。"子孙无可念,产业不能营",唯有眼前的酒和身后的诗名是最真实的。陶渊明"五六月中,北窗下卧,遇凉风暂至,自谓是羲皇上人"(《与子俨等疏》),此诗末云"便是羲皇代,先从心太平",意为此刻内心平和,无忧无虑,便如上古伏羲氏时代的人一般。

有小白马乘驭多时奉使东行至稠桑驿溘然而毙足可惊伤不能忘情题二十韵

能骤复能驰,翩翩白马儿。
毛寒一团雪,鬃薄万条丝。
皂盖春行日,骊驹晓从时。
双旌前独步,五马内偏骑。
芳草承蹄叶,垂杨拂顶枝。
跨将迎好客,惜不换妖姬。
慢鞚游萧寺,闲驱醉习池。
睡来乘作梦,兴发倚成诗。
鞭为驯难下,鞍缘稳不离。
北归还共到,东使亦相随。
楮白何曾变?玄黄岂得知?
嘶风觉声急,踏雪怪行迟。
昨夜犹刍秣,今朝尚紫维。
卧槽应不起,顾主遂长辞。

尘灭骎骎迹，霜留皎皎姿。
度关形未改，过隙影难追。
念倍燕求骏，情深项别骓。
银收钩臆带，金卸络头羁。
何处埋奇骨？谁家觅弊帷？
稠桑驿门外，吟罢涕双垂。

【解析】

诗作于大和元年（827），56岁，长安至洛阳途中，秘书监。稠桑驿，《元和郡县图志》卷六、《太平寰宇记》卷六均记稠桑泽在灵宝县西，属河南道陕州。谢思炜："稠桑驿盖因稠桑泽而得名。"这是一首诗人为乘驭多时、溘然而毙的小白马而创作的伤情诗。起首"能骠复能驰"四句直接咏马，勾勒出小白马的翩翩身姿。"皂盖春行日"至"东使亦相随"数句，从"我"与小白马的角度，写小白马追随多时，与"我"的亲密关系，春行、晓从，芳草留下它的蹄印，垂杨曾拂过它的头顶。迎好客、游佛寺、醉习池，很多活动都有小白马的陪伴，甚至"睡来乘作梦，兴发倚成诗"；"北归还共到，东使亦相随"，小白马应该是从苏州带回的，又随诗人从长安到洛阳；并表达"我"对小白马的爱惜之情，"惜不换妖姬"，"鞭为驯难下"。从"赭白何曾变"至"吟罢涕双垂"，追忆小白马声急、行迟等变化，而"昨夜犹刍秣"四句，着力表现小白马的溘然而毙，对此诗人没有任何心理准备，从而引发诗人无限的伤别之情。诗人用燕昭市骏（《战国策》卷二九《燕策一》）、项羽别骓（《史记》卷七《项羽本纪》）典故，表达小白马对自己的重要和自己对它的深情。"稠桑驿门外，吟罢涕双垂"，诗以"涕双垂"结束，引发读者的情感共鸣。白居易是"多于情者"（陈鸿《长恨歌传》），这也体现其对待身边动物的态度。他晚年有《不能忘情吟并序》，其中也抒发对骆马的情感。

题洛中第宅

水木谁家宅,门高占地宽。
悬鱼挂青甃,行马护朱栏。
春榭笼烟暖,秋庭锁月寒。
松胶黏琥珀,筠粉扑琅玕。
试问池台主,多为将相官。
终身不曾到,唯展宅图看。

【解析】

诗作于大和二年(828),57岁,洛阳,秘书监。洛阳是有着悠久园林文化传统的都市。东汉以来,洛阳园林即为全国之最。到了唐代,由于法令对官员都有占田权的规定,贞观、开元年间,洛阳园林已盛,(宋)李格非《洛阳名园记》云:"方唐贞观开元之间,公卿贵戚开馆列第于东都者,号千有余邸。"(清)王鸣盛《十七史商榷》卷八五《分司官》记:"唐都长安,而洛阳为东都,相去非远,其宫阙盖亚于西都,不特人主临幸频数,而官于朝者,亦多置别业于其中,士自江淮来者,至此则解装憩息焉。"皇帝巡幸洛阳时,随从官员暂时享用自己的园林。"安史之乱"以后,随着东都政治、经济地位的下降,洛阳成为闲散之地,官员多置园林以为退避养老之用,私家园林更盛。"洛阳城里多池馆,几处花开有主人"(刘禹锡《吟乐天自问怆然有作》),由于主人羁身仕途,许多园林烟月空锁。白居易这首诗所写洛中第宅就是这些达官贵人的宅园、别墅,"水木谁家宅"至"筠粉扑琅玕"八句,就是在具体描写烟月空锁之景象。"试问池台主,多为将相官。终身不曾到,唯展宅图看",慨叹多少人奔波于仕途,无暇切身感受林园的花开花落,道出了当时许多官僚羁身仕途不能脱身的共同命运。

早朝

鼓动出新昌，鸡鸣赴建章。
翩翩稳鞍马，楚楚健衣裳。
宫漏传残夜，城阴送早凉。
月堤槐露气，风烛桦烟香。
双阙龙相对，千官雁一行。
汉庭方尚少，惭叹鬓如霜。

【解析】

诗作于大和二年（828），57岁，长安，刑部侍郎。长庆元年（821），白居易有五言排律《行简初授拾遗同早朝入阁因示十二韵》，有"槐阴夹路长""传鼓到新昌""秋风桦烛香""马骄欺地软""待漏排阊阖""停珂拥建章""绰立雁分行"等诗句。《早朝》诗所写同为从新昌出发的早朝情形。《行简初授拾遗同早朝入阁因示十二韵》诗是经历贬谪生涯回到朝中，诗人表达"老去何侥幸"的心理和"相誓答恩光"的心志。此《早朝》诗，诗人已是宦情衰落，篇末表达叹老心理。"汉庭方尚少"句，用《后汉书》卷五九《张衡传》注引《汉武故事》典："上（汉武帝）至郎署，见一老郎（都尉颜驷），鬓眉皓白，问：'何时为郎？何其老也？'对曰：'臣姓颜，名驷，以文帝时为郎。文帝好文而臣好武，景帝好老而臣尚少，陛下好少而臣已老，是以三叶不遇也。'上感其言，擢为会稽都尉。"

太和戊申岁大有年诏赐百寮出城观稼谨书盛事以俟采诗

清晨承诏命，丰岁阅田间。
膏雨抽苗足，凉风吐穗初。

早禾黄错落，晚稻绿扶疏。
好入诗家咏，宜令史馆书。
散为万姓食，堆作九年储。
莫道如云稼，今秋云不如！

【解析】

诗作于大和二年（828），57岁，长安，刑部侍郎。诗从百官奉诏出城观稼写起，"膏雨抽苗足"四句，写庄稼喜人景象。"散为万姓食，堆作九年储"，《礼记·王制》有言："国无九年之蓄曰不足。"诗末"莫道如云稼，今秋云不如"，再次赞美农作物长势之喜人。这是一首颂美之作，所颂对象是观稼盛事，表达作为臣僚面对丰收景象的喜悦和祝福之情。

宿杜曲花下

觅得花千树，携来酒一壶。
懒归兼拟宿，未醉岂劳扶？
但惜春将晚，宁愁日渐晡。
篮舆为卧舍，漆盝是行厨。
斑竹盛茶柜，红泥罨饭炉。
眼前无所阙，身外更何须？
小面琵琶婢，苍头觱篥奴。
从君饱富贵，曾作此游无？

【解析】

诗作于大和三年（829），58岁，长安至洛阳途中，太子宾客分司。程大昌《雍录》卷七："杜曲在启夏门外，向西即少陵原也。杜甫诗曰：'杜曲花光浓似酒。'"白居易爱花,是"爱花人"(《别种东坡花树两绝》其二)、"别花人"(《见紫薇花忆微之》),别花人,即识花人。他多写花下醉,认为"花下醉"是生命最好的当下,可以抵消时光易逝而带来的虚无和忧惧。"觅得花千树,携来酒一壶",所写也是醉花下,但诗人觉得醉花下还不够,他要宿花下,方觉不负春光。从长安长归洛阳途中,诗人醉宿花下,内心无所挂碍,自得自足。"眼前无所缺,身外更何须"二句,接以"小面琵琶婢,苍头觱篥奴",白居易深谙音律,其《池上篇》序记:"罢刑部侍郎时,有粟千斛,书一车,泊臧获之习管磬弦歌者指百以归。""琵琶婢""觱篥奴"就是指这些"习管磬弦歌者",眼前有花千树、酒一壶,更有乐班相随东归,难怪诗人说"眼前无所缺"!"从君饱富贵,曾作此游无",那些饱尝富贵之人,可曾享有此游?从长安归洛途中,诗人已开启其晚年洛下流连、沉溺于自然、音乐的闲适生活。这些"琵琶婢""觱篥奴",让人想到日后白居易履道池上的情形:"酒酣琴罢,又命乐童登中岛亭,合奏《霓裳散序》。声随风飘,或凝或散,悠扬于竹烟波月之际者久之。曲未竟而乐天陶然已醉,睡于石上矣。"(《池上篇》序)

酬令狐相公春日寻花见寄六韵

病卧帝王州,花时不得游。
老应随日至,春肯为人留?
粉坏杏将谢,火繁桃尚稠。
白飘僧院地,红落酒家楼。
空里雪相似,晚来风不休。
吟君怅望句,如到曲江头。

【解析】

诗作于大和三年(829)，58岁，长安，刑部侍郎。对于爱花、把赏花作为诗性生命重要构成部分的白居易来说，"病卧帝王州，花时不得游"，这会是多么大的人生缺憾！因不得赏花，引出"老应随日至，春肯为人留"的惆怅。由春岂肯为人留之意，引出"粉坏杏将谢"六句写百花已开始纷纷谢落，在"晚来风不休"中春色渐渐老去，但这些诗句同时也传达出春花色彩缤纷的美丽。最后"吟君怅望句，如到曲江头"，表达读令狐楚的春日寻花诗句就犹如自己也到了曲江边一般，以诗句聊以弥补不能外出寻花的遗憾。

和微之春日投简阳明洞天五十韵

青阳行已半，白日坐将徂。
越国强仍大，稽城高且孤。
利饶盐煮海，名胜水澄湖。
牛斗天垂象，台明地展图。
瑰奇填市井，佳丽溢闉阇。
勾践遗风霸，西施旧俗姝。
船头龙夭矫，桥脚兽睢盱。
乡味珍蟛越，时鲜贵鹧鸪。
语言诸夏异，衣服一方殊。
捣练蛾眉婢，鸣榔蛙角奴。
江清敌伊洛，山翠胜荆巫。
华表双栖鹤，联樯几点乌。
烟波分渡口，云树接城隅。
涧远松如画，洲平水似铺。

绿秧科早稻，紫笋折新芦。
暖蹋泥中藕，香寻石上蒲。
雨来萌尽达，雷后蛰全苏。
柳眼黄丝颣，花房绛蜡珠。
林风新竹折，野烧老桑枯。
带鞹长枝蕙，钱穿短贯榆。
暄和生野菜，卑湿长街芜。
女浣纱相伴，儿烹鲤一呼。
山魈啼稚子，林狖挂山都。
产业论蚕蚁，孳生计鸭雏。
泉岩雪飘洒，苔壁锦漫糊。
堰限舟航路，堤通车马途。
耶溪岸回合，禹庙径盘纡。
洞穴何因凿？星槎谁与刳？
石凹仙药臼，峰峭佛香炉。
去为投金简，来因挈玉壶。
贵仍招客宿，健未要人扶。
闻望贤丞相，仪形美丈夫。
前驱驻旌旆，偏坐列笙竽。
刺史旟翻隼，尚书履曳凫。
学禅超后有，观妙造虚无。
髻里传僧宝，环中得道枢。
登楼诗八咏，置砚赋三都。
捧拥罗将绮，趋跄紫与朱。
庙谟藏稷契，兵略贮孙吴。
令下三军整，风高四海趋。
千家得慈母，六郡事严姑。

重士过三哺,轻财抵一铢。
送觥歌宛转,嘲妓笑卢胡。
佐饮时炮鳖,蠲醒数脍鲈。
醉乡虽咫尺,乐事亦须臾。
若不中贤圣,何由外智愚?
伊予一生志,我尔百年躯。
江上三千里,城中十二衢。
出多无伴侣,归只对妻孥。
白首青山约,抽身去得无?

【解析】

诗作于大和三年(829),58岁,长安,刑部侍郎。元稹有《春日投简阳明洞天作》,白居易和之。投简,或称投龙,投玉璧金简于道教名山洞府,以祈求神灵降福,为一种祭祀仪式。《唐会要》卷五○:"开元二十四年五月十三日敕:每年春季,镇金龙王殿功德事毕,合献投山水龙璧,出日,宜差散官给驿送,合投州县,便取当处送出,准式报告。"阳明洞天,在越州宛委山,即禹穴。《嘉泰会稽志》卷十一:"阳明洞天在宛委山龙瑞宫。《旧经》云:三十六洞天之十一洞也。一名极玄太元之天。唐观察使元稹以春分日投金简于此。诗云……白乐天和云……传云禹藏书处。一云:禹得玉匮金书于此。《史记》司马迁探禹穴注云:禹巡狩至会稽,因葬焉。上有孔穴,民间云禹入此穴。"诗先极其概括地写越地,写及地理、分野、瑰奇、佳丽、乡味、时鲜、语言、服饰等。"勾践遗风霸,西施旧俗姝",二句写出一种历史感。"牛斗天垂象,台明地展图",会稽为牛宿及斗宿之分野,地上有天台山、四明山,从空间角度表现越地的非凡气象。从"江清敌伊洛"至"孳生计鸭雏",写越地的自然环境和丰富物产。接着紧扣投简阳明洞天来写,泉岩、苔壁、若耶溪水,通往禹庙之路径曲折盘旋,"洞穴何因凿"句始,点出禹穴及投简事。"贵仍招客宿"句始多有对元稹的誉美,美其仪形、文才、威望,重士轻财等。其中"学禅超后有,观妙造虚无。鬓里传僧宝,环中得道枢"四句,肯定元稹之佛、道修养所达到的境界。"后有",后世之身心,或未来之果报。"环中",《庄子·齐物论》:"枢始得其环中,以应无穷",郭象注:"环中,空矣;今以是非为环而得其中者,无是无非也。""送鹢歌宛转"四句写歌舞宴饮。从"醉乡虽咫尺"句起,归入议论感悟,表达自己在与越地相距三千多里的长安,没有友人陪伴的孤独感,篇末"白首青山约,抽身去得无",以二人白首退隐青山之约作结。诗着笔于对越地以及任职期间的元稹的赞美书写,在篇末转入"醉乡虽咫尺,乐事亦须臾"的人生感悟及归隐之心的表达。

酬郑侍御多雨春空过诗三十韵

南雨来多滞,东风动即狂。
月行离毕急,龙走召云忙。
鬼转雷车响,蛇腾电策光。
浸淫天似漏,沮洳地成疮。
惨淡阴烟白,空蒙宿雾黄。
暗遮千里目,闷结九回肠。
寂寞羁臣馆,深沉思妇房。
镜昏鸾灭影,衣润麝消香。
兰湿难纫佩,花凋易落妆。
沾黄莺翅重,滋绿草心长。
紫陌皆泥泞,黄污共淼茫。
恐霖成怪沴,望霁剧祯祥。
楚柳腰肢弱,湘筠涕泪滂。
昏昏疑是夜,阴盛胜于阳。
居士巾皆垫,行人盖尽张。

跳蛙还屡出,移蚁欲深藏。
端坐交游废,闲行去步妨。
愁生垂白叟,恼杀蹋青娘。
变海常须虑,为鱼慎勿忘。
此时方共惧,何处可相将。
已望东溟祷,仍封北户禳。
却思逢旱魃,谁喜见商羊?
预怕为蚕病,先忧作麦伤。
惠应施浃洽,政岂假揄扬?
祀典修咸秩,农书振满床。
丹诚期恳苦,白日会昭彰。
赈廪赒饥户,苫城备坏墙。
且当营岁事,宁暇惜年芳。
德胜令灾弭,人安在吏良。
尚书心若此,不枉系金章。

【解析】

诗作于大和三年(829),58岁,长安,刑部侍郎。诗酬郑鲂而作,诗题自注:"次用本韵。"郑鲂,字嘉鱼,长庆、宝历间为元稹浙东从事。诗从几个角度写多雨景况。首先正面写雨:狂风大作,月行云忙,电闪雷鸣,"浸淫天似漏,沮洳地成疮",烟白惨淡,雾黄空蒙。"暗遮千里目,闷结九回肠","昼昏疑是夜,阴盛胜于阳",这些诗句直接写多雨造成的天地昏暗阴郁,又从侧面生动细腻地书写多雨中物的变化及人的感受。写物:镜昏、衣润、兰湿、花凋,"沾黄莺翅重,滋绿草心长","紫陌皆泥泞,黄污共森茫","楚柳腰肢颤,湘筠涕泪滂","跳蛙还屡出,移蚁欲深藏"。写人:"寂寞羁臣馆,深沉思妇房",多雨对羁臣、思妇寂寞惆怅之情的强化;"居士巾皆垫,行人盖尽张","端坐交游废,闲行去步妨。愁生垂白叟,恼杀蹋青娘",写多雨对日常出行、交游等的影响。"恐霖成怪沴,望雾剧祯祥","愁生垂白叟,恼杀踏青娘。变海常须虑,为鱼慎勿忘。此时方共惧,何处可相将",写在多雨中人的恐、望、愁、恼、虑、惧等心理感受。最后"已望东溟祷"二十句"述浙东政事"(诗中自注),紧扣对方"多雨春空过"之论,指出为政者当忧心农桑,"祀典修咸秩,农书振满床";待白日昭彰后,"赈廪赒饥户,苫城备坏墙";为政者"且当营岁事,宁暇惜年芳",最后写出响亮的诗句:"德胜令灾弭,人安在吏良。"诗从咏雨上升为对德政的规劝。诗以多侧面、多角度的富有张力的书写,再加以所写对象即雨本身弥漫、跳越的特点,使得整首诗读来犹如平湖春涨,澎湃动荡。

想东游五十韵

海内时无事,江南岁有秋。
生民皆乐业,地主尽贤侯。
郊静销戎马,城高逼斗牛。
平河七百里,沃壤二三州。
坐有湖山趣,行无风浪忧。
食宁妨解缆,寝不废乘流。
泉石谙天竺,烟霞识虎丘。
余芳认兰泽,遗咏思蘋洲。
菡萏红涂粉,菰蒲绿泼油。
鳞差渔户舍,绮错稻田沟。
紫洞藏仙窟,玄泉贮怪湫。
精神昂老鹤,姿彩媚潜虬。
静阅天工妙,闲窥物状幽。
投竿出比目,掷果下猕猴。

味苦莲心小，浆甜蔗节稠。
橘苞从自结，藕孔是谁镂？
逐日移潮信，随风变棹讴。
递夫交烈火，候吏次鸣驺。
梵塔形疑踊，阊门势欲浮。
客迎携酒榼，僧待置茶瓯。
小宴闲谈笑，初筵雅献酬。
稍催朱蜡炬，徐动碧牙筹。
圆盏飞莲子，长裾曳石榴。
柘枝随画鼓，调笑从香球。
幕飐云飘槛，帘褰月露钩。
舞繁红袖凝，歌切翠眉愁。
弦管宁容歇，杯盘未许收。
良辰宜酪酊，卒岁好优游。
鲙缕鲜仍细，莼丝滑且柔。
饱餐为日计，稳睡是身谋。
名愧空虚得，官知止足休。
自嫌犹屑屑，众笑大悠悠。
物表疏形役，人寰足悔尤。
蛾须远灯烛，兔勿近罝罘。
幻世春来梦，浮生水上沤。
百忧中莫入，一醉外何求？
未死痴王湛，无儿老邓攸。
蜀琴安膝上，周易在床头。
去去无程客，行行不系舟。
劳君频问讯，劝我少淹留。
云雨多分散，关山苦阻修。

一吟江月别,七见日星周。
珠玉传新什,鹓鸾念故俦。
悬旌心宛转,束楚意绸缪。
驿舫妆青雀,官槽秣紫骝。
镜湖期远泛,禹穴约冥搜。
预扫题诗壁,先开望海楼。
饮思亲履舄,宿忆并衾裯。
志气吾衰也,风情子在不?
应须相见后,别作一家游。

【解析】

诗作于大和三年(829),58岁,长安,刑部侍郎。诗前有序云:"大和三年春,予病免官后,忆游浙右数郡,兼思到越,一访微之。故两浙之间,一物以上,想皆在目,吟且成篇,不能自休,盈五百字,亦犹孙兴公想天台山而赋之也。"由序言可以真切地感受到诗人想到两浙之地时内心情感的波动。苏杭属浙西,越州属浙东,诗人忆苏杭,兼思到越,故称"两浙之间"。苏杭"生民皆乐业,地主尽贤侯",百姓安乐,官员清明;"郊静销戎马,城高逼斗牛",安全无外患;"平河七百里,沃壤二三州",土地广大肥沃。"坐有湖山趣"至"遗咏思蘋洲"八句,每句皆有动词,将苏杭物色巧妙地融入自我游历的书写中。自"菡萏红涂粉"至"姿彩媚潜虬"八句,写诗人以闲静心境感受物色之幽状,所谓"静闯天工妙,闲窥物状幽"。从"投竿出比目"至"随风变棹讴"八句,出现比目鱼、猕猴、莲、蔗、橘、藕等物色。自"递夫交烈火"至"阊门势欲浮"四句,写递夫、候吏及重玄寺阁、阊门,为人物形象、人文景观。从"客迎携酒榼"至"莼丝滑且柔"二十句,写在两浙时曾有的歌酒生活,写到莲子杯、石榴裙、柘枝舞、调笑令、舞袖、歌眉、弦管、杯盘、鱼鲙、莼丝等。这些苏杭特有的物色、形象,构成了白居易当时及回忆中的江南生活。接着以"饱餐为日计,稳睡是身谋"为过渡,引出后文以议论笔法表达心勿为形所役、人世多悔尤、远离祸患、世事如梦,"去去无程客,行行不系舟"等人生感悟。诗中对苏杭风物细腻真切的大段描写,与回到现实中诗人的理性与虚无形成鲜明对比,表现出苏杭是能够激发诗人诗性敏感与生命活力,能够给诗人心灵注入丰盈滋养的地理空间。接着诗以"劳君频问讯,劝我少淹留"为过渡,引出对与元稹离别之情的真切抒写:"云雨多分散,关山苦阻修。一吟江月别,七见日星周。珠玉传新什,鹓鸾念故俦。悬旌心宛转,束楚意绸缪。""悬旌心宛转,束楚意绸缪"二句,以"悬旌""束楚""宛转""绸缪"来写诗人与元稹间彼此牵系的真挚情意,了解、体味了元白二人间一生刻骨铭心的友情后,就会知道这些词运用得如此准确,毫无过分夸大之处。"悬旌"出自《战国策》卷十四《楚策一》"苏秦为赵合从说楚威王",楚王曰:"寡人卧不安席,食不甘味,心摇摇如悬旌,而无所终薄。""束楚",字面意思是捆荆成束,《诗·唐风·绸缪》有诗句:"绸缪束楚,三星在户。今夕何夕,见此粲者。"此指故交相聚。接着诗以"驿舫妆青雀,官槽秣紫骝"为过渡,进一步表达"想东游"之意,与题目相照应。"镜湖期远泛,禹穴约冥搜"二句写到越州,期待远泛镜湖,尽力搜访禹穴,照应序中"兼思到越,一访微之";"预扫题诗壁,先开望海楼",写到杭州,望海楼及望海楼上题诗壁,因为白居易的频繁登临与题写显然给他留下深刻印象。诗末再次表达对元稹的思念及期待见面后的"别作一家游"。整首诗读来,诗人忆苏杭、意欲东游的真切心情令人动容。

分司初到洛中偶题六韵兼戏呈冯尹

相府念多病,春宫容不才。
官衔依口得,俸料逐身来。
白首林园在,红尘车马回。
招呼新客侣,扫掠旧池台。

小舫宜携乐，新荷好盖杯。
不知金谷主，早晚贺筵开？

【解析】

诗作于大和三年（829），58 岁，洛阳，太子宾客分司。此年三月末，诗人百日假满，罢刑部侍郎，以太子宾客分司东都。四月初，发长安，经陕州，至洛阳。从此，长归洛阳。初到洛下，作诗呈河南尹冯宿，诗人称其为"金谷主"，金谷园是西晋石崇在洛阳的别墅。诗人说自己虽多病、不才，但官衔、俸禄皆逐身而来，最后还能从红尘中抽身，回到自家园林，其知足自得之情可见。春宫，即东宫，太子宫，"春宫容不才"，指任太子宾客分司。诗人洒扫池台、招呼客侣，池中"小舫""新荷"，在诗人看来，它们宜"携乐""盖杯"。篇末问河南尹冯宿，何时召集"贺筵"？诗写出终于退居洛下的诗人其知足欣喜之情，也预示着诗人洛下歌酒游宴生活的正式开启。

阿崔

谢病卧东都，羸然一老夫。
孤单同伯道，迟暮过商瞿。
岂料鬓成雪，方看掌弄珠。
已衰宁望有，虽晚亦胜无。
兰入前春梦，桑悬昨日弧。
里闾多庆贺，亲戚共欢娱。
腻剃新胎发，香绷小绣襦。
玉芽开手爪，酥颗点肌肤。
弓冶将传汝，琴书勿坠吾。

未能知寿夭,何暇虑贤愚。
乳气初离壳,啼声渐变雏。
何时能反哺,供养白头乌?

【解析】

诗作于大和三年(829),58岁,洛阳,太子宾客分司。"孤单同伯道,迟暮过商瞿",邓攸无子嗣,见《晋书》卷九〇《邓攸传》;孔子弟子商瞿,年三十八无子,孔子曰:"无忧也。瞿过四十,当有五丈夫。"(《孔子家语》卷九《七十二弟子解》"梁鳣")后果然。"岂料鬓成霜,方看掌弄珠",大和三年冬,58岁的诗人终于得子,诗写其得子后的欣喜之情。"兰入前春梦,桑悬昨日弧",上句用《左传》宣公三年燕姞梦兰典故:"初,郑文公有贱妾曰燕姞,梦天使与己兰,曰:'余为伯鯈。余,而祖也。以是为而子。以兰有国香,人服媚之如是。'既而文公见之,与之兰而御之。辞曰:'妾不才,幸而有子。将不信,敢征兰乎?'公曰:'诺。'生穆公,名之曰兰。"下句"桑悬昨日弧",《礼记·射义》:"故男子生,桑弧,蓬矢六,以射天地四方。"白居易宝历元年(825)作《崔侍御以孩子三日示其所生诗见示因以二绝和之》诗,有"洞房门上挂桑弧"句。白居易老来得子,所以"里闾多庆贺,亲戚共欢娱",二句呈现和谐的生活画面。诗中对新生儿情状做了温柔生动细腻的描写:"腻剃新胎发,香绷小绣襦。玉芽开手爪,酥颗点肌肤。"诗末诗人还表达了对儿子传承弓冶琴书的期许,以及对儿子长大成人的盼望。

酬令狐留守尚书见赠十韵

长庆清风在,夔龙燮理余。
大和膏雨降,周邵保釐初。

嵩少当宫署，伊瀍入禁渠。
晓关开玉兔，夕钥纳银鱼。
旧眷怜移疾，新吟念索居。
离声双白鹇，行色一篮舆。
罢俸无余俸，休闲有敝庐。
慵于嵇叔夜，渴似马相如。
酒每蒙酤我，诗尝许起予。
洛中归计定，一半为尚书。

【解析】

诗作于大和三年（829），58岁，洛阳，太子宾客分司。"长庆清风在"四句，是对东都留守令狐楚曾有政绩的极高颂美，甚至将其比作夔龙、周公召公。《尚书·舜典》："伯拜稽首，让于夔龙。"《孔颖达传》："夔、龙，二臣名。""嵩少当宫署"四句，写令狐楚任东都留守。嵩山、少室山当宫署，伊水、瀍水流入禁渠。"晓关开玉兔"写早晨拉开饰有玉兔的门栓。"夕钥纳银鱼"，留守掌管着都城的宫室，白居易有《寄献北都留守裴令公》诗云"宠重移宫籥，恩新换阊阖"，"宫籥"就是指帝王宫门的锁钥，钥为鱼形。"晓关开玉兔，夕钥纳银鱼"，"玉兔"与"银鱼"相对，甚是巧妙。"旧眷怜移疾"至"行色一篮舆"四句，写自己以太子宾客分司东都，离开长安，一路行程前往洛阳。"罢俸无余俸"，自己没有太多的收入，"休闲有敝庐"当是指洛下有履道池台。"慵于嵇叔夜，渴似马相如"，写自己慵懒、好酒。"酒每蒙酤我，诗尝许起予"，前句诗中有注："《诗》郑笺云：'酤，卖也。音沽。'"用典出自《诗·小雅·伐木》："有酒湑我，无酒酤我。"郑玄笺："酤，买也。"朱熹《诗集传》亦注："酤，买也。"诗中自注中"卖"当为"买"。下句用典出自《论语·八佾》："子夏问曰：'巧笑倩兮，美目盼兮，素以为绚兮。何谓也？'子曰：'绘事后素。'曰：'礼后乎？'子曰：'起予者商也！始可与言《诗》已矣。'""酒每蒙酤我，诗尝许起予"，当是写令狐楚与诗人的诗酒交往，"诗尝许起予"也与标题"令狐留守尚书见赠"相照应,言令狐楚诗对自己有启发作用,令狐楚工诗善文,所制表文常受德宗称赏。"洛中归计定,一半为尚书",白居易经过精心谋划,三次请百日假,终于归居洛阳,此处说一半是为了令狐尚书,其最终归居洛下,也许有令狐楚正任东都留守的原因在其中。大和三年(829)三月至十一月,令狐楚为东都留守。《旧唐书》卷一七二《令狐楚传》记:"大和二年九月,征为户部尚书。三年三月,检校兵部尚书、东都留守、东畿汝都防御使。其年十一月,进位检校右仆射、郓州刺史、天平军节度、郓曹濮观察等使。"令狐楚由长安赴任东都留守临行时,白居易、刘禹锡置酒送之。白居易有《送东都留守令狐尚书赴任》诗云"龙门即拟为游客,金谷先凭作主人",向其表达自己也将归洛的意思。大和三年四月,白居易发长安,未到洛阳时,有《将至东都先寄令狐留守》诗。总之,"一半为尚书",这是对东都留守令狐楚极高的评价和定位。

山石榴花十二韵

晔晔复煌煌,花中无比方。
艳夭宜小院,条短称低廊。
本是山头物,今为砌下芳。
千丛相向背,万朵互低昂。
照灼连朱槛,玲珑映粉墙。
风来添意态,日出助晶光。
渐绽燕脂萼,犹含琴轸房。
离披乱剪彩,斑驳未匀妆。
绛焰灯千炷,红裙妓一行。
此时逢国色,何处觅天香?
恐合栽金阙,思将献玉皇。

好差青鸟使，封作百花王。

【解析】

诗约作于大和三年（829）至大和五年（831）间，洛阳。山石榴花即杜鹃花、映山红。白居易对山石榴花多有书写。在江州有《题山石榴花》云："蔷薇带刺攀应懒，菌苔生泥玩亦难。""争及此花檐户下，任人采弄尽人看。"在忠州有《喜山石榴花开》："忠州州里今日花，庐山山头去时树。已怜根损斩新栽，还喜花开依旧数。赤玉何人少琴轸，红缬谁家合罗裤？但知烂熳恣情开，莫怕南宾桃李妒。"诗题自注："去年自庐山移来。"在杭州有《题孤山寺山石榴花示诸僧众》。这首《山石榴花十二韵》诗，主要笔墨状写山石榴花之美，写其色泽美、意态美等。"渐绽燕脂萼，犹含琴轸房。离披乱剪彩，斑驳未匀妆。绛焰灯千炷，红裙妓一行"数句，多用比喻、拟人手法，如"犹含琴轸房"句，把山石榴花房比喻为琴轸，即琴上调弦的小柱；"红裙妓一行"句，将石榴子写成身着红裙的一行美人，皆十分形象。从石榴花所处空间角度来观照，亦可以窥见诗人对此花的喜爱：诗人先说"本是山头物，今为砌下芳"，在描写石榴花有国色天香之美后，又说"恐合栽金阙，思将献玉皇"，认为石榴花应当有更理想的所在，将其栽种道教所谓仙人或天帝所居的黄金阙，将其献给昊天金阙至尊玉皇大帝。篇末"好差青鸟使，封作百花王"，表达当以山石榴花为百花之王。

戏和微之答窦七行军之作

旌钺从櫜鞬，宾僚礼数全。
夔龙来要地，鹓鹭下辽天。
赭汗骑骄马，青娥舞醉仙。
合成江上作，散到洛中传。

陋巷能无酒？贫池亦有船。
春装秋未寄，谩道有闲钱。

【解析】

诗作于大和四年（830），59岁，洛阳，太子宾客分司。窦七行军，窦巩。《旧唐书》卷一六六《元稹传》："（元稹）在郡二年，改授越州刺史、兼御史大夫、浙东观察使。会稽山水奇秀，稹所辟幕职，皆当时文士，而镜湖、秦望之游，月三四焉。而讽咏诗什，动盈卷帙。副使窦巩，海内诗名，与稹酬唱最多，至今称兰亭绝唱。"朱金城云："元稹观察浙东，奏为副使、检校秘书少监、兼御史中丞。稹移武昌在大和四年正月，此诗当为是年所作，巩或为副使兼行军司马也。"元稹任武昌军节度使、检校户部尚书时作《戏酬副使中丞见示四韵》答窦巩，白居易戏和元，写了《戏和微之答窦七行军之作》，诗题自注："依本韵。""旌铖从櫜鞬"句，谓窦巩戎装从事于军府。元诗有句"莫恨暂櫜鞬，交游几个全"。櫜鞬，《左传•僖公二十三年》："其左执鞭弭，右属櫜鞬，以与君周旋。"杜预注："櫜以受箭，鞬以受弓。""夔龙来要地"句写元稹移镇武昌，夔龙，舜之二臣，《尚书•舜典》："伯拜稽首，让于夔龙。""鹓鹭下辽天"，鹓鹭喻班行有序的朝官，此句写窦巩罢朝官入元稹幕。"楮汗骑骄马，青娥舞醉仙"，上句写楮白马之矫健，下句写美人歌舞。元诗有句"五马虚盈枥，双蛾浪满船"。"合成江上作，散到洛中传"，当指元稹之作在洛中的流传。"陋巷能无酒？贫池亦有船"，诗人写自己。"春装秋未寄，谩道有闲钱"，元稹诗末二句"可怜俱老大，无处用闲钱"句，白居易"戏和"之。

和微之道保生三日

相看鬓似丝，始作弄璋诗。

且有承家望,谁论得力时?
莫兴三日叹,犹胜七年迟。
我未能忘喜,君应不合悲。
嘉名称道保,乞姓号崔儿。
但恐持相并,蒹葭琼树枝。

【解析】

诗作于大和四年 (830),59岁,洛阳,太子宾客分司。"相看鬓似丝,始作弄璋诗",大和三年 (829) 冬,白居易、元稹俱得子,白居易有诗《予与微之老而无子发于言叹著在诗篇今年冬各有一子戏作二什一以相贺一以自嘲》。白居易作《阿崔》五排诗,表达得子的喜悦期盼心理。元稹得子后亦作诗,白居易和之。"相看鬓似丝,始作弄璋诗","弄璋",指生男,语出《诗•小雅•斯干》:"乃生男子,载寝之床,载衣之裳,载弄之璋。"《毛传》:"半圭曰璋。""莫兴三日叹,犹胜七年迟",诗中自注:"予老微之七岁。""嘉名称道保,乞姓号崔儿",元稹之子名道保,自己的儿子号阿崔。谢思炜说:"唐人有以他人姓为幼儿取字之例",《初丧崔儿报微之晦叔》:'书报微之晦叔知,欲题崔字泪先垂。'阿崔之号盖从晦叔之姓而得,此或即'乞姓号崔儿'之意"。(宋) 刘义庆《世说新语•容止》记:"魏明帝使后帝毛曾与夏侯玄并坐,时人谓'蒹葭倚玉树'。"毛曾貌丑,而夏侯玄貌美有"玉人"之称。诗末"但恐持相并,蒹葭琼树枝",诗人用蒹葭倚玉树典故,以蒹葭比阿崔,琼树比道保,表达自谦和对元稹得子的美好祝愿。

晚起

烂熳朝眠后,频伸晚起时。

暖炉生火早,寒镜裹头迟。
融雪煎香茗,调酥煮乳糜。
慵馋还自哂,快活亦谁知?
酒性温无毒,琴声淡不悲。
荣公三乐外,仍弄小男儿。

【解析】

诗作于大和四年(830),59岁,洛阳,太子宾客分司。诗主要表现诗人慵懒适意、心无挂碍的生命状态。"烂熳朝眠""频伸晚起""寒镜裹头迟";香茗、乳糜(用乳汁或酥油调制的粥)、温酒、淡而不悲的琴声,这些都在渲染一种闲适、慵懒、平和的氛围。最后用《列子》卷一《天瑞》记荣启期以生而为人、生而为男子、长寿为三乐的典故,荣启期人生有三乐,自己不仅有三乐,"仍弄小男儿",小男儿当指阿崔,进一步表达知足心态。

府西池北新葺水斋即事招宾偶题十六韵

缭绕府西面,潺湲池北头。
凿开明月峡,决破白蘋洲。
清浅漪澜急,夤缘浦屿幽。
直冲行径断,平入卧斋流。
石叠青棱玉,波翻白片鸥。
喷时千点雨,澄处一泓油。
绝境应难别,同心岂易求?
少逢人爱玩,多是我淹留。
夹岸铺长簟,当轩泊小舟。

枕前看鹤浴，床下见鱼游。
洞户斜开扇，疏帘半上钩。
紫浮萍泛泛，碧亚竹修修。
读罢书仍展，棋终局未收。
午茶能散睡，卯酒善销愁。
檐雨晚初霁，窗风凉欲休。
谁能伴老尹，时复一闲游？

【解析】

诗作于大和五年(831)，60岁，洛阳，河南尹。作为河南尹，喜欢水景的园林家白居易不忘在府西池北营建水斋。"缭绕府西面，潺湲池北头"，水斋有最动听的潺湲水声，而潺湲水声是诗人一生都听不足的。"凿开明月峡"至"平入卧斋流"六句，写引水入池营建水斋的过程。"凿开明月峡，决破白蘋洲"，"明月峡在巴县。石壁高四十丈，有孔若明月"(《方舆胜览》卷六〇"重庆府")，白蘋洲，在湖州，白居易有《白蘋洲五亭记》。这里的明月峡、白蘋洲均为借指，同时也唤起这些地理形象的审美印象。"清浅漪澜急，夤缘浦屿幽"，水流清浅水波急速，水流曲折绕过水中小岛。"石叠青棱玉"四句，句句用比喻，写水中叠石如玉，水波翻动时犹如白羽鸥鸟，水喷时好似千点雨落，水静处澄澈如一泓油。"少逢人爱玩"，诗人独自流连于水斋，享受自然之趣。在诗人笔下，府西水斋是一处清凉脱俗的所在，诗人在此空间中读书、下棋、喝午茶、饮卯酒，"枕前看鹤浴，床下见鱼游"，这在自家履道池台所见的画面，同样出现在府西水斋，诗人在水斋自然中呈现舒适惬意的生命状态。"枕前看鹤浴，床下见鱼游"二句，与前文"平入卧斋流"相照应。

六十拜河南尹

六十河南尹，前途足可知。
老应无处避，病不与人期。
幸遇芳菲日，犹当强健时。
万金何假藉？一盏莫推辞。
流水光阴急，浮云富贵迟。
人间若无酒，尽合鬓成丝。

【解析】

诗作于大和五年（831），60岁，洛阳，河南尹。大和四年（830）十二月二十八日，白居易代韦弘景为河南尹。拜河南尹后的诗人所表达的不是欣喜之情，而是老病不期而至的忧虑，以及"流水光阴急，浮云富贵迟"的怅惘。浮云富贵，用《论语·述而》："不义而富且贵，于我如浮云。"篇末"人间若无酒，尽合鬓成丝"，与"万金何假藉，一盏莫推迟"照应，表达借酒消愁之意。大和三年（829），三次请百日假终于以分司身份退闲洛阳，诗人内心的喜悦流溢于诗作中，如其《赠皇甫宾客》诗所写："轻衣稳马槐阴路，渐近东来渐少尘。耳闹久憎闻俗事，眼明初喜见闲人。"依然在洛阳地理空间，任职河南尹，诗人又为何如此不快呢？分司之职只有行香、拜表之事，而河南尹之职是实务，任河南尹与诗人退洛初衷背道而驰，这也就是诗人为何如此不悦的缘由所在。大和七年（833）四月，诗人以头风病免河南尹，再授太子宾客分司东都。"解印出公府，抖擞尘土衣。百吏放尔散，双鹤随我归"（《咏兴五首·解印出公府》），"陋巷乘篮入，朱门挂印回。腰间抛组绶，缨上拂尘埃"（《罢府归旧居》），两首诗皆以轻快的节奏表现出诗人解脱尘务、回归履道池台的欣喜之情，大有陶渊明归去时"载欣载奔"（《归去来兮辞》）的情状。这种辞去河南尹之职后的欣喜，可以帮助我们理解诗人任河南尹之职时的惆怅。

洛桥寒食日作十韵

上苑风烟好，中桥道路平。
蹴球尘不起，泼火雨新晴。
宿醉头仍重，晨游眼乍明。
老慵虽省事，春诱尚多情。
遇客跎蹰立，寻花取次行。
连钱嚼金勒，凿落写银罂。
府酝伤教送，官娃喜要迎。
舞腰那及柳？歌舌不如莺。
乡国真堪恋，光阴可合轻？
三年遇寒食，尽在洛阳城。

【解析】

诗作于大和六年(832)，61岁，洛阳，河南尹。洛桥，即洛中桥，又名中桥。"上苑风烟好"四句，概写洛阳寒食时节桃花雨后，皇家园林好风烟，中桥路平坦无尘的美好景象。《遁斋闲览》曰："河朔谓清明桃花雨曰泼火雨。又杏花开时正值清明，谓之杏花雨。""宿醉头仍重"句起写诗人的活动，宿醉、晨游，"遇客跎蹰立，寻花取次行"，一切皆随性自在。"连钱嚼金勒"句写马嚼金勒，"凿落写银罂"句写酒泻入银质或银饰的贮器。连钱，马身上的连钱花纹，代指马。凿落，白居易《寄献北都留守裴令公》有诗句："银含凿落盏，金屑琵琶槽。"此处指酒，作"写(泻)"的主语。"府酝伤教送，官娃岂要迎"，金勒、银罂、府酝、官娃(官妓)，皆为与河南尹身份相称的形象。"舞腰那及柳，歌舌不如莺"，将舞腰、歌舌与柳、莺相比，并言前者不及后者，是诗人对寒食时节洛城春色的由衷体会与赞美。"三年遇寒食，尽在洛阳城"，在洛城三遇寒食，诗人的内心似乎不惧光阴流逝，无比踏实和安宁。"乡国真堪恋"，诗写出寒食时节诗人流连于洛城自然春色的归属感。

晚归早出

筋力年年减,风光日日新。
退衙归逼夜,拜表出侵晨。
何处台无月?谁家池不春?
莫言无胜地,自是少闲人。
坐厌推囚案,行嫌引马尘。
几时辞府印,却作自由身?

【解析】

诗作于大和六年(832),61岁,洛阳,河南尹。诗共六韵,每两韵表达一个意思。"筋力年年减"四句,写自己筋力渐衰,自然风光日日皆新,而自己拂晓拜表、近夜退衙,将有限的精力忙于河南尹事务,无暇欣赏自然风光。"何处台无月"四句,写大好春光无处不在,只是缺少真正能够用心体味春色之美的闲人。"莫言无胜地,自是少闲人",这是白居易一生多次表达的思想。被贬江州时期,诗人有《早蝉》:"亦如早蝉声,先入闲人耳。"《偶宴有怀》:"诗思闲仍在,乡愁醉暂无。"只有真正的闲人才能敏锐地感受到早蝉的鸣叫声,也只有心闲才能捕捉到诗意,产生诗思。《江州赴忠州至江陵已来舟中示舍弟五十韵》:"老见人情尽,闲思物理精。"也只有闲时,人才能更好地悟透万物之理。"三载卧山城,闲知节物情"(《病中书事》),杭州时期再次表达"闲"才能感受四季流转物候变迁之意。在苏州刺史任时,白居易有《题报恩寺》诗云:"晚晴宜野寺,秋景属闲人。"其他表达同样思想的诗句如"地贵身不觉,意闲境来随"(《夏日独直寄萧侍御》),"非因斜日无由见,不是闲人岂得知"(《晚桃花》)。在诗人看来,闲,并非无所事事,而是一种无公务羁绊,一切随意、随性而行,充分感受自然、身心之自在与乐趣的生命状态。最后,"坐厌推囚案,行嫌引马尘。几时辞府印,却作自由身?"羁身公务,何时才能辞去府印,做个自由之身?我们可以感受到诗人对卸去公务、投身自然的渴望。

醉后重赠晦叔

老伴知君少,欢情向我偏。
无论疏与数,相见辄欣然。
各以诗成癖,俱因酒得仙。
笑回青眼语,醉并白头眠。
岂是今投分,多疑宿结缘。
人间更何事?携手送衰年。

【解析】

诗作于大和六年(832),61岁,洛阳,河南尹。崔玄亮"性雅淡,好道术,不乐趋竞,久游江湖"(《旧唐书》卷一六五《崔玄亮传》),对诗酒琴有癖好,自号"三癖翁"。大和六年,他以太子宾客分司东都,这次意在长期归居。崔归洛前,白有《忆晦叔》诗:"游山弄水携诗卷,看月寻花把酒杯。六事尽思君作伴,几时归到洛阳来?"在共同居洛的时间里,白居易、崔玄亮交游很多,白称崔为"琴樽伴"(《答崔十八见寄》)。"无论疏与数,相见辄欣然",无论少见面还是屡屡见面,只要相见就会感到欢欣。"各以诗成癖,俱因酒得仙。笑回青眼语,醉并白头眠",从这首《醉后重赠晦叔》诗中,可以窥见二人趣味相投、彼此交游的默契与欢愉,以至于诗人怀疑是前世结下的缘分。倘若二人能"携手送衰年",这是人间最大的幸事。遗憾的是,崔玄亮"无何,又除虢州刺史,盖执政者惜其去,将欲驯致而复用之"(白居易《唐故虢州刺史赠礼部尚书崔公墓志铭并序》)。大和七年(833)七月十一日,崔玄亮以疾卒于虢州刺史任,年六十六。白居易有《哭崔常侍晦叔》诗。

洛下送牛相公出镇淮南

北阙至东京,风光十六程。
坐移丞相阁,春入广陵城。
红旌拥双节,白须无一茎。
万人开路看,百吏立班迎。
阃外君弥重,尊前我亦荣。
何须身自得,将相是门生。

【解析】

诗作于大和六年(832),61岁,洛阳,河南尹。大和六年十二月,牛僧孺罢相,出镇扬州,出为淮南节度使,赴淮南经洛阳,白居易写下这首诗送别。"北阙至东京,风光十六程。坐移丞相阁,春入广陵城"四句,以极其概括的笔墨写出牛僧孺从长安罢相、入扬州任职的事实。"红旌拥双节"四句,是对罢相而赴淮南节度使任的牛僧孺的誉美。篇末,表达"我"所感受到的荣耀与自得。诗中自注:"元和初牛相公应制策登第三等,予为翰林考核官。"所以诗末以"将相是门生"自得。元和三年(808),白居易上《论制科人状》为参加制举考试的牛僧孺等人鸣不平。元和十年(815),白居易作《与元九书》,有句"不相与者,号为沽名,号为诋讦,号为讪谤。苟相与者,则如牛僧孺之戒焉",称牛僧孺为"相与者",可见他们的交情不一般,白居易时任江州司马,正是人生最为失意之时。白居易最早寄赠牛僧孺的诗《庐山草堂夜雨独宿寄牛二李七庚三十二员外》,作于元和十三年(818)任江州司马时。元和十四年(819),在忠州刺史任时,白有《京使回累得南省诸公书因以长句诗寄谢萧五……杨十二员外》诗寄萧俛、韦处厚等十五人,牛僧孺是其"交亲"之一。以后,他们多有诗歌唱和。"牛李党争"以来,白居易虽主观上不愿入党,但又由于其与牛党人物杨虞卿、杨汝士的姻亲关系,更加以与牛僧孺的交情,实际上是亲牛派。从这首排律诗中,可以窥见两者的亲密关系。

重修香山寺毕题二十二韵以纪之

阙塞龙门口,祇园鹫岭头。
曾随减劫坏,今遇胜缘修。
再莹新金刹,重装旧石楼。
病僧皆引起,忙客亦淹留。
四望穷沙界,孤标出赡州。
地图铺洛邑,天柱倚嵩丘。
两面苍苍岸,中心瑟瑟流。
波翻八滩雪,堰护一潭油。
台殿朝弥丽,房廊夜更幽。
千花高下塔,一叶往来舟。
岫合云初吐,林开雾半收。
静闻樵子语,远听櫂郎讴。
官散殊无事,身闲甚自由。
吟来携笔砚,宿去抱衾裯。
霁月当窗白,凉风满簟秋。
烟香封药灶,泉冷洗茶瓯。
南祖心应学,西方社可投。
先宜知止足,次要悟浮休。
觉路随方乐,迷涂到老愁。
须除爱名障,莫作恋家囚。
便合穷年住,何言竟日游。
可怜终老地,此是我菟裘。

【解析】

诗作于大和六年(832),61岁,洛阳,太子宾客分司。香山寺,龙门十寺之一,后魏时所建。在洛阳南三十里香山。白居易《修香山寺记》曰:"洛阳四郊,山水之胜,龙门首焉。龙门十寺,观游之胜,香山首焉。香山之坏久矣,楼亭骞崩,佛僧暴露。士君子惜之,余亦惜之。佛弟子耻之,予亦耻之。"面对这样的景象,诗人产生重修香山寺的想法。大和六年(832),他将为元稹撰墓志所得润笔六七十万钱全部布施修香山寺。八月,修香山寺成,"阙塞之气色,龙潭之景象,香山之泉石,石楼之风月,与往来者耳目一时而新。士君子、佛弟子豁然如释憾刷耻之为者"(《修香山寺记》)。白居易又写了这首《重修香山寺毕题二十二韵以纪之》。诗起首二句"阙塞龙门口,祇园鹫岭头",交代香山寺所处位置,伊阙、龙门在洛阳;祇园,印度著名佛教圣地,此指佛寺;鹫岭、鹫山、灵鹫山,释迦牟尼修道处,借指香山。然后简笔交代重修香山寺,重修后的香山寺令"病僧皆引起,忙客亦淹留"。接着,"四望穷沙界"至"堰护一潭油"八句,诗人从望的角度写香山寺开阔的视界,洛邑、嵩山、八节滩等形象都呈现笔端。"台殿朝弥丽"至"远听棹郎讴",又着力表现香山寺内外环境之清幽,"岫合云初吐,林开雾半收",一叶孤舟往来,静可听到樵子语,远可听到船夫歌。从"官散殊无事,身闲甚自由"开始,写自己在香山寺的切身感受,"吟来携笔砚,宿去抱衾裯",诗人无事随性、闲适安宁,身心自由舒展,这也正是南宗禅尤其是洪州宗所追求的自然与适意,香山寺是禅宗系统的寺院。"霁月当窗白,凉风满簟秋。烟香封药灶,泉冷洗茶瓯",霁月、凉风、烟香、泉冷,构成一派禅幽之境,句句在写香山寺,句句都是诗人细微的感受。诗人生出终老于此的想法。"南祖心应学,西方社可投",既要学南禅宗,又要入修西方净土之教的西方社,这是佛教的途径。白居易在江州作《临水坐》诗云:"昔为东掖垣中客,今作西方社内人。"西方社,指东林寺高僧慧远与僧俗十八人所结白莲社,被贬江州时期的白居易追慕慧远,东林寺也成为其宗教情感的寄托所在。"先宜知止足,次要悟浮休",《老子》(四十四章)曰:"知足不辱,知止不殆,可以长久。"《庄子·刻意》云:"其生若浮,其死若休。"悟透生死,这是老庄的思想。去除对名、家的留恋,就可以穷年住在香山寺,把这里作为退隐之地,终老于此。全诗从对香山寺开阔、清幽之境的书写上升为对佛道思想的感悟,最后归结为对香山寺宗教空间的选择。香山寺是晚年诗人安顿身心的佛教空间所在。

筝

云鬟飘萧绿，花颜旖旎红。
双眸剪秋水，十指剥春葱。
楚艳为门阀，秦声是女工。
甲鸣银玓瓅，柱触玉玲珑。
猿苦啼嫌月，莺娇语妮风。
移愁来手底，送恨入弦中。
赵瑟清相似，胡琴闹不同。
慢弹回断雁，急奏转飞蓬。
霜佩锵还委，冰泉咽复通。
珠联千拍碎，刀截一声终。
倚丽精神定，矜能意态融。
歇时情不断，休去思无穷。
灯下青春夜，尊前白首翁。
且听应得在，老耳未多聋。

【解析】

诗作于大和七年（833），62岁，洛阳，河南尹。诗题为《筝》，诗从弹筝人写起，再咏筝声的变化特点，筝声停后又写弹筝人的精神意态及无穷情思，最后点出倾听者诗人自己。无论是写弹筝人还是写筝声，诗人多用比喻手法。如"云鬟""花颜"，双眸如秋水，十指如剥葱根，写弹筝女的青春美丽；"甲鸣银玓瓅，柱触玉玲珑"，写弹筝女所戴指甲如银珠闪耀，弹奏时筝音如玉声清越；"猿苦啼嫌月"四句写筝声传达的愁、恨情感，如猿啼苦,如莺在风中低哝;"慢弹回断雁,急奏转飞蓬",慢弹时仿佛失群之雁在寻找雁群,急奏时又如飞蓬旋转;"霜佩锵还委,冰泉咽复通",写筝声如玉佩铿锵之声或起或落,又如冰下泉流呜咽凝绝忽而又变得通畅,后句令人想到《琵琶行》中写琵琶声"冰泉冷涩弦凝绝,凝绝不通声暂歇"的诗句;"珠联千拍碎",写筝声如连串珍珠被拍击时那样清脆细碎;"刀截一声终",写筝声戛然而止,犹如绢帛被刀忽然截断一样。诗以十四韵排律写弹筝人及筝声,写出弹筝人高超的演奏技艺和全情的情感投入,同时也表现出诗人对筝艺术的欣赏水平。

洛中春游呈诸亲友

莫叹年将暮,须怜岁又新。
府中三遇腊,洛下五逢春。
春树花珠颗,春塘水曲尘。
春娃无气力,春马有精神。
并辔鞭徐动,连盘酒慢巡。
经过旧邻里,追逐好交亲。
笑语销闲日,酣歌送老身。
一生欢乐事,亦不少于人。

【解析】

诗作于大和七年(833),62岁,洛阳,河南尹。白居易大和三年春以太子宾客分司东都,写此诗在大和七年春,所以诗人说"洛下五逢春"。诗中"府中三遇腊,洛下五逢春。春树花珠颗,春塘水曲尘。春娃无气力,春马有精神",五句连用五个"春"字。(清)赵翼《瓯北诗话》卷四云:"香山于古诗律诗中,又多创体,自成一格……《洛下春游》五排,内'府中三遇腊，洛下五逢春……'连用五'春'字，此一体也。"诗人利用这种创体，写洛下春色及春游之态，"春马有精神"与"春娃无气力"形成反差，同时使诗意振起。这些诗句有很强的画面感，让人想见初春时节花柳世界里，诗人率众游春的场景。"并辔鞭徐动"数句更具体地写春游的活动，歌酒笑语，寻访旧邻里、好交亲。最后表达对这种人生之乐的知足、珍惜之情。

罢府归旧居

陋巷乘篮入，朱门挂印回。
腰间抛组绶，缨上拂尘埃。
屈曲闲池沼，无非手自开。
青苍好竹树，亦是眼看栽。
石片抬琴匣，松枝阁酒杯。
此生终老处，昨日却归来。

【解析】

诗作于大和七年(833)，62岁，洛阳，太子宾客分司。此年二月，白居易以病乞五旬假。四月二十五日，其以头风病免河南尹，再授太子宾客分司东都。诗自注："自此后重授宾客归履道宅作。"诗人罢河南尹回到履道池台，诗题中"归"字表现一种归属感。"腰间抛组绶，缨上拂尘埃"，一"抛"一"拂"，写出诗人从尘务中脱身的决绝姿态。屈曲闲池、青苍好竹、石片、松枝、琴匣、酒杯，共同构成履道池幽深绝俗又闲适自得的环境氛围，这里是可以让诗人身心安顿的所在。诗末"此生终老处，昨日却归来"，一则明确道出这里是诗人最后选择的终老之处，一则又为自己羁身仕宦归来迟晚而愧悔。

裴常侍以题蔷薇架十八韵见示因广为三十韵以和之

托质依高架,攒华对小堂。
晚开春去后,独秀院中央。
霁景朱明早,芳时白昼长。
秾因天与色,丽共日争光。
剪碧排千萼,研朱染万房。
烟条涂石绿,粉蕊扑雌黄。
根动彤云涌,枝摇赤羽翔。
九微灯炫转,七宝帐荧煌。
淑气熏行径,清阴接步廊。
照梁迷藻棁,耀壁变雕墙。
烂若丛燃火,殷于叶得霜。
胭脂含笑脸,苏合裹衣香。
浃洽濡晨露,玲珑漏夕阳。
合罗排勘缬,醉晕浅深妆。
乍见疑回面,遥看误断肠。
风朝舞飞燕,雨夜泣萧娘。
桃李惭无语,芝兰让不芳。
山榴何细碎,石竹苦寻常。
蕙惨偎栏避,莲羞映浦藏。
怯教蕉叶战,妒得柳花狂。
岂可轻嘲咏!应须痛比方。
画屏风自展,绣伞盖谁张?
翠锦挑成字,丹砂印著行。
猩猩凝血点,瑟瑟蹙金匡。
散乱萎红片,尖纤嫩紫芒。

触僧飘毳褐，留妓冒罗裳。
寡和阳春曲，多情骑省郎。
缘夸美颜色，引出好文章。
东顾辞仁里，西归入帝乡。
假如君爱杀，留着莫移将。

【解析】

诗作于大和七年（833），62岁，洛阳，太子宾客分司。裴常侍，裴潾。诗和裴潾题蔷薇花十八韵诗，广为三十韵，从多角度、多侧面咏蔷薇花。诗使用碧、朱、烟、粉、彤、赤、殷等丰富的颜色词，以及石绿、雌黄等有色彩感之物，从色彩角度凸显蔷薇花的秾丽，以"千萼""万房"等写蔷薇花骨朵密集的外形特点。其中多用比喻及拟人等修辞手法，如"根动彤云涌，枝摇赤羽翔""九微灯炫转，七宝帐荧煌""烂若丛燃火，殷于叶得霜"等诗句，以彤云、赤羽、九微灯、七宝帐、火、霜等形象为比，生动地写出蔷薇花的明丽；"胭脂含脸笑，苏合裹衣香""合罗排勘缬，醉晕浅深妆""乍见疑回面，遥看误断肠。风朝舞飞燕，雨夜泣萧娘"等诗句，将蔷薇花比拟为佳人，表现蔷薇花的美丽多情。"桃李慚无语"八句，写桃李、芝兰、山榴、石竹、蕙、莲、蕉叶、柳花等皆相形见绌，是从侧面进一步衬托蔷薇花之美。诗的最后照应题目，关涉裴潾作诗题蔷薇花，进一步表达对蔷薇花的赞美和对裴潾的酬和之意。全诗没用一个"夏"字，"霁景朱明早，芳时白昼长"二句，巧妙运用《尔雅·释天》"夏为朱明"语典，点出季节，使得语言典雅而优美。除这首咏蔷薇花的诗外，如《喜山石榴花开》《牡丹芳》，都是诗人的咏花佳作。

青毡帐二十韵

合聚千羊毳,施张百子夻。
骨盘边柳健,色染塞蓝鲜。
北制因戎创,南移逐虏迁。
汰风吹不动,御雨湿弥坚。
有顶中央耸,无隅四向圆。
傍通门豁尔,内密气温然。
远别关山外,初安庭户前。
影孤明月夜,价重苦寒年。
软暖围毡毯,枪摐束管弦。
最宜霜后地,偏称雪中天。
侧置低歌座,平铺小舞筵。
闲多揭帘入,醉便拥袍眠。
铁檠移灯背,银囊带火悬。
深藏晓兰焰,暗贮宿香烟。
兽炭休亲近,狐裘可弃捐。
砚温融冻墨,瓶暖变春泉。
蕙帐徒招隐,茅庵浪坐禅。
贫僧应叹羡,寒士定留连。
宾客于中接,儿孙向后传。
王家夸旧物,未及此青毡。

【解析】

诗作于大和七年(833),62岁,洛阳,太子宾客分司。晚年白居易在履道池台设有青毡帐。"离恨属三春,佳期在十月"(《别毡帐火炉》),身体强健的时候,每年十月到第二年三月,白居易都居住在毡帐。《青毡帐二十韵》诗详尽叙写了青毡帐的结构、颜色、形状、来源、特点等,以及内部设置和诗人的活动。"汰风吹不动,御雨湿弥坚","旁通门豁尔,内密气温然","砚温融冻墨,瓶暖变春泉",可见青毡帐的坚实、温暖;"侧置低歌座,平铺小舞筵",深好音律的白居易,在其间设有可供歌舞之地;诗人"闲多揭帘入,醉便拥袍眠",毡帐所带来的这份适意、自在,正是中隐诗人最享受的;"蕙帐徒招隐,茅庵浪坐禅",毡帐又是诗人佛、道之心着落的所在,"蕙帐"是隐士帷帐的美称;"宾客于中接",交游广泛的白居易在青毡帐内与友人聚会。从毡帐空间的内容,可以窥见其对于中隐诗人的重要性。篇末"王家夸旧物,未及此青毡",用魏晋名士王献之典故:"夜卧斋中,而有偷人入其室,盗物都尽。献之徐曰:'偷儿,青毡我家旧物,可特置之。'群偷惊走。"(《晋书》卷八〇《王献之传》)青毡也有了魏晋风流的意蕴。"青毡帐"是对晚年诗人具有心灵安顿意义的空间意象。

玩半开花赠皇甫郎中

勿讶春来晚,无嫌花发迟。
人怜全盛日,我爱半开时。
紫蜡黏为蒂,红苏点作蕤。
成都新夹缬,梁汉碎燕脂。
树杪真珠颗,墙头小女儿。
浅深妆驳落,高下火参差。
蝶戏争香朵,莺啼选稳枝。
好教郎作伴,合共酒相随。
醉玩无胜此,狂嘲更让谁?
犹残少年兴,未似老人诗。

西日凭轻照,东风莫杀吹。
明朝应烂漫,后夜更离披。
林下遥相忆,尊前暗有期。
衔杯嚼蕊思,唯我与君知。

【解析】

  诗作于大和八年(834),63岁,洛阳,太子宾客分司。皇甫郎中,皇甫曙。诗题自注:"八年寒食日池东小楼上作。"诗人对于自然尤其是他喜爱的花的观照,体现于他关注花开放过程的每一时刻,这首诗所写就是诗人对半开花的玩赏和怜惜之情。"紫蜡黏为蒂"至"高下火参差"数句,正面描写半开花。"紫蜡黏为蒂,红酥点作蕤",上句以紫蜡喻写花蒂之颜色与质感,下句以红酥写花的红润柔腻。"成都新夹缬,梁汉碎燕脂",以成都用夹缬法印染的丝织品和梁州燕脂比写半开花。《新唐书》卷四〇《地理志一》记"兴元府汉中郡,赤。本梁州汉川郡……土贡:縠、蜡、红蓝、燕脂、夏蒜、冬笋、糟瓜、柑、枇杷、茶。""树杪真珠颗,墙头小女儿",上句用珠颗比树梢花朵,下句用拟人手法,将树梢半开花比作墙头小女儿。"浅深妆驳落,高下火参差",写花颜色浅深斑驳,高低错落。"蝶戏争香朵,莺啼选稳枝",蝶争着闻花香而嬉戏,莺选在枝头啼鸣,从侧面写半开花的香和美。诗人又表达对半开花的怜惜之情,劝诫夕阳轻照,东风莫要用力吹。皇甫曙是白居易晚年生活中的"酒友",所以诗人云"林下遥相忆,尊前暗有期。衔杯嚼蕊思,唯我与君知",相约花下饮酒,这份默契只有我与君知。

西街渠中种莲叠石颇有幽致偶题小楼

朱槛低墙上,清流小阁前。

雇人栽菡萏，买石造潺湲。
影落江心月，声移谷口泉。
闲看卷帘坐，醉听掩窗眠。
路笑淘官水，家愁费料钱。
是非君莫问，一对一翛然。

【解析】

诗作于大和八年（834），63岁，洛阳，太子宾客分司。西街，洛阳履道坊西街，白居易履道宅园在履道坊西门，宅西墙下临伊水渠。诗人在西街渠中种莲，又叠石以造成泉石相激的潺湲之声。"影落江心月，声移谷口泉"，是对眼前之景的空间拓展，映入水中的月是江心月，水石相激的潺湲声是从山谷而来的泉声。"闲看卷帘坐，醉听掩窗眠"，着力表现远离尘务、心无挂碍的自得与闲适。"是非君莫问，一对一翛然"，"翛然"一词出自《庄子·大宗师》："翛然而往，翛然而来而已矣。"成玄英疏："翛然，无系貌也。""翛然"所描述的是一种无拘无束、超脱自在的生命状态，诗人在自我营建的园林幽趣中体味自得与安宁。

喜闲

萧洒伊嵩下，优游黄绮间。
未曾一日闷，已得六年闲。
鱼鸟为徒侣，烟霞是往还。
伴僧禅闭目，迎客笑开颜。
兴发宵游寺，慵时昼掩关。
夜来风月好，悔不宿香山。

【解析】

诗作于大和八年（834），63岁，洛阳，太子宾客分司。在这首写于晚年洛下的排律诗中，诗人表现无所挂碍的闲适生命状态。"萧洒伊嵩下，优游黄绮间"，潇洒于伊水、嵩山间，优游于太子宾客分司这样的闲职中。"黄绮"指商山四皓中的夏黄公、绮里季，代指太子宾客官职。"鱼鸟为徒侣，烟霞是往还"，以鱼鸟为徒侣，与烟霞交游，写自己耽溺于自然山水，与"萧洒伊嵩下"相照应。"伴僧禅闭目"四句，伴僧坐禅时双目闭合，客来时又笑逐颜开，有兴致时夜晚游寺，慵懒时白日闭门，一切皆随心遂性。诗末表达，这样好风月的夜晚，后悔没有宿于香山寺。香山寺是禅宗系统的寺院，是晚年诗人心目中最为理想的安稳身心之处。诗人经常以诗来抒写自我在香山寺所获得的随性与自在，传达出南宗禅追求自然适意的特点。香山寺常被诗人用来作为意味身心自由、全身远害的空间，所以此诗云"夜来风月好，悔不宿香山"。

奉酬侍中夏中雨后游城南庄见示八韵

岛树间林峦，云收雨气残。
四山岚色重，五月水声寒。
老鹤两三只，新篁千万竿。
化成天竺寺，移得子陵滩。
心觉闲弥贵，身缘健更欢。
帝将风后待，人作谢公看。
甪里年虽老，高阳兴未阑。
佳辰不见召，争免趁杯盘？

【解析】

诗作于大和八年（834），63岁，洛阳，太子宾客分司。诗为奉和裴度夏中雨后游城南庄所作诗而写，主要誉美裴度的园林隐逸姿态和情致。城南庄，即裴度在洛阳城南的午桥庄别墅。诗中园林景物描写如"老鹤两三只，新篁千万竿"为午桥庄的环境物色，以鹤、竹形象衬托园林主人高洁悠闲的精神气韵。"帝将风后待，人作谢公看"，表明裴度只是暂时居于园林，终将被大用。风后相传为黄帝大臣（《史记·五帝本纪》），谢公即东山再起的谢安。"化成天竺寺，移得子陵滩"，意为可以将午桥庄幻化成杭州天竺寺，想象成将子陵滩移至了园林。汉代严光曾同刘秀一起游学，光武即位，授其官职，坚决不受，归耕富春山，垂钓七里濑，成为后世隐士的典范。子陵滩，即严光垂钓处。晚年退居洛下的白居易在诗中多次用到严光典故，表达不必像严光那样垂钓于水流湍急的七里滩，在自家的小池就能尽享闲适之趣的思想。所以此处"移得子陵滩"诗句表达的是同样的意思。诗虽然是在写裴度及其午桥庄，实质上表达了诗人自我园林隐逸的思想。

杨柳枝二十韵

小妓携桃叶，新声蹋柳枝。
妆成剪烛后，醉起拂衫时。
绣履娇行缓，花筵笑上迟。
身轻委回雪，罗薄透凝脂。
笙引簧频暖，筝催柱数移。
乐童翻怨调，才子与妍词。
便想人如树，先将发比丝。
风条摇两带，烟叶贴双眉。

口动樱桃破，鬟低翡翠垂。
枝柔腰袅娜，荑嫩手葳蕤。
唳鹤晴呼侣，哀猿夜叫儿。
玉敲音历历，珠贯字累累。
袖为收声点，钗因赴节遗。
重重遍头别，一一拍心知。
塞北愁攀折，江南苦别离。
黄遮金谷岸，绿映杏园池。
春惜芳华好，秋怜颜色衰。
取来歌里唱，胜向笛中吹。
曲罢那能别？情多不自持。
缠头无别物，一首断肠诗。

【解析】

诗作于大和八年（834），63岁，洛阳，太子宾客分司。诗题有注云："杨柳枝，洛下新声也。洛之小妓有善歌之者，词章音韵，听可动人，故赋之。"诗详尽描写了洛中小妓从妆成、上筵、开口到曲罢的神情貌态。诗写了《杨柳枝》歌声的艺术效果："唳鹤晴呼侣，哀猿夜叫儿。玉敲音历历，贯珠字累累。"诗用鹤唳、猿哀鸣、"玉敲""贯珠"等多个比喻摹写歌声，鹤唳、猿哀鸣不仅写歌声的高亮，也写出歌声所传达出的情感，"玉敲""贯珠"写出歌声声调的铿锵和吐字的连贯。"塞北愁攀折，江南苦别离。黄遮金谷岸，绿映杏园池。春惜芳华好，秋怜颜色衰"几句，写《杨柳枝》歌声传达离愁别绪的情感内涵，紧扣杨柳意象，唤起杨柳的春华与秋色景象。诗生动地描写女子身姿、情态之美："绣履娇行缓，花筵笑上迟。身轻委回雪，罗薄透凝脂。""口动樱桃破，鬟低翡翠垂。"尤其是巧妙地以杨柳来比女子，写小妓之美："便想人如树，先将发比丝。风条摇两带，烟叶贴双眉。""枝柔腰袅娜，荑嫩手葳蕤。"女子秀发如柳丝，双眉似柳叶，腰身像柳枝，舞动的飘带如风中之柳条，整个身姿就犹如杨柳般婀娜。从"笙引簧频暖,筝催柱数移。乐童翻怨调,才子与妍词"数句,可以看到《杨柳枝》的创作氛围,有制调的乐童,有写词的才子;也可以看到当时演唱《杨柳枝》的情景,除歌伎,还有奏乐者,有笙筝伴奏。篇末"曲罢那能别"四句,写诗人听赏《杨柳枝》新声后,为其所感,情不自持,就以这首断肠诗作为对歌者的赏赐。

答皇甫十郎中秋深酒熟见忆

烟景冷苍茫,秋深夜夜霜。
为思池上酌,先觉瓮头香。
未暇倾巾漉,还应染指尝。
醍醐惭气味,琥珀让晶光。
若许陪歌席,须容散道场。
月终斋戒毕,犹及菊花黄。

【解析】

　　诗作于大和八年(834),63岁,洛阳,太子宾客分司。皇甫曙是白居易晚年洛下生活中的"酒友"。深秋时节酿酒而成后,皇甫曙表达对诗人的想念,诗人写诗答皇甫曙。首二句"烟景冷苍茫,秋深夜夜霜"写深秋景物及气候特点。"未暇倾巾漉"暗用陶渊明取头上葛巾漉酒的典故,表现人物的率真自适。"醍醐惭气味,琥珀让晶光"二句是对对方所酿酒的想象与赞美,说酒的气味连醍醐都要逊色,其光泽琥珀都不如。《本草纲目·兽一》"醍醐"引寇宗奭曰:"作酪时,上一重凝者为酥,酥上如油者为醍醐,熬之即出,不可多得,极甘美。"篇末"若许陪歌席"四句,诗人说得等我斋戒毕、道场散,就可与皇甫曙相聚饮酒,从中既可窥见诗人斋戒时的严格自律,也可想见诗人对与酒友对酌的期盼。

听芦管吹竹枝

幽咽新芦管,凄凉古竹枝。
似临猿峡唱,疑在雁门吹。
调为高多切,声缘小乍迟。
粗豪嫌觱篥,细妙胜参差。
云水巴南客,风沙陇上儿。
屈原收泪夜,苏武断肠时。
仰秣胡驹听,惊栖越鸟知。
何言胡越异,闻此一同悲。

【解析】

诗作于大和八年(834),63岁,洛阳,太子宾客分司。诗题自注:"芦管,塞北声也。《竹枝》,江南曲也。北声南曲,合而益悲,因咏之。"此诗又题为《听芦管》,无题下注。诗状写以北声芦管吹奏江南曲《竹枝曲》的声情效果,从多角度凸显其凄凉悲愁特点,多是南、北对举来写。"似临猿峡唱,疑在雁门吹",三峡猿鸣,郦道元《水经注》卷三四《江水》记"渔者歌曰:'巴东三峡巫峡长,猿鸣三声泪沾裳'";雁门,雁门山。"调为高多切,声缘小乍迟",二句写芦管声调高、低、凄切、舒缓的变化。"粗豪嫌觱篥,细妙胜参差",芦管吹《竹枝曲》,声调细妙胜过笙,与芦管之细妙相比,觱篥声则显得粗犷豪放。关于觱篥之声,唐代诗人对其粗豪特点多有书写,如李颀写其"龙吟虎啸一时发"(《听安万善吹觱篥歌》),杜甫写其"悲壮"(《夜闻觱篥》),刘禹锡写其"雄吼如风"(《和浙西李大夫霜夜对月听小童吹觱篥歌依本韵》),罗隐写其"制压群豪"(《薛阳陶觱篥歌》)。"云水巴南客"四句,从南北人的感受来写,无论是"云水巴南客"——被疏远放逐的屈原,还是"风沙陇上儿"——被扣在匈奴的苏武,芦管所吹奏的《竹枝曲》传达出他们的悲愁。"仰秣胡驹听,惊栖越鸟知。何言胡越异,闻此一同悲",写南北动物听闻芦管吹出的《竹枝曲》后的反应,胡马仰头倾听,越鸟从睡梦中惊起,胡马、越鸟所处地域相去甚远,但它们从芦管声中都听到悲凉。这种"胡驹"与"越鸟"相对的句式,当取自《古诗十九首·行行重行行》:"胡马依北风,越鸟巢南枝。""仰秣胡驹听"句化用《荀子·劝学》典:"伯牙鼓琴而六马仰秣。"

初夏闲吟兼呈韦宾客

孟夏清和月,东都闲散官。
体中无病痛,眼下未饥寒。
世事闻常闷,交游见即欢。
杯觞留客切,妓乐取人宽。
雪鬓随身老,云心著处安。
此中殊有味,试说向君看。

【解析】

诗作于大和九年(835),64岁,洛阳,太子宾客分司。韦宾客,韦缜。大和八年(834),白居易有《和韦庶子远坊赴宴未夜先归之作兼呈裴员外》诗,戏酬远坊赴宴未夜先归的韦缜。又有《雪中晏起偶咏所怀兼呈张常侍韦庶子皇甫郎中》诗同时呈张仲方、皇甫曙、韦缜,叙写自己的"中隐"思路:"上无皋陶伯益廊庙材,的不能匡君辅国活生民。下无巢父许由箕颍操,又不能食薇饮水自苦辛。君不见,南山悠悠多白云!又不见,西京浩浩唯红尘!红尘闹热白云冷,好于冷热中间安置身。"可见韦缜对中隐思想的认同。了解了这些,才能真正读懂白居易的这首《初夏闲吟兼呈韦宾客》。诗除了首句"孟夏清和月"总写四月清明暖和的节候特点,设置一个美好的环境背景,主要笔墨在写洛下闲散官(太子宾客分司为散秩)之中隐生活的自适与惬意:体中无病痛、眼前无饥寒,在交游中可以很快忘掉世事带来的烦闷，而代以杯觞、妓乐之乐。诗人一生多次任职外郡，多次表达"安处即为乡"思想。被贬江州远离政治中心长安，他开始表达"老来尤委命，安处即为乡"(《四十五》)、"心泰身宁是归处，故乡可独在长安"(《重题》其三)的思想。移官忠州时期，诗人又云："无论海角与天涯，大抵心安即是家。"(《种桃杏》)由中书舍人自请外任杭州，诗人又写道："我生本无乡，心安是归处。"(《初出城留别》)在自请外任的苏州时期，诗人又云："家乡安处是，那独在神京。"(《江上对酒二首》其一)三次请百日假、终于归居洛下的诗人，再次写道："身心安处为吾土，岂限长安与洛阳。"(《吾土》)而在这首诗中，"云鬓随身老，云心着处安"表达的是同样的思想，洛下中隐生活真正成为诗人的身心着落之处。诗末"此中殊有味，试说向君看"，韦缜也是深谙中隐气味者，所以诗人向他传达此意，知道对方会心领神会。

白羽扇

素是自然色，圆因裁制功。
飒如松起籁，飘似鹤翻空。
盛夏不销雪，终年无尽风。
引秋生手里，藏月入怀中。
麈尾斑非匹，蒲葵陋不同。
何人称相对？清瘦白须翁。

【解析】

诗作于大和九年(835)，64岁，洛阳，太子宾客分司。诗咏白羽扇。"飒如松起籁，飘似鹤翻空。盛夏不销雪，终年无尽风"四句，借助"松""鹤""雪""风"等意象，通过比喻手法，写出扇的声、姿、色、用，松风起籁、白鹤翻空、盛夏积雪、终年长风，既赋予羽扇高洁不俗的气质，又写出羽扇非同寻常的气象。"引秋生手里，藏月入怀中"，写扇引微风使人感受到秋天的凉意，将羽扇揽入怀中时又仿佛是藏月入怀。麈尾（麈的尾毛做成的拂尘）无法与它匹敌，蒲葵叶扇与它相形也显得朴陋。篇末，诗人非常自信地写道："何人称相对，清瘦白须翁。"只有我清瘦的白须翁才能与之相称。诗人一生喜爱白色，他欣赏白莲、白牡丹、白槿花，有《种白莲》《白牡丹》《和万州杨使君四绝句·白槿花》等诗。在江州写有《三谣·素屏谣》，解释了喜爱素屏的原因："素屏素屏，胡为乎不文不饰，不丹不青？当世岂无李阳冰之篆字，张旭之笔迹，边鸾之花鸟，张藻之松石？吾不令加一点一画于其上，欲尔保真而全白。""保真而全白"，在这首《白羽扇》诗中云"素是自然色"，由此可以窥见，白居易喜爱白色，或许有他姓白的原因在其中，但更主要的是诗人对真朴自然之美的推崇。这首诗不仅写出白羽扇的自然真朴之美，而且赋予羽扇一种非同寻常的气象和风骨，堪称咏扇诗中的佳作。

闲园独赏

午后郊园静，晴来景物新。
雨添山气色，风借水精神。
永日若为度，独游何所亲？
仙禽狎君子，芳树倚佳人。
蚁斗王争肉，蜗移舍逐身。
蝶双知伉俪，蜂分见君臣。
蠢蠕形虽小，逍遥性即均。
不知鹏与鹦，相去几微尘？

【解析】

诗作于大和九年(835),64岁,洛阳,太子宾客分司。诗题自注:"因梦得所寄蜂鹤之咏,因成此篇以和之。"午后郊园幽静,景物格外清新,"雨添山气色,风借水精神"可谓写景佳句,写雨后山色更加翠绿,风借水波的荡漾来显示其活力。在这样清新的郊园,诗人紧扣梦得所寄蜂鹤之咏,聚焦笔墨于园林中的动物世界,写蚁、蜗、蝶、蜂各自为态。最后,诗人议论道:"蠢蠕形虽小,逍遥性即均。不知鹏与鷃,相去几微尘?"大鹏、斥鷃形象,出自《庄子·逍遥游》,大鹏"水击三千里,抟扶摇而上者九万里""且适南冥";斥鷃"腾跃而上,不过数仞而下,翱翔蓬蒿之间",斥鷃嘲笑大鹏。郭象注曰:"夫小大虽殊,而放于自得之场,则物任其性,事称其能,各当其分,逍遥一也,岂容胜负于其间哉!"鹏与鷃虽有志向远大与渺小之分,但在逍遥遂性这点上,是相差无几的,白居易在静观园林景物中,寄寓自我万物遂性的思想。

诏授同州刺史病不赴任因咏所怀

同州慵不去,此意复谁知?
诚爱俸钱厚,其如身力衰?
可怜病判案,何似醉吟诗?
劳逸悬相远,行藏决不疑。
徒烦人劝谏,只合自寻思。
白发来无限,青山去有期。
野心唯怕闹,家口莫愁饥。
卖却新昌宅,聊充送老资。

【解析】

诗作于大和九年（835），64岁，洛阳，同州刺史。《旧唐书》卷十七上《文宗纪》："（大和九年九月）辛亥，以太子宾客分司东都白居易为同州刺史，代杨汝士……（十月）乙未，以新授同州刺史白居易为太子少傅分司，以汝州刺史刘禹锡为同州刺史。"在诏授同州刺史时，白居易病不赴任，这首诗所写是诗人做出这种选择的一种内心衡量。诗人也深知"俸钱厚"的佳处，但不赴任的原因不是身体衰疾，而是"可怜病判案，何似醉吟诗"，病判案与醉吟诗，两者"劳逸悬相远"，所以"行藏决不疑"，行藏即出处行止，诗人的选择是决绝的。"野心唯怕闹，家口莫愁饥"，这是诗人生平第一次也是唯一一次用到"野心"一词。此外，白诗中用到"野性""疏顽性""麋鹿心"等，皆指不受世俗牵累束缚、追求自然的真性。"野心唯怕闹"，野性只有在静境中才能得到栖息。诗末说卖掉长安的新昌宅，暂充送老之资，一则表示不再回长安的意思，一则表明宁愿卖掉新昌宅作为生活费用的补充，也不会为了俸禄而去任同州刺史。

奉和裴令公新成午桥庄绿野堂即事

旧径开桃李，新池凿凤凰。
只添丞相阁，不改午桥庄。
远处尘埃少，闲中日月长。
青山为外屏，绿野是前堂。
引水多随势，栽松不趁行。
年华玩风景，春事看农桑。
花妒谢家妓，兰偷荀令香。
游丝飘酒席，瀑布溅琴床。
巢许终身隐，萧曹到老忙。

千年落公便，进退处中央。

【解析】

诗作于大和九年(835)，64岁，洛阳，太子宾客分司。裴度是白居易心目中功成身退的典范人物，备受白的推崇。裴度在洛阳建有多处园林，除集贤里宅园外，在洛城东南洛水之滨、定鼎门外午桥一地创别墅，称为"午桥庄"或"南庄""南园""城南庄"。绿野堂，是午桥庄中的"凉台水馆"。《旧唐书》一七〇《裴度传》记大和九年十一月"甘露之变"后，"度以年及悬舆，王纲板荡，不复以出处为意。东都立第于集贤里……又于午桥创别墅，花木万株，中起凉台暑馆，名曰绿野堂，引甘水贯其中，酾引脉分，映带左右。"原为李龟年的宅第，位于通远坊，经过拆、迁，裴度将其移置到定鼎门外午桥庄。所以白此诗有"只添丞相阁，不改午桥庄"的诗句。之所以名之为"绿野堂"，刘禹锡《奉和裴令公新成绿野堂即事》云"堂皇临绿野，坐卧看青山"。白居易这首《奉和裴令公新成午桥庄绿野堂即事》主要笔墨写绿野堂内外环境，青山作为外在的屏障，绿野是前堂，随势引水，栽松不趁行，可以玩风景、看农桑。"花妒谢家妓，兰偷荀令香"，上句一则写花之美，一则写歌伎之美，"谢家妓"用谢安典，《世说新语·识鉴》记："谢公在东山蓄妓。"《晋书》卷七九《谢安传》记谢携妓游赏；下句写兰之香，用汉末尚书令荀彧典，《艺文类聚》卷七〇引《襄阳记》："荀令君至人家，坐处三日香。"李颀《赠别张兵曹》有诗句："荀令焚香日，潘郎振藻秋。""游丝飘酒席，瀑布溅琴床"，诗人将瀑布与琴床意象联系起来，借以传达出主人的雅韵。篇末"巢许终身隐，萧曹到老忙"，古代高士巢父、许由终身隐，汉代开国功臣萧何和曹参一生到老忙，《汉书》卷三九《萧何曹参传》记："天下既定，因民之疾秦法，顺流与之更始，二人同心，遂安海内。""千年落公便，进退处中央"，诗中有注："时裴加中书令。"裴度能做到前人所没有做到的"进退处中央"，即将入世与退隐关系处理得恰到好处，济世的功业与隐退的闲适兼得，这是诗人对裴度的真诚誉美。

自题小草亭

新结一茅茨，规模俭且卑。
土阶全垒块，山木半留皮。
阴合连藤架，丛香近菊篱。
壁宜藜杖倚，门称荻帘垂。
窗里风清夜，檐间月好时。
留连尝酒客，勾引坐禅师。
伴宿双栖鹤，扶行一侍儿。
绿醅量盏饮，红稻约升炊。
齷齪豪家笑，酸寒富室欺。
陶庐闲自爱，颜巷陋谁知？
蝼蚁谋深穴，鹪鹩占小枝。
各随其分足，焉用有余为？

【解析】

诗作于大和九年（835）至开成元年（836）间，洛阳。新建造的小草亭"规模俭且卑"，"土阶全垒块，山木半留皮"，是一处以简约朴素为美，与自然息息相通的所在：架上藤连成荫，篱边菊丛溢香；窗里夜有清风，檐间好月堪赏；藜杖倚壁，荻帘垂门，一切皆体现出诗人返璞归真的审美趣味。"留连尝酒客"，"勾引坐禅师"（勾引，即招引），"伴宿双栖鹤"，令人想见小草亭内清雅脱俗的生命呈现。小草亭虽局促狭小，但它是一处自在安适的空间，诗人比之为"陶庐""颜巷"，暗含着自得、自乐之意。"蝼蚁谋深穴，鹪鹩占小枝"，诗人以"深穴"比小草亭，取其安、适之意；"鹪鹩占小枝"，化用"鹪鹩巢于深林，不过一枝"（《庄子·逍遥游》）语典，表达自我于小亭获得的省份知足心境。园中之亭内敛式而非敞开式的空间特点，正是晚年诗人追求自在安适、不假外求心态的体现。

自咏

细故随缘尽,衰形具体微。
斗闲僧尚闹,较瘦鹤犹肥。
老遣宽裁袜,寒教厚絮衣。
马从衔草骣,鸡任啄笼飞。
只要天和在,无令物性违。
自余君莫问,何是复何非?

【解析】

诗作于大和九年(835)至开成元年(836)间,洛阳,太子少傅分司。诗以自咏方式书写遂性自适的生命境界。起笔"细故随缘尽",意谓细小而不值得计较的琐事都完全不挂在心上了,换言之,就是达到了心无挂碍的境界。"斗闲僧尚闹,较瘦鹤犹肥"二句,分别承前二句诗意而来,跟僧、鹤比闲、比瘦,心无挂碍比僧闲,形体清癯比鹤瘦。"老遣宽裁袜,寒教厚絮衣"二句,通过对宽袜、厚衣的要求,诗人要表达的是生命对自适境界的追求。"马从衔草骣,鸡任啄笼飞"二句,马就让它衔草转卧地上,鸡就任凭它飞出樊笼,即让马、鸡各按其本性去呈现自己的生命状态。由此,诗人写出富含哲理的诗句:"只要天和在,无令物性违。""天和",自然的和气,出自《庄子•庚桑楚》:"故敬之而不喜,侮之而不怒者,唯同乎天和者为然。"《庄子•知北游》:"若正汝形,一汝视,天和将至。"成玄英疏:"汝形容端雅,勿为邪僻,视听纯一,勿多取境,自然和理归至汝身。"诗人认为只要自然的和气在,就不要违背物性。万物遂性,是白居易在诗中多有表达的思想。同时,他认为人的生命状态也要遂性自适。"自余君莫问,何是复何非",诗人一生都在努力达到销尽是非的无事心境,此结语与开头语"细故随缘尽"相照应,整首诗可谓结构严密。

新亭病后独坐招李侍郎公垂

新亭未有客,竟日独何为?
趁暖泥茶灶,防寒夹竹篱。
头风初定后,眼暗欲明时。
浅把三分酒,闲题数句诗。
应须置两榻,一榻待公垂。

【解析】

诗作于大和九年(835)至开成元年(836)间,洛阳,太子少傅分司。李侍郎公垂,李绅,大和九年五月,"丁未,以浙东观察使李绅为太子宾客,分司东都",开成元年四月为河南尹(《旧唐书》卷十七下《文宗纪》)。"新亭未有客,竟日独何为",诗人主要写自己在亭内的活动。"趁暖泥茶灶,防寒夹竹篱",着手营造亭的温暖空间,泥即以泥涂砌之意。"浅把三分酒,闲题数句诗",恰到好处的诗酒生活。诗末,"应须置两榻,一榻待公垂",用《后汉书》卷五三《徐稺传》所记陈蕃下榻典,点出题中招客之意。

早春即事

眼重朝眠足,头轻宿酒醒。
阳光满前户,雪水半中庭。
物变随天气,春生逐地形。
北檐梅晚白,东岸柳先青。
葱垄抽羊角,松巢堕鹤翎。
老来诗更拙,吟罢少人听。

【解析】

诗作于开成元年（836），65岁，洛阳，太子少傅分司。诗紧扣题中"早春"二字，写诗人感受到的春色、春意，表达闲适之趣。诗从朝眠足、宿酒醒写起，已经奠定了全诗的慵懒适意基调。在这种神清气爽的状态下，诗人首先感受到的是满院的阳光和半庭冰雪融化的积水，水面在阳光的照射下一定在闪闪发光。"物变随天气，春生逐地形"，可以说是对物候变化的哲理概括。接着"北檐梅晚白，东岸柳先青"二句所写之景，就是对"春生逐地形"一句所作的注脚：北檐的梅晚白、东岸的柳先青，它们颜色的变化迟速就是由其所处位置方向决定的。"葱垄抽羊角，松巢堕鹤翎"，以葱冒出了尖角，鹤羽毛掉落，一向上、一向下，生动写出早春物候的变化，同时"松巢堕鹤翎"句写鹤栖松枝，传达出高洁意趣。最后二句写吟诗，虽说老来诗拙，吟罢少人听，但这份淡然才是诗人真正想传达的。

残春咏怀赠杨慕巢侍郎

位逾三品日，年过六旬时。
不道官班下，其如筋力衰。
犹怜好风景，转重旧亲知。
少壮难重得，欢娱且强为。
兴来池上酌，醉出袖中诗。
静话开襟久，闲吟放盏迟。
落花无限雪，残鬓几多丝？
莫说伤心事，春翁易酒悲。

【解析】

诗作于开成元年(836),65岁,洛阳,太子少傅分司。杨慕巢侍郎,即杨汝士。诗所抒写的是残春时节诗人内心因时光逝去、衰老渐至、少壮难再得而产生的悲伤情绪。诗人时任太子少傅,属二品,如此高的品阶无法抵制其内心对筋力衰减的强烈感知。"兴来池上酌"四句,写诗酒闲放姿态。"落花无限雪,残鬓几多丝",落花如雪与如雪残鬓形象的并置,使得闲放中多了伤感。诗末"莫说伤心事,春翁易酒悲",再次点出"悲"意。

春尽日天津桥醉吟偶呈李尹侍郎

宿雨洗天津,无泥未有尘。
初晴迎早夏,落照送残春。
兴发诗随口,狂来酒寄身。
水边行岌峨,桥上立逡巡。
疏傅心情老,吴公政化新。
三川徒有主,风景属闲人。

【解析】

诗作于开成元年(836),65岁,洛阳,太子少傅分司。李尹侍郎,李绅,时任河南尹。天津桥,在洛阳西南洛水上,隋炀帝大业元年(605)初造,以架洛水。(清)徐松《唐两京城坊考》卷五《东京·外郭城》记:"唐人由西京至东都,皆由天津桥。高宗还东都,百官见于天津桥南是也。"白居易有诗句"津桥东北斗亭西,到此令人诗思迷"(《天津桥》)。天津桥是晚年诗人诗酒游宴的一个所在。此六韵排律,可分三节来看,每两韵一节意思。"宿雨洗天津"四句,概写暮春初夏时节,雨后、初晴、落照、天津桥的时空景象。"兴发诗随口"四句，写诗人吟诗饮酒的姿态，水边行走摇晃倾斜，天津桥上站立徘徊。"疏傅心情老，吴公政化新"，以汉代名遂身退的疏广、疏受（《汉书》卷七一《疏广传》）自比，将李绅比作"治平为天下第一"、被汉文帝"征以为廷尉"的河南守吴公（《汉书》卷四八《贾谊传》），一个"心情老"，一个"政化新"，形成鲜明对比。诗末，诗人不无自得地说："三川徒有主，风景属闲人。"李绅任河南尹，作为三川之主，却忙于政务，真正拥有洛阳美景的是像我这样的闲人。(唐) 杜佑《通典》卷一七七"河南府"："秦平天下，置三川郡。汉高帝置河南郡。后汉改为河南尹……凡周、汉、魏、晋、后魏、隋，至于我唐，并为帝都。今号为东京，后改号东都。"在白居易的思想中，闲不是无所事事，而是摆脱世俗羁绊后身心的自由。他强调身闲、心闲有助于诗人心灵对世间物色的感悟。这种思想，归洛后诗人更多有表达，其他诗句如"闲中得诗境，此境幽难说"（《秋池二首》其二），"莫言无胜地，自是少闲人"（《晚归早出》），"幽境虽目前，不因闲不见"（《冬日早起闲咏》），"幽境深谁知，老身闲独步"（《池上幽境》），"始知天造空闲境，不为忙人富贵人"（《春日题乾元寺上方最高峰亭》）等。

秋霖中奉裴令公见招早出赴会马上先寄六韵

雨暗三秋日，泥深一尺时。
老人平旦出，自问欲何之？
不是寻医药，非干送别离。
素书传好语，绛帐赴佳期。
续借桃花马，催迎杨柳姬。
只愁张录事，罚我怪来迟。

【解析】

　　诗作于开成元年(836)，65岁，洛阳，太子少傅分司。东都留守裴度园中的宴饮是经常性的，《旧唐书》卷一七〇《裴度传》记其："视事之隙，与诗人白居易、刘禹锡酬宴终日，高歌放言，以诗酒琴书自乐，当时名士，皆从之游。"(清)汪价《中州杂俎》卷十四《人纪》十七"洛阳古会"条，记有"唐裴度主之"的"春明会"。文宗大和八年(834)至开成二年(837)间，裴度因其好士之风和人格魅力，成为洛阳文事活动的中心人物，对洛阳文人起了很好的凝聚作用。白居易这首《秋霖中奉裴令公见招早出赴会马上先寄》诗，就是当时以裴度为中心的洛下闲适生活的一个反映。雨暗三秋、泥深一尺，一位老人天刚亮就出门，他不是去寻医药，也不是送别离，只因听到裴令公的召唤，赶着去赴佳期。"续借桃花马，催迎杨柳姬"，桃花马，毛色白中有红斑的马，王勃《春思赋》："桃花万骑喧长薄，兰叶千旗照平浦。"杜审言《戏赠赵使君美人》："红粉青娥映楚云，桃花马上石榴裙。"杨柳姬，白居易不止一次以杨柳比写歌伎，如其《病中诗十五首·别柳枝》以"两枝杨柳"写樊素和小蛮，《杨柳枝二十韵》中以杨柳比写善歌《杨柳枝》的洛中小伎之美。在裴度为中心的歌酒游宴中，都有歌伎的形象。如白《夜宴醉后留献裴侍中》诗写夜宴情形："九烛台前十二姝，主人留醉任欢娱。翩翩舞袖双飞蝶，婉转歌声一索珠。坐久欲醒还酩酊，夜深初散又踟蹰。南山宾客东山妓，此会人间曾有无？"亦有认为此处"杨柳姬"即指白居易家妓樊素。"只愁张录事，罚我怪来迟"，我这位老人赶着去赴宴，恐怕张录事早已先我而到，罚我来迟。此诗题目又作《秋霖中奉裴令公书见招早出赴会迟马上先寄六韵》，"赴会"二字后有"迟"字。诗的结尾有戏笔味道，由此也可以窥见当时洛下游宴活动之一斑。

八月三日夜作

露白月微明,天凉景物清。
草头珠颗冷,楼角玉钩生。
气爽衣裳健,风疏砧杵鸣。
夜衾香有思,秋簟冷无情。
梦短眠频觉,宵长起暂行。
烛凝临晓影,虫怨欲寒声。
槿老花先尽,莲凋子始成。
四时无了日,何用叹衰荣?

【解析】

诗作于开成元年(836),65岁,洛阳,太子少傅分司。诗写八月初三夜,诗人所感受到的一切。首句"露白月微明",三、四句"草头珠颗冷,楼角玉钩生"上下句分别写露水、新月,与首句照应;第二句"天凉景物清",可以说是对八月初物候特点的总概括;露白月微明、草头珠颗冷,也正是体现了天凉、景清的特点。以上主要从视觉角度写看到的景物。"气爽衣裳健"四句,则主要是从触觉、听觉、嗅觉等角度写自我感受:跟夏天着衣的黏热感相比,秋日气爽觉衣裳飘举;微微秋风吹送砧杵之声,人们已经开始捣衣准备赶制寒服;夜晚时分也能感觉到被子多情地散发着香气;夏天所依赖的竹席此时显得那样冷漠无情,这些诗句写初秋到来时的感受非常真切。"梦短眠频觉,宵长起暂行"二句,写秋日白昼变短,夜晚加长,自己夜间眠觉起身暂行。"烛凝临晓影,虫怨欲寒声",看到拂晓时分凝固的烛影,听到秋虫的怨寒声。"槿老花先尽,莲凋子始成"写秋天的两个自然现象,槿花生命短暂,老去时花先落尽,莲花凋落时它的莲子才成熟。末二句"四时无了日,何用叹衰荣","四时无了日",这是诗人对自然之道的领悟,大自然永远有规律地四时轮回,从不因外力的作用而有所改变。"何用叹衰荣",是诗人面对自然的规律所采取的顺应态度,也是晚年诗人所达到的不为外物所动的境界。诗十分真切传神地写出人经历夏的炎热，进入秋的清凉时的全方位感受，诗末又上升到一种哲理的感悟。

奉酬淮南牛相公思黯见寄二十四韵

白老忘机客，牛公济世贤。
鸥栖心恋水，鹏举翅摩天。
累就优闲秩，连操造化权。
贫司甚萧洒，荣路自喧阗。
望苑三千日，台阶十五年。
是人皆弃忘，何物不陶甄？
篮舆游嵩岭，油幢镇海壖。
竹篙撑钓艇，金甲拥楼船。
雪夜寻僧舍，春朝列妓筵。
长斋俨香火，密宴簇花钿。
自觉闲胜闹，遥知醉笑禅。
是非分未定，会合杳无缘。
我正思杨府，君应望洛川。
西来风褭褭，南去雁连连。
日落龙门外，潮生瓜步前。
秋同一时尽，月共两乡圆。
旧眷交欢在，新文气调全。
惭无白雪曲，难答碧云篇。
金谷诗谁赏？芜城赋众传。

珠应晒鱼目，铅未伏龙泉。
远讯惊魔物，深情寄酒钱。
霜纨一百匹，玉柱十三弦。
楚醴来尊里，秦声送耳边。
何时红烛下，相对一陶然？

【解析】

诗作于开成元年(836)，65岁，洛阳，太子少傅分司。除了个别诗句，诗的上下句皆分别关涉自己和牛僧孺，正如诗题所注："每对双关，分叙两意。"诗先从双方对比的角度来写，突出自己之闲，对方之"闹"。一是忘机客，一是济世贤；一是恋水的鸥鹭，一是摩天举翅的大鹏；一累就闲职，一接连掌握"造化权"；一潇洒，一喧阗；一游嵩岭，一镇海壖（边地，指扬州）；一撑钓艇，一拥楼船；一雪夜寻僧舍，一春朝列妓筵；一长斋伴香火，一密宴簇花钿。其中"望苑三千日，台阶十五年。是人皆忘弃，何物不陶甄"，诗中有注云："居易三任宫寮，皆分司东都，于兹八载。思黯出入外内，凡十五年，皆同平章事。"接着以"自觉闲胜闹，遥知醉笑禅"归结上文，同时引出下文彼此间的思、望。"西来风袅袅，南去雁连连。日落龙门外，潮生瓜步前。秋同一时尽，月共两乡圆"数句，通过景物描写表达思念之情。"旧眷交欢在"八句，就双方诗歌唱和来写，意在表达彼此间虽不能见面但依然未断的情感交流。"远讯惊魔物"六句，就牛僧孺寄秦筝及酒钱与诗人来写，虽无缘见面，但楚醴、筝声通过寄物的方式送达诗人身边，愉悦诗人的身心，让诗人感受到对方的情意，更重要的是对方深知自己的趣味爱好，对自己的理解。诗末"何时红烛下，相对一陶然"，遥想未来的相会，期盼于红烛下陶然对酌的时刻。这个结尾让人想到杜甫《月夜》的结语："何时倚虚幌，双照泪痕干。"李商隐《夜雨寄北》的结语："何当共剪西窗烛，却话巴山夜雨时。"无限深情尽在对未来情境的期盼中。

咏老赠梦得

与君俱老也，自问老何如？
眼涩夜先卧，头慵朝未梳。
有时扶杖出，尽日闭门居。
懒照新磨镜，休看小字书。
情于故人重，迹共少年疏。
唯是闲谈兴，相逢尚有余。

【解析】

诗作于开成二年（837），66岁，洛阳，太子少傅分司。诗赠刘禹锡。这是一首叹老之作，写老的种种表现：眼涩夜早卧，头慵早未疏；尽日闭门居，偶尔扶杖出；懒照新磨镜，休看小字书。白居易有诗句"颜衰讶镜明"（《春暖》），可以作为"懒照新磨镜"背后原因的解释，因为新磨镜太亮，会越发照出容颜的衰老。"休看小字书"，白居易本就有眼疾，在加以年岁渐老，所以经常写到眼睛的问题，其有《病眼花》："头风目眩乘衰老，只有增加岂有瘳。花发眼中犹足怪，柳生肘上亦须休。大窠罗绮看才辨，小字文书见便愁。必若不能分黑白，却应无悔复无尤。""情于故人重"，写出一个老年人的真切感受，那就是对故人情谊的看重，而跟少年在一起的活动越来越少。篇末，"唯是闲谈兴，相逢尚有余"，意为唯有与梦得见面，还有闲谈的兴致。刘禹锡罢同州归居洛阳，是在开成元年（836）秋。归洛后，与白居易多有诗酒交游，白居易称"彭城刘梦得为诗友"（《醉吟先生传》）。刘禹锡在洛住宅离白居易的履道池台不远。刘《秋晚新晴夜月如练有怀乐天》诗云："相望一步地，脉脉万重情。"白居易《池上早春即事招梦得》诗云："经过莫慵懒，相去两三坊。"与故人交游，闲谈，谈老去的滋味，这对老年诗人来说一定是莫大的慰藉。

闲游即事

郊野游行熟，村园次第过。
蓦山寻浥涧，踏水渡伊河。
寒食青青草，春风瑟瑟波。
逢人共杯酒，随马有笙歌。
胜事经非少，芳辰过亦多。
还须自知分，不老拟如何？

【解析】

诗作于开成二年（837），66岁，洛阳，太子少傅分司。这首六韵排律，其中有三韵都是从诗人闲游的角度来构成句式，"郊野游行熟，村园次第过"，"游行熟""次第过"，次第即依次，写诗人游历之尽兴。"蓦山寻浥涧，踏水渡伊河"，二句用蓦（超越）、寻、踏、渡四个动词，浥涧、伊水两个地理形象，极有画面感，诗人游山、玩水之尽兴可见。"寒食青青草，春风瑟瑟波"二句，写寒食时节的景物，以"青青草"对"瑟瑟波"，春草青青，春波如宝石般碧绿，写出春色的生机与活力。"逢人共杯酒，随马有笙歌"，二句写歌酒相伴。最后表达知足之心，经历了如此多的胜事、芳尘，也就意味着很多岁月已经过去，老去也是自然规律。这"胜事""芳辰"是指游历自然及所看到的自然美景，所以，此中知足流露出诗人对自然的由衷热爱之情，在他看来，沉醉自然是生命不虚度的最佳方式。

六十六

七十欠四岁，此生那足论。

每因悲物故,还且喜身存。
安得头长黑?争教眼不昏?
交游成拱木,婢仆见曾孙。
瘦觉腰金重,衰怜鬓雪繁。
将何理老病,应付与空门。

【解析】

诗作于开成二年(837),66岁,洛阳,太子少傅分司。走过花甲、迈向古稀之年的诗人,很理性地分析此时的生命状态,一则悲物故,一则喜身存。发长黑、眼不昏,这些是不可得的奢望。"交游成拱木",交游者多已成故人,墓木已成拱,即"每因悲物故"之"物故"所指。面对生老病死不可抗拒的自然规律,诗人采取"应付与空门"的态度,在佛教中寻求解脱之道。

池上早春即事招梦得

老更惊年改,闲先觉日长。
晴熏榆荚黑,春染柳梢黄。
雪破山呈色,冰融水放光。
低平稳船舫,轻暖好衣裳。
白角三升榼,红茵六尺床。
偶游难得伴,独醉不成狂。
我有中心乐,君无外事忙。
经过莫慵懒,相去两三坊。

【解析】

诗作于开成二年(837),66岁,洛阳,太子少傅分司。诗写早春之景颇为俏皮:"晴熏榆荚黑,春染柳梢黄"二句,将"晴"和"春"拟人化,是它们熏黑了榆荚,染黄了柳梢;"雪破山呈色,冰融水放光"二句,皆由两个画面构成,前一个画面的出现导致后一个画面,"雪破"继而"山呈色","冰融"于是"水放光",写来别有趣味,也流露出早春之景带给诗人的欣喜之情。"低平稳船舫,轻暖好衣裳。白角三升榼,红茵六尺床"四句,写了船舫、衣裳、白角榼、红茵床四种物象,船舫凸显其"低平稳",衣裳表现其"轻暖好",酒器着意其"三升",床强调其"六尺",这一切都传达出诗人安适知足的心境与适意的生命状态,正如皎然诗句所云"得道身不系,无机舟亦闲"(《奉和颜鲁公真卿落玄真子舴艋舟歌》)。中隐生活没有激流险滩,没有潜在的危机,这就是诗人深感"中心乐"的根由所在。篇末点出招客之意。

晚春欲携酒寻沈四著作先以六韵寄之

病容衰惨淡,芳景晚蹉跎。
无计留春得,争能奈老何?
篇章慵报答,杯宴喜经过。
顾我酒狂久,负君诗债多。
敢辞携绿蚁,只愿见青娥。
最忆阳关唱,真珠一串歌。

【解析】

诗作于开成二年(837),66岁,洛阳,太子少傅分司。沈四著作,即著作郎沈述师,此年在洛,与白居易有诗酒往来。白居易此诗中自注云:"沈前后惠诗十余首,春来多醉,竟未酬答,今故云尔。"交代了写诗缘起,所以诗中云:"篇章慵报答,杯宴喜经过。顾我酒狂久,负君诗债多。"白诗中又自注:"沈有讴者善唱'西出阳关无故人'词。"约大和元年(827)或二年(828)在长安时,白居易有诗《醉题沈子明壁》:"不爱君池东十丛菊,不爱君池南万竿竹。爱君帘下唱歌人,色似芙蓉声似玉。我有《阳关》君未闻,若闻亦应愁杀君。"这两首诗内容上有联系,似在长安时,白居易在沈师述的园林居所,听沈家歌伎唱《阳关曲》,即《渭城曲》,这给他留下了深刻印象,所以,有"敢辞携绿蚁,只愿见青娥。最忆阳关唱,真珠一串歌"的诗句。"敢辞携绿蚁",照应题中"携酒"。

三月三日祓禊洛滨

三月草萋萋,黄莺歇又啼。
柳桥晴有絮,沙路润无泥。
禊事修初毕,游人到欲齐。
金钿耀桃李,丝管骇凫鹥。
转岸回船尾,临流簇马蹄。
闹翻扬子渡,踏破魏王堤。
妓接谢公宴,诗陪荀令题。
舟同李膺泛,醴为穆生携。
水引春心荡,花牵醉眼迷。
尘街从鼓动,烟树任鸦栖。
舞急红腰凝,歌迟翠黛低。
夜归何用烛?新月凤楼西。

【解析】

诗作于开成二年（837），66岁，洛阳，太子少傅分司。开成二年（837）三月三日上巳节洛滨祓禊会，是继东晋王羲之兰亭禊饮之后的又一祓禊盛会。就洛阳文坛而言，是继西晋"二十四友"金谷会后的又一次较大规模的集会活动。白居易诗前有序交代了祓禊会的发起人、召集者、参加人员，并对宴会盛况作了描述，又交代了作诗缘起："开成二年三月三日，河南尹李待价（李珏）以人和岁稔，将禊于洛滨。前一日，启留守裴令公（裴度）。令公明日召太子少傅白居易，太子宾客萧籍，李仍叔，刘禹锡，前中书舍人郑居中，国子司业裴恽，河南少尹李道枢，仓部郎中崔晋，司封员外郎张可续，驾部员外郎卢言，虞部员外郎苗愔，和州刺史裴俦，淄州刺史裴洽，检校礼部员外郎杨鲁士，四门博士谈弘谟等一十五人，合宴于舟中。由斗亭，历魏堤，抵津桥，登临溯沿，自晨及暮，簪组交映，歌笑间发，前水嬉而后妓乐，左笔砚而右壶觞，望之若仙，观者如堵。尽风光之赏，极游泛之娱。美景良辰，赏心乐事，尽得于今日矣。若不记录，谓洛无人，晋公首赋一章，铿然玉振，顾谓四座继而和之，居易举酒抽毫，奉十二韵以献。"并注明："座上作。"《三月三日祓禊洛滨》诗首先写自然背景：阳春三月，草长莺飞，柳桥晴有絮，沙路润无泥。"闹翻扬子渡，踏破魏王堤。妓接谢公宴，诗陪荀令题。舟同李膺泛，醴为穆生携"，"舞急红腰凝，歌迟翠黛低"，写出歌酒游宴的热闹非凡。"金钿耀桃李，丝管骇凫鹥""水引春心荡，花牵醉眼迷"，这些诗句皆将与人相关的意象与自然意象置于同一个句子里，表明两者相互作用的关系："金钿"与桃李比耀眼，金钿是女子首饰，点出游人中富家女子形象；丝管震耳惊动水上的野鸭和鸥鸟。《诗·大雅·凫鹥》，毛传："凫，水鸟也。鹥，凫属。"春水引得人心荡漾，春花让醉眼更加迷离。诗写出序中所谓"美景良辰，赏心乐事，尽得于今日矣"。诗末，"夜归何用烛，新月凤楼西"，在尽情率真地书写游宴之乐后，以清雅的语言结束全篇，南唐李煜《玉楼春》（晚妆初了明肌雪）写耽溺于享乐中的遄飞的意兴后，以"归时休放烛花红，待踏马蹄清夜月"的清雅语结束，与此颇为类似。

感事

服气崔常侍,烧丹郑舍人。
常期生羽翼,那忽化灰尘。
每遇凄凉事,还思潦倒身。
唯知趁杯酒,不解炼金银。
睡适三尸性,慵安五藏神。
无忧亦无喜,六十六年春。

【解析】

诗作于开成二年(837),66岁,洛阳,太子少傅分司。"服气崔常侍"四句,首先否定了崔玄亮、郑居中服气烧丹的做法,服气(吐纳)、烧丹是为了羽化成仙,结果忽然间都化为灰烬。"每遇凄凉事"四句写自己,纵然是遇到凄凉事、想到潦倒身,但只知饮酒,这样便能达到适安的、不喜亦不忧的生命状态。"睡适三尸性,慵安五藏神","睡"能适三尸之性,"慵"能安五脏之神。三尸,指道教的三尸神。《抱朴子内篇·微旨》云:"又言身中有三尸,三尸之为物,虽无形而实魂灵鬼神之属也。"王明注:"三尸,上尸中尸下尸也。三尸之神居三丹田。"《云笈七签》卷八一"制六欲神法":"欲生则三尸生,欲灭则三尸灭。"《云笈七签》卷八二"神仙守庚申法":"常以庚申日彻夕不眠,下尸交对,斩死不还。复庚申日彻夕不眠,中尸交对,斩死不还。复庚申日彻夕不眠,上尸交对,斩死不还。三尸皆尽,司命削去死籍,著长生录上,与天人游。"诗在否定服气、烧丹等道教途径的同时,肯定了可以在饮酒等闲慵姿态中获得无忧无喜的安适境界。

幽居早秋闲咏

幽僻嚣尘外,清凉水木间。
卧风秋拂簟,步月夜开关。
且得身安泰,从他世险艰。
但休争要路,不必入深山。
轩鹤留何用?泉鱼放不还。
谁人知此味?临老十年闲。

【解析】

　　诗作于开成二年(837),66岁,洛阳,太子少傅分司。晚年白居易经常使用词语"味""气味",以此概括自己对洛阳"中隐"生活之自得感受。这首五言排律题旨即是如此。"幽僻嚣尘外"四句,以清凉水木、秋风拂簟及夜月等形象构写远离尘嚣的幽僻之境。"且得身安泰"四句,以议论的笔法直接表达不争要路、不入深山、身心安泰的中隐思想。"轩鹤"典故出自《左传·闵公二年》:"卫懿公好鹤,鹤有乘轩者。"长庆元年(821),白居易所作《初加朝散大夫又转上柱国》诗云:"得水鱼还动鳞鬣,乘轩鹤亦长精神。"以"得水鱼""乘轩鹤"比写自己新加官职。而这首《幽居早秋闲咏》诗云"轩鹤留何用,泉鱼放不还",再次以乘轩之鹤与深渊之鱼自比,只是此时的鹤、鱼为"留何用""放不还",比写置身闲乐生活的自己。"谁人知此味,临老十年闲",诗人不无自得地说,这种中隐生活的妙处自己心领神会,不足为外人道也。

和令狐仆射小饮听阮咸

掩抑复凄清,非琴不是筝。
还弹乐府曲,别占阮家名。
古调何人识?初闻满座惊。
落盘珠历历,摇佩玉琤琤。
似劝杯中物,如含林下情。
时移音律改,岂是昔时声?

【解析】

　　诗作于开成二年(837),66岁,洛阳,太子少傅分司。诗和令狐楚,令狐楚开成元年(836)四月,检校左仆射、兴元尹、充山南西道节度使。二年十一月,卒于镇(《旧唐书》卷一七二《令狐楚传》)。这是一首咏乐器阮咸的五言排律。《旧唐书》卷二九《音乐志》:"阮咸,亦秦琵琶也,而项长过于今制,列十有三柱。武太后时,蜀人蒯朗于古墓中得之,晋《竹林七贤图》所弹与此类,因谓之阮咸。咸,晋世实以善琵琶知音律称。"《新唐书》卷二〇〇《元澹传》:"元澹字行冲,……有人破古冢得铜器似琵琶,身正圆,人莫能辨。行冲曰:'此阮咸所作器也。'命易以木,弦之,其声亮雅,乐家遂谓之'阮咸'。"所以白诗云"别占阮家名"。白诗首句"掩抑复凄清"总写阮咸音声低沉、凄清的特点,次句"非琴不是筝"言阮咸是不同于琴和筝的乐器。"古调何人识,初闻满座惊",写阮咸音声传达出古韵,不同流俗,满座初闻皆惊。"落盘珠历历,摇佩玉琤琤"二句用比喻手法、象声词写阮咸乐声雅亮,如珠落盘、如玉佩摇动,悦耳清脆。"似劝杯中物,如含林下情"写阮咸乐声的情感内涵,像是在劝人饮酒又像是传达隐者闲雅、超逸之情。最后诗人感叹"时移音律改,岂是昔时声",随着时间的推移音律亦发生变化,如今听到的是否还是阮咸最初的声调?

寄献北都留守裴令公

天上中台正，人间一品高。
休明值尧舜，勋业过萧曹。
始擅文三捷，终兼武六韬。
动人名赫赫，忧国意忉忉。
荡蔡擒封豕，平齐斩巨鳌。
两河收土宇，四海定波涛。
宠重移宫籥，恩新换阃旄。
保厘东宅静，守护北门牢。
晋国封疆阔，并州士马豪。
胡兵惊赤帜，边雁避乌号。
令下流如水，仁沾泽似膏。
路喧歌五袴，军醉感单醪。
将校森貔武，宾僚俨隽髦。
客无烦夜柝，吏不犯秋毫。
神在台骀助，魂亡猃狁逃。
德星销彗孛，霖雨灭腥臊。
烽戍高临代，关河远控洮。
汾云晴漠漠，朔吹冷飍飍。
豹尾交衙戟，虬须捧佩刀。
通天白犀带，照地紫麟袍。
羌管吹杨柳，燕姬酌蒲萄。
银含凿落盏，金屑琵琶槽。
遥想从军乐，应忘报国劳。
紫微留北阙，绿野寄东皋。
忽忆前时会，多惭下客叨。

清宵陪宴话，美景从游邀。
花月还同赏，琴诗雅自操。
朱弦拂宫徵，洪笔振风骚。
近竹开方丈，依林架桔槔。
春池八九曲，画舫两三艘。
径滑苔黏屐，潭深水没篙。
绿丝萦岸柳，红粉映楼桃。
为穆先陈醴，招刘共藉糟。
舞鬟金翡翠，歌颈玉蛦螬。
盛德终难退，明时岂易遭？
公虽慕张范，帝未舍伊皋。
眷恋心方结，踟蹰首已搔。
鸾皇上寥廓，燕雀任蓬蒿。
欲献文狂简，徒烦思郁陶。
可怜四百字，轻重抵鸿毛！

【解析】

诗作于开成二年(837)，66岁，洛阳，太子少傅分司。裴度此年五月由东都留守出为太原尹、北都留守、河东节度使(《旧唐书》卷十七《文宗纪》)。诗题又作《司徒令公分守东洛移镇北都一心勤王三月成政形容盛德实在歌诗况辱知音敢不先唱辄奉五言四十韵寄献以抒下情》。诗先概写裴度官品高、勋业大，兼具文韬武略，名声卓著，为国忧劳。"荡蔡擒封豕"四句，写其荡平藩镇吴元济所割据的蔡州及齐地李师道叛乱，收复河北道、河南道，安定四海的功业。以"宠重移官籥，恩新换闸旌"为过渡句，诗将主要笔墨集中于裴度移镇北都后可歌可颂的形容、盛德，在其仁泽、德星、霖雨沐浴和笔罩下，治境内，将校森严，军士勇武，宾僚才智出众，"客无烦夜柝，吏不犯秋毫"，对边境外族形成巨大的震慑力。"路喧歌五袴，军醉感单醪"二句称颂裴度之德政，上下句皆用典，上句用

《后汉书》卷三一《廉范传》所记百姓歌曰:"廉叔度,来何暮?不禁火,民安作。平生无襦今五绔。"下句用刘向《列女传·楚子发母》所记"客有献醇酒一器者,王使人注江之上流,使士卒饮其下流,味不及加美,而士卒战自五也。""豹尾交衔戟"四句,写裴度的仪仗、服饰形容,以凸显其威仪。"羌管吹杨柳"四句,遥想军中宴乐情景,选取羌管、琵琶、葡萄酒、凿落盏,以及燕姬形象。以上铺写紧扣诗题中"一心勤王三月成政"句,将其所成之政具象化、形象化。接着以"紫微留北阙,绿野寄东皋"为过渡,转入对昔日花月同赏,琴诗雅操,歌舞宴饮的洛下午桥庄从游盛境的追忆。其中"近竹开方丈"八句写午桥庄佳境,也为昔日从游描画了一个美好的环境背景,从而使得追忆中情境变得愈加珍贵。最后表达裴度虽羡慕张良、范蠡功成身退,但盛德难退,"帝未舍伊皋",实则是对裴度进一步的颂美。以商汤名相伊尹、舜之刑官皋陶比裴度。《御选唐宋诗醇》卷二六评《寄献北都留守裴令公》与《裴侍中晋公以集贤林亭即事诗三十六韵见赠猥蒙征和才拙词繁辄广为五百言以伸酬献》二诗:"皆香山极用意之作,高华雅赡,杜甫嗣音。"

和东川杨慕巢尚书府中独坐感戚在怀见寄十四韵

我是知君者,君今意若何?
穷通时不定,苦乐事相和。
东蜀欢殊渥,西江叹逝波。
只缘荣贵极,翻使感伤多。
行断风惊雁,年侵日下坡。
片心休惨戚,双鬓已蹉跎。
紫绶黄金印,青幢白玉珂。
老将荣补贴,愁用道销磨。

外府饶杯酒,中堂有绮罗。
应须引满饮,何不放狂歌?
锦水通巴峡,香山对洛河。
将军驰铁马,少傅步铜驼。
深契怜松竹,高情忆薜萝。
悬车年甚远,未敢放相过。

【解析】

诗作于开成二年(837),66岁,洛阳,太子少傅分司。杨慕巢,即杨汝士。《旧唐书》卷十七上《文宗纪》记开成元年(836)十二月,"癸丑,以兵部侍郎杨汝士检校礼部尚书、充剑南东川节度使"。白居易写此诗时,杨任剑南东川节度使。诗题下自注云:"慕巢感戚虞州弟(杨虞卿)丧逝,感己之荣盛,有归洛之意,故叙而和之也。"杨虞卿,大和九年(835)暮春卒于虞州贬所。"我是知君者,君今意若何",开篇即点出诗人对杨汝士之意的体味与理解。"穷通时不定,苦乐事相和"二句道出人生真相,人生穷通不定,苦事乐事往往相和而生。杨一则是荣盛的事业,一则感叹时光如逝水。因太过荣贵,反而更多感伤。"行断风惊雁"四句,诗人劝杨莫再为兄弟丧逝而悲戚,因为自己已是年华渐老,双鬓蹉跎。"紫绶黄金印,青幢白玉珂"二句,写杨拥有的荣贵。"老将荣补贴,愁用道销磨",因老而生愁,老却拥有了荣贵,所以荣是对老的补偿,因老而生的愁可以用道来消磨掉。此二句颇富哲理。接下来诗人劝对方"应须引满饮,何不放狂歌"。"锦水通巴峡"四句,每联分写诗人与杨汝士,"锦水通巴峡,香山对洛河",从双方所在地的自然山水构设对句,锦江与三峡相通,香山与洛水相对;"将军驰铁马,少傅步铜驼"则凸显了双方忙与闲、有用与无用的对比。铜驼,指铜驼街。"深契怜松竹,高情忆薜萝",这是很关键的一联,意思是说虽然现在的生命状态很不同,但在爱松爱竹这一点上,我们的心灵深度契合,松竹意象组合意味着高洁脱俗、回归自然,薜萝意象组合意味着隐居的自然环境,写杨汝士思忆退隐生活的高情,同时与首句"我是知君者"相照应,"知君者"又多了深一层的意蕴。最后一联又道出现实,唐代七十岁乃"悬车"之年,是法定的退休年龄,所以说"悬车年甚远",杨的年龄离悬车之年还很远;"未敢故相过",另一版本为"未敢放相过"。

人生不得意者,想要归隐,这是古代经常有的现象。而政治生涯处于荣盛的杨汝士,屡屡表达归洛之意,这是一个值得深思的问题。在唐文宗、武宗朝政治矛盾异常激烈,不仅包括王室内部斗争,朝官宦官间、朝官朋党间的权位之争,还有朝廷与藩镇统一分裂之争,官僚文人中较普遍地存在着全身远害、恬退独善的心理,杨汝士作为牛党人物,屡屡表达退闲之意,林泉之思十分强烈。这从白居易的诗中可以看出。开成四年(839),白居易有《近见慕巢尚书诗中屡有叹老思退之意又于洛下新置郊居然宠寄方深归心太速因以长句戏而谕之》;会昌元年(841),白有诗《杨六尚书频寄新诗诗中多有思闲相就之志因书鄙意报而谕之》;次年又有诗《以诗代书酬慕巢尚书见寄》,题下自注:"慕巢书中颇切归休结侣之意,故以此答。"《旧唐书》卷一七六《杨汝士传》记其"(开成)四年九月,入为吏部侍郎,位至尚书,卒"。杨汝士羁身官场而未能脱身,最终没能退居闲老洛阳,成为欲归而不得的一个典型。

分司洛中多暇数与诸客宴游醉后狂饮偶成十韵因招梦得宾客兼呈思黯奇章公

性与时相远,身将世两忘。
寄名朝士籍,寓兴少年场。
老岂无谈笑?贫犹有酒浆。
随时来伴侣,逐日用风光。
数数游何爽?些些病未妨。
天教荣启乐,人恕接舆狂。

改业为逋客,移家住醉乡。
不论招梦得,兼拟诱奇章。
要路风波险,权门市井忙。
世间无可恋,不是不思量。

【解析】

　　诗作于开成二年(837),66岁,洛阳,太子少傅分司。这首十韵五言排律主要用议论的笔法表达"身将世两忘""移家入醉乡"的生命状态和中隐思想。"寄名朝士籍",所任分司依然属于朝士;"寓兴少年场",却寓兴于少年之场,当指数与诸客宴游。"随时来伴侣","逐日用风光","数数游何爽",有着荣启期之乐、楚人接舆之狂。"改业为逋客,移家住醉乡",会昌二年(842),诗人有《游丰乐招提佛光三寺》云:"汉容黄绮为逋客,尧放巢由作外臣。"诗人以夏黄公、绮里季这样的逋客(即避世之人)自比;"醉乡",典出王绩《醉乡记》:"醉之乡,去中国不知其几千里也,其土旷然无涯……阮嗣宗、陶渊明等十数人,并游于醉乡,没身不返,死葬其壤,中国以为酒仙云。嗟乎!醉乡氏之俗,岂古华胥氏之国乎?其何以淳寂也如是!"白居易一生十二次用到"醉乡"意象,不同时期的"醉乡"内涵有所不同,被贬江州时诗人借"醉乡"逃避现实的失意苦闷,其他为官任职时期暂住"醉乡",晚年诗人笔下"醉乡"则成为真正的仙境,这首十韵五排云:"移家住醉乡。"安住"醉乡"的乐天,即悠悠自得的"醉乡人"(《游丰乐招提佛光三寺》)。"要路风波险,权门市井忙。世间无可恋,不是不思量",再次与首联"性与时相远,身将世两忘"照应。然而,诗人是否真正忘却世事,倘若真正忘世,写诗就不会想到世事,忘世是晚年诗人努力要达到的境界。

小岁日喜谈氏外孙女孩满月

今旦夫妻喜,他人岂得知?
自嗟生女晚,敢讶见孙迟。
物以稀为贵,情因老更慈。
新年逢吉日,满月乞名时。
桂燎熏花果,兰汤洗玉肌。
怀中有可抱,何必是男儿?

【解析】

诗作于开成二年(837),66岁,洛阳,太子少傅分司。大和九年(835)冬,白居易女儿阿罗嫁谈弘谟。开成二年(837)十一月二十二日外孙女出生。满月时,白居易作此诗表达喜悦之情,对于喜悦中的缺憾之处,诗人总能在自我安慰中找到平衡,诗云"自嗟生女晚,敢讶见孙迟","怀中有可抱,何必是男儿"。过腊一日谓之小岁,孩子满月时是吉日,所以诗云"新年逢吉日"。满月日要为孩子乞名,"满月乞名时"句下自注:"因名引珠。""桂燎熏花果,兰汤洗玉肌",(宋)陆游《老学庵笔记》卷二:"《北户录》云:'岭俗家富者,妇产三日或足月,洗儿,作团油饭,以煎鱼虾、鸡鹅、猪羊灌肠、蕉子、姜、桂、盐豉为之。据此,即东坡先生所记盘游饭也,二字语相近,必传者之误。"诗中"物以稀为贵,情因老更慈",可谓诗中金句,《后汉书》卷七六《孟尝传》有云:"夫物以远至为珍,士以稀见为贵。"

酬梦得以予五月长斋延僧徒绝宾友见戏十韵

宾客懒逢迎，翛然池馆清。
檐闲空燕语，林静未蝉鸣。
荤血还休食，杯觞亦罢倾。
三春多放逸，五月暂修行。
香印朝烟细，纱灯夕焰明。
交游诸长老，师事古先生。
禅后心弥寂，斋来体更轻。
不唯忘肉味，兼拟灭风情。
蒙以声闻待，难将戏论争。
虚空若有佛，灵运恐先成。

【解析】

诗作于开成三年(838)，67岁，洛阳，太子少傅分司。(宋)陆游《老学庵笔记》卷八记："《唐高祖实录》：武德二年正月甲子，下诏曰：'……自今每年正月、五月、九月十直日，并不得行刑。所有公私，宜断屠杀。'此三长月断屠杀之始也。唐士大夫如白居易辈，盖有遇此三斋月，杜门谢客，专延缁流作佛事者。今法至此月亦减去食羊钱，盖其遗制。"在洛期间，白居易每正月、五月、九月严格持斋，他不仅不食荤不饮酒，而且谢绝世俗的宾客，只与僧徒交往。以此，晚年"诗友"刘禹锡戏之，刘有诗《乐天少傅五月长斋广延缁徒谢绝文友坐成暌间因以戏之》《乐天池馆夏景方妍白莲初开彩舟空泊唯邀缁侣因以戏之》，其《乐天池馆夏景方妍白莲初开彩舟空泊唯邀缁侣因以戏之》诗："池馆今正好，主人何寂然？白莲方出水，碧树未鸣蝉。静室宵闻磬，斋厨晚绝烟。蕃僧如共载，应不是神仙。"莲花乃佛陀之象征，当"白莲方出水"之时，白居易唯邀僧侣，泛舟赏莲，"静室宵闻磬，斋厨晚绝烟"，没有世俗的气息，一片绝俗境界，这是白居易在洛佛教生活中令人回味的一幕。白居易针对刘禹锡之"戏"

而作这首《酬梦得以予五月长斋延僧徒绝宾友见戏十韵》。"宾客懒逢迎"四句,写清、闲、静的长斋空间。诗人在长斋期间,只与长老交游,一心事佛。"师事古先生"句,诗中有注:"竺乾,古先生也。"古先生,指佛。"禅后心弥寂"四句,写长斋带来心更寂、体更轻、忘肉味、灭风情的效果。"蒙以声闻待"四句针对刘禹锡的戏言而发:"蒙以声闻待,难将戏论争",声闻指声闻乘;戏论,佛教指俗妄之见。《楞严经》世尊告阿难言:"汝先厌离声闻、缘觉诸小乘法,发心勤求无上菩提。故我今时为汝开示第一义谛。如何复将世间戏论、妄想因缘而自缠绕。"《入楞伽经》卷二:"离诸外道一切戏论,离声闻缘觉乘用。""虚空若有佛,灵运恐先成",用《宋书》卷六七《谢灵运传》中典故:"太守孟颛事佛精恳,而为灵运所轻,尝谓颛曰:'得道应须慧业文人,生天当在灵运前,成佛必在灵运后。'颛深恨此言。"诗人言自己事佛精恳,将"戏之"的刘禹锡比为谢灵运。

奉和思黯相公以李苏州所寄太湖石奇状绝伦因题二十韵见示兼呈梦得

错落复崔嵬,苍然玉一堆。
峰骈仙掌出,罅坼剑门开。
峭顶高危矣,盘根下壮哉!
精神欺竹树,气色压亭台。
隐起磷磷状,凝成瑟瑟胚。
廉棱露锋刃,清越扣琼瑰。
岌嶪形将动,巍峨势欲摧。
奇应潜鬼怪,灵合蓄云雷。
黛润沾新雨,斑明点古苔。
未曾栖鸟雀,不肯染尘埃。

尖削琅玕笋,洼剜玛瑙罍。
海神移碣石,画障簇天台。
在世为尤物,如人负逸才。
渡江一苇载,入洛五丁推。
出处虽无意,升沉亦有媒。
拔从水府底,置向相庭隈。
对称吟诗句,看宜把酒杯。
终随金砺用,不学玉山颓。
疏傅心偏爱,园公眼屡回。
共嗟无此分,虚管太湖来。

【解析】

诗作于开成三年(838),67岁,洛阳,太子少傅分司。牛僧孺嗜石,白居易有《太湖石记》记:"公之僚吏多镇守江湖,知公之心唯石是好,乃钩深致远,献瑰纳奇,四五年间,累累而至。公于此物,独不廉让。"诗奉和牛僧孺题苏州刺史李道枢所寄太湖石二十韵诗而作,兼呈刘禹锡。诗写太湖石之形貌、精神气韵及来历行程等。"错落复崔嵬"至"洼剜玛瑙罍"二十二句,写太湖石之形貌,多用比喻:"苍然玉一堆""峰骈仙掌出,罅坼剑门开","凝成瑟瑟胚""廉棱露锋刃,清越扣琼瑰","尖削琅玕笋,洼剜玛瑙罍"。高耸交错,如玉石苍然而立;联翩像华山东峰仙掌峰,缝隙裂开像剑门关;顶部高耸陡峭,盘根强壮厚实,峭厉的棱角像锋刃,声音清脆悠扬如扣琼瑰;尖削的像竹笋,洼陷处像玛瑙制的酒杯。写其精神气韵,"精神欺竹树,气色压亭台",其精神可比竹树;"未曾栖鸟雀,不肯染尘埃"二句,写其洁净不染;"奇应潜鬼怪,灵合蓄云雷",其内潜鬼怪、蓄云雷,以比喻写太湖石的奇、灵之气;"黛润沾新雨,斑明点古苔",写太湖石着新雨而黛润,点缀其上的古苔增添其生命力。"海神移碣石,画障簇天台",《史记》卷二《夏本纪》:"太行、常山至碣石,入于海。"又,碣石山余脉的柱状石亦称碣石,此碣石自汉末起逐渐沉入海中。《太平寰宇记》卷九八台州天台县："天台山，在州西一百一十里。《临海记》云：天台山超然秀出，山有八重，视之如一帆，高一万八千丈，周回八百里。又有飞泉，悬流千仞似布。""在世为尤物，如人负逸才"是过渡性的诗句，引出后文写太湖石的来历行程，它从水底被拔起，经水路船运、到达洛阳，最后来到牛相的庭院，终为金砺之用。金砺，用《尚书·说命上》典：殷高宗立傅说为相，"王置诸其左右，命之曰：'……若金，用汝作砺。若济巨川，用汝作舟楫。若岁大旱，用汝作霖雨。'"砺，磨刀石。"终随金砺用"，既符合太湖石的特点，又切合牛僧孺为相的身份，用典十分巧妙。"渡江一苇载，入洛五丁推"二句，上句中"一苇"（代称小船）出自《诗·卫风·河广》："谁为河广？一苇杭之。"下句中"五丁推"出自《华阳国志》卷三《蜀志》："时蜀有五丁力士，能移山，举万钧。每王薨，辄立大石，长三丈，重千钧，为墓志，今石笋是也，号曰笋里。"正是借助典故的恰切运用，诗人将太湖石的到来历程写得颇有画面感和气势。诗最后表达自己和梦得对太湖石的喜爱，以及对拥有此太湖石之牛相的羡慕之情。

晚夏闲居绝无宾客欲寻梦得先寄此诗

鱼笋朝餐饱，蕉纱暑服轻。
欲为窗下寝，先傍水边行。
晴引鹤双舞，秋生蝉一声。
无人解相访，有酒共谁倾？
老更谙时事，闲多见物情。
只应刘与白，二叟自相迎。

【解析】

诗作于开成三年（838），67岁，洛阳，太子少傅分司。诗写闲适之趣。"鱼笋朝餐饱"四句，写诗人朝餐饱后，欲在窗下休息，却并不是马上去休息，而是先沿着水边走走，一切皆随心自在。"晴引鹤双舞"二句，写晴日下履道园中的双鹤起舞，秋天将至，蝉鸣声明显变得稀疏。诗人之所以能够如此细腻地感受到季节的变换，那是因为他有闲适的心境。"老更谙时事，闲多见物情"，可谓诗中金句，岁月老去对时事看得更明晰，只有心闲才能体会物情，真正感受自然之境。篇末"只应刘与白，二叟自相迎"，与"无人解相访，有酒共谁倾"，以及题目中"绝无宾客欲寻梦得"相照应。

三年冬随事铺设小堂寝处稍似稳暖因念衰病偶吟所怀

小宅非全陋，中堂不甚卑。
聊堪会亲族，足以贮妻儿。
暖帐迎冬设，温炉向夜施。
裘新青兔褐，褥软白猿皮。
似鹿眠深草，如鸡宿稳枝。
逐身安枕席，随事有屏帷。
病致衰残早，贫营活计迟。
由来蚕老后，方是茧成时。

【解析】

诗作于开成三年（838），67岁，洛阳，太子少傅分司。这首五言排律所写是冬日随意铺设而成的小堂内的安暖氛围，以及诗人安适的生命状态。题目中有"稳暖"二字，诗中写到帐是暖的，炉是温的，褥是软的。在如此安暖的小堂内,"随事有屏帷",又随意设有屏帷,小空间内又设置小空间,诗人随身安枕席,安然地眠于屏帷之下。诗中"似鹿眠深草,如鸡宿稳枝"一联,以鹿眠深草、鸡栖稳枝表达自己在这种空间中的安适感,尤其是鹿眠深草的比喻,值得玩味。元和五年(810),任左拾遗、翰林学士时,诗人有《自题写真》诗云:"蒲柳质易朽,麋鹿心难驯。"长庆元年(821),从贬谪之地回到朝中,在主客郎中、知制诰任上,他有《中书寓直》:"自嫌野物将何用,土木形骸麋鹿心。"大和七年(833),在太子宾客分司任,作《微之敦诗晦叔相次长逝岿然自伤因成二绝》(其一)云:"并失鹓鸾侣,空留麋鹿身。"麋鹿心,当指不受世俗牵累束缚、追求自然的真性,"似鹿眠深草",依然是以鹿自比,这里的鹿不再是欢乐地奔跑于丰美水草中的鹿,而是安稳地眠于深草之中,这就是晚年诗人生命状态最生动的表征。这是晚年诗人追求自在安适、不假外求心态的体现。(法)加斯东·巴什拉说:"所有令人感到舒适的蜗居之处都是安静的贝壳。""一旦生命安顿下来,得到保护,把自己覆盖和隐藏起来,想象力就感到自己好像就是居住在受保护空间里的生物。想象力体验着保护,这种保护体现在各种有细微差别的安全感中,从最物质性的贝壳一直到简单的表面拟态这种巧妙伪装。""察乎安危"(《庄子·秋水》)的白居易,正是将自我心灵安住于种种"贝壳"中,在这些"安静的贝壳"里,诗人达到不为外物所害、适意自由的生命境界。这首晚年所作《三年冬随事铺设小堂寝处稍似稳暖因念衰病偶吟所怀》诗中小堂就是这样的一个空间。

自罢河南已换七尹每一入府怅然旧游因宿内厅偶题西壁兼呈韦尹常侍

每入河南府,依然似到家。
杯尝七尹酒,树看十年花。

且健须欢喜，虽衰莫叹嗟。
迎门无故吏，侍坐有新娃。
暖阁谋宵宴，寒庭放晚衙。
主人留宿定，一任夕阳斜。

【解析】

诗作于开成三年（838），67岁，洛阳，太子少傅分司。大和七年（833）四月，白居易以病免河南尹，再授太子宾客分司东都。罢河南尹任后，诗人以诗表达欣喜之情，如其《咏兴五首·解印出公府》《罢府归旧居》。但这首五言排律所表达的是诗人对河南府的深情，"杯尝七尹酒"，诗中自注："七尹酒味不同，备尝之矣。"白居易罢河南尹后，已换七任河南尹，题中"韦尹常侍"，即韦长，时任河南尹。"树看十年花"，诗中自注："即府中新果园。"虽然"迎门无故吏，侍坐有新娃"，但在诗人看来都是那样亲切，显然诗人常到河南府，而且有"每入河南府，依稀似到家"的感觉，今晚还要留宿在这里。这应该如何理解？白居易辞河南尹任，他急于要摆脱的是尘务的羁绊，而不是河南府这个物理空间，这里有他修建的水斋、喜爱的景物，他急切要回归的是身心的真正闲适无所挂碍。而已获得身心自由的诗人，对曾经任职的河南府充满深情，诗中有句"且健须欢喜，虽衰莫叹嗟"，是老年诗人的知足心态使他能够对一切采取一种珍惜的态度。还有一个原因，那就是诗人本就"多于情"，比如他对贬谪之地江州、忠州皆充满感情。

和梦得夏至忆苏州呈卢宾客

忆在苏州日，常谙夏至筵。
粽香筒竹嫩，炙脆子鹅鲜。

水国多台榭，吴风尚管弦。
每家皆有酒，无处不过船。
交印君相次，褰帷我在前。
此乡俱老矣，东望共依然。
洛下麦秋月，江南梅雨天。
齐云楼上事，已上十三年。

【解析】

  诗作于开成三年(838)，67岁，洛阳，太子少傅分司。诗和刘禹锡，兼呈继刘禹锡为苏州刺史的卢周仁。白居易晚年退居洛阳后，杭州、苏州成为诗人记忆中主要的地理空间。苏杭的自然美景、风物，诗人歌酒游宴的生活，以及那些一同游历的友人，曾经发生在苏杭的一切都让诗人难以忘怀。这首《和梦得夏至忆苏州呈卢宾客》，就是表达对苏州的追忆。诗写苏州夏至筵的场景，"粽香筒竹嫩，炙脆子鹅鲜"，"每家皆有酒，无处不过船"，勾勒出温馨的吴中生活画面。"水国多台榭，吴风尚管弦"，概括写苏州环境景物，以及尚歌舞管弦的地域文化特点。"交印君相次，褰帷我在前。此乡俱老矣，东望共依然"，诗中自注："予与刘、卢(周仁)三人前后相次典苏州，今同分司，老于洛下。""洛下麦秋月，江南梅雨天"，以洛下麦熟与江南梅雨的景象对写，含无限深情在其中。"齐云楼上事，已上十三年"，宝历二年(826)，白居易离开苏州前有《齐云楼晚望偶题十韵兼呈冯侍御周殷二协律》，诗人"齐云楼北面，半日凭栏杆"，这距写《和梦得夏至忆苏州呈卢宾客》时间已过去十三年。诗作就此戛然而止，然而诗人对苏州的思忆却没有停止。

书事咏怀

官俸将生计,虽贫岂敢嫌?
金多输陆贾,酒足胜陶潜。
床暖僧敷坐,楼晴妓卷帘。
日遭斋破用,春赖闰加添。
老向欢弥切,狂于饮不廉。
十年闲未足,亦恐涉无厌。

【解析】

诗作于开成四年(839),68岁,洛阳,太子少傅分司。诗主要以叙述、议论的笔法写闲适知足的生活状态,以及诗人对此的耽溺。"金多输陆贾,酒足胜陶潜",虽贫,但酒足,上句用《史记》卷九七《郦生陆贾列传》所记:"及高祖时,中国初定,尉他平南越,因王之。高祖使陆贾赐尉他印为南越王。陆生至,尉他魋结箕倨见陆生。陆生因进说他曰……于是尉他乃蹶然起坐,谢陆生曰……乃大悦陆生,留与饮数月……赐陆生囊中装直千金,他送亦千金。"下句诗中自注:"陶潜诗云:'常苦酒不足。'"陶渊明《拟挽歌辞三首》(其一)云:"但恨在世时,饮酒常不足。""日遭斋破用,春赖闰加添",诗中自注:"每月常持十斋。""是年闰正月也。"日遭斋破用,即因持斋而不能游宴,而闰月使得春日加长,也就意味着拥有更多的春光。诗人总能在缺憾面前,找到平衡点,而这个平衡点就是他对闲适之趣的追求和满足。诗末"老向欢弥切,狂于饮不廉。十年闲未足,亦恐涉无厌"四句,正是对此的明确表达。

时热少客因咏所怀

冠帻心多懒,逢迎兴渐微。
况当时热甚,幸遇客来稀。
湿洒池边地,凉开竹下扉。
露床青篾簟,风架白蕉衣。
院静留僧宿,楼空放妓归。
衰残强欢宴,此事久知非。

【解析】

　　诗作于开成五年(840),69岁,洛阳,太子少傅分司。"冠帻心多懒"四句写自我慵懒状态:懒得梳头戴帽,懒得逢迎,何况正赶上天热得很,幸好来客很少。"湿洒池边地"四句写诗人在园内的活动:洒湿池边之地,打开竹下之门,凉床铺设竹席,当风衣架晾晒白蕉麻布短袖单衣,这一切都给人以清凉感觉,尤其是水、竹形象,再加以留僧宿,放妓归,使得履道空间不仅清凉而且脱俗。

喜老自嘲

面黑头雪白,自嫌还自怜。
毛龟蓍下老,蝙蝠鼠中仙。
名籍同逋客,衣装类古贤。
裘轻披白氎,靴暖蹋乌毡。
周易休开卦,陶琴不上弦。
任从人弃掷,自与我周旋。
铁马因疲退,铅刀以钝全。

行开第八秩，可谓尽天年。

【解析】

诗作于开成五年(840)，69岁，洛阳，太子少傅分司。此五排诗咏老，但其独特之处在于诗人对老采取一种"喜"的态度，而不是叹老。从这首诗来看，诗人喜老的原因，首先是自己达到了"任从人弃捭，自与我周旋"的生命境界。后句化用《世说新语·品藻》典故："桓公少与殷侯齐名,常有竞心。桓问殷：'卿何如我？'殷曰：'我与我周旋久，宁作我。'""我与我周旋久，宁作我"，是对自我价值的充分肯定，是魏晋风流的重要特征。白居易写自己衰轻、靴暖，"周易休开卦，陶琴不上弦"，后句用陶渊明的无弦琴典故，一切皆自在安适、不拘形迹，这就是自己最想要的生命状态。喜老的第二个原因是，人生最后能安然退闲并保全自己。"铁马因疲退，铅刀以钝全"，自己本是身披铁甲的战马，只因太疲累而退闲；自己是铅制之刀，因为钝而保全了自己。铁马之喻，也暗含着对那个曾经勇于为民请命的自己的充分肯定。喜老的第三个原因是，自己年近古稀，也算是尽享天年。诗中自注："时俗谓七十已上为开第八秩。"这三个原因，其源实同，那就是知足。除此诗外，白居易还有《览镜喜老》诗。

雪朝乘兴欲诣李司徒留守先以五韵戏之

夜寒生酒思，晓雪引诗情。
热饮一两盏，冷吟三五声。
铺花怜地冻，销玉畏天晴。
好拂乌巾出，宜披鹤氅行。
梁园应有兴，何不召邹生？

【解析】

诗作于会昌元年(841),70岁,洛阳。李司徒留守,李程,此年六月为东都留守。"夜寒生酒思,晓雪引诗情",因夜寒而生出酒思,因晓雪而引出诗情。"热饮一两盏,冷吟三五声"二句,分别对应首联的酒思和诗情。"铺花怜地冻,销玉畏天晴"二句,既是写景也是写人对景物的怜惜之情。写景体现在以花和玉来比写雪,写出雪的美丽和纯洁。"怜"和"畏"是写诗人的微妙心理,雪花铺满地面,地一定很冷,但又担心晴天后雪花会融化。趁着这朝雪,"好拂乌巾出,宜披鹤氅行"。乌巾,是古代隐居不仕者的帽子。鹤氅,出自《世说新语·企羡》:"孟昶未达时,家在京口,尝见王恭乘高舆,被鹤氅裘。于时微雪,昶于篱间窥之,叹曰:'此真神仙中人!'""鹤氅"一词的运用暗含着魏晋风流之意。乌巾、鹤氅二物,简笔勾勒出诗人隐者的高士形象。篇末以好宾客的汉梁孝王比东都留守李程,问他何不乘兴招客?邹生,梁孝王刘武的宾客邹阳。梁园,即兔苑,《西京杂记》卷二记:"梁孝王好营宫室苑囿之乐,作曜华之宫,筑兔园。"题目"雪朝乘兴"颇有诗意,写出诗人如魏晋名士王子猷雪夜乘兴访戴逵(《世说新语·任诞》)的率性和风流。

春池闲泛

绿塘新水平,红槛小舟轻。
解缆随风去,开襟信意行。
浅怜清演漾,深爱绿澄泓。
白扑柳飞絮,红浮桃落英。
古文科斗出,新叶剪刀生。
树集莺朋友,云行雁弟兄。
飞沉皆适性,酣咏自怡情。

花助银杯气，松添玉轸声。
鱼跳何事乐，鸥起复谁惊？
莫唱沧浪曲，无尘可濯缨。

【解析】

　　诗作于会昌元年(841)，70岁，洛阳。春日诗人泛舟池上，"解缆随风去，开襟信意行"，诗人敞着衣襟任小舟随风而行，他身心自由，心灵感受到的唯有自然的妙趣。"浅怜清演漾"至"云行雁弟兄"八句，写诗人所看到的自然物色：春水清新，浅处水波荡漾，深处绿意澄泓；白色的柳絮飘于空中，桃树落红纷纷；"古文科斗出，新叶剪刀生"二句比喻极生动：池中有形如古篆文一样的蝌蚪出没，春风吹拂，池岸的新叶欣然而生，露出两片尖尖的细角，犹如剪刀形一般。"树集莺朋友，云行雁弟兄"二句用拟人手法来写：黄莺鸟呼朋引伴集于树上，天空中的大雁兄弟相伴，自在飞翔。一切皆自得、适时地存在着。"树集莺朋友"，用《诗•小雅•伐木》："嘤其鸣矣，求其友声。"诗在自然景物描写中，表现万物遂性思想。"飞沉皆适性，酣咏自怡情"是点睛之笔，自然万物形形色色，皆自得其乐，各适其性，其中也包括人，遂性而动，性情怡悦。"花助银杯气，松添玉轸声"二句，写诗人于春池自然中悠然飘泛又酌饮，松声响起仿佛是琴音一般。玉轸，玉制的琴轸，轸是琴上调弦的小柱。白《题遗爱寺前溪松》有"琴偷韵易迷"句，以琴韵写松韵，也就是以琴音写松声，此处"松添玉轸声"，亦是将松与琴相关联。白居易一生爱松，居住环境离不开松，庐山草堂、长安新昌里宅院无不如此，洛下履道宅园亦不例外，如其《履道池上作》诗云："家池动作经旬别，松竹琴鱼好在无。"白居易亦好琴，晚年常弹《秋思》曲，大和六年(832)他有《弹秋思》诗："信意闲弹秋思时，调清声直韵疏迟。""鱼跳何事乐，鸥起复谁惊"，鱼儿在池中自由跳跃，无人惊动的鸥鸟悠然自在飞起。二句皆用典，上句用《庄子•秋水》："庄子曰：'鯈鱼出游从容，是鱼之乐也。'"下句用《列子》卷二《黄帝》所记鸥鹭忘机之典。篇末，诗人不由得感叹"莫唱沧浪曲，无尘可濯缨"，"沧浪之水清兮,可以濯我缨"(《孺子歌》),池中自是一个清净无尘的世界,缨从何处惹尘埃?

寄题余杭郡楼兼呈裴使君

官历二十政,宦游三十秋。
江山与风月,最忆是杭州。
北郭沙堤尾,西湖石岸头。
绿舫春送客,红烛夜回舟。
不敢言遗爱,空知念旧游。
凭君吟此句,题向望涛楼。

【解析】

诗作于会昌元年(841),70岁,洛阳。裴使君,裴夷直,其开成五年(840)八月出为杭州刺史,会昌元年三月为驩州司户,故此诗作于会昌元年三月前。长庆二年(822)七月,白居易自中书舍人除杭州刺史,至长庆四年(824)五月杭州任满,将近两年时间。这首《寄题余杭郡楼兼呈裴使君》诗,是年已古稀的诗人在表达对杭州的思念之情。诗中明确写道:"官历二十政,宦游三十秋。江山与风月,最忆是杭州。"做官一任为一政。"北郭沙堤尾"四句,概括地写在杭州杯酒春送客、兴尽晚回舟的游宴活动。沙堤,即白沙堤。"不敢言遗爱,空知念旧游"二句,上句用《诗·召南·甘棠》召伯甘棠遗爱之典。白居易在杭州修筑钱塘湖堤,蓄水,可灌田千顷。又浚城中李泌六井,以供饮用。所以,"不敢言遗爱"是诗人自谦的说法。而念旧游,是确确实实的。长庆四年在洛阳,白居易作《九日思杭州旧游寄周判官及诸客》;宝历元年(825)在洛阳,白居易有《忆杭州梅花因叙旧游寄萧协律》,还有其他将苏杭作为一个整体来思忆的诗作,如大和六年(832)作《忆旧游》等。"凭君吟此句,题向望涛楼",望涛楼即杭州城东望海楼,凤凰山杭州刺史治所内东楼,是诗人公务之余安顿心灵之处。大和三年(829),诗人在长安作《想东游五十韵》,想象重游杭州时,有诗句"预扫题诗壁,先开望海楼"。这首《寄题余杭郡楼兼呈裴使君》诗末,嘱托杭州刺史裴夷直把自己的这首五言排律题写在望海楼的题诗壁上,这样对思念杭州的诗人来说,是一种心灵慰藉。

昨日复今辰

昨日复今辰,悠悠七十春。
所经多故处,却想似前身。
散秩优游老,闲居净洁贫。
螺杯中有物,鹤氅上无尘。
解佩收朝带,抽簪换野巾。
风仪与名号,别是一生人。

【解析】

诗作于会昌元年(841),70岁,洛阳。此年暮春时,诗人百日长告满,停少傅官,有《百日假满少傅官停自喜言怀》诗。这首《昨日复今辰》亦作于停少傅官后,全诗没有景语,主要以议论笔法表达抽身官场后优游自在而又净洁的生命状态。人生走过七十载,诗人对此刻当下的自我做了一番理性的审视,完全脱身官场后的自己是一个全新的"陌生人"。"所经多故处,却想似前身",曾经之处,像是前生到过一样。"螺杯中有物,鹤氅上无尘",杯中有酒,鹤氅无尘。"无尘"与前句"净洁"照应。"鹤氅"暗含魏晋风流之意,出自《世说新语·企羡》所记孟昶"尝见王恭乘高舆,被鹤氅裘。于时微雪,昶于篱间窥之,叹曰:'此真神仙中人!'""解佩收朝带,抽簪换野巾",解佩、抽簪,均指辞官引退,解印佩、收朝带,抽发簪,换野巾,从身体佩饰的角度写脱离官场后角色的全新转化,呈现一个"一身轻"的全新的自我。

闲居自题戏招宿客

水畔竹林边,闲居二十年。
健常携酒出,病即掩门眠。
解绶收朝佩,褰裳出野船。
屏除身外物,摆落世间缘。
报曙窗何早?知秋簟最先。
微风深树里,斜日小楼前。
渠口添新石,篱根写乱泉。
欲招同宿客,谁解爱潺湲?

【解析】

　　诗作于会昌元年(841)至会昌二年(842)间,洛阳。"水畔竹林边"句是对水竹为主之履道宅居环境的总写,也为诗人诗性生命的呈现设置一个高洁自然的空间。"健常携酒出"二句,写自己健康时携酒出门,病时掩门而眠,着力表现遂性自在的生命状态。"解绶收朝佩,褰裳出野船"二句,与《昨日复今辰》中"解佩收朝带,抽簪换野巾"意同,解下印绶收其朝服上的佩饰,撩起下衣上野船,写停少傅官完全脱离官场,极有画面感。"屏除身外物,摆落世间缘",明确道出所获得的真正自由:摒除了所有的身外之物,摆落所有的世间因缘。"报曙窗何早"六句,写自我生命对于时节时间及景物的细腻感受,诗人透过窗能感受到曙色之早,通过竹席能体会秋日的到来,在深树里感受微风,于小楼前欣赏夕阳,在渠口垒石只为听赏泉石相激而成的潺湲声。与自然合一，能感受自然的律动，能欣赏自然的美好，这才是自由的生命。

和李相公留守题漕上新桥六韵

选石铺新路，安桥压古堤。
似从银汉下，落傍玉川西。
影定栏杆倒，标高华表齐。
烟开虹半见，月冷鹤双栖。
材映夔龙小，功嫌元凯低。
从容济世后，余力及黔黎。

【解析】

诗作于会昌元年（841）至会昌二年（842）间，洛阳。诗和东都留守李程，诗题自注："同用黎字。"漕上，漕河，即洛阳漕渠。《唐两京城坊考》卷五："漕渠，本名通远渠。自斗门下枝分洛水东北流，至立德坊之南，西溢为新潭。又东流至归义坊之西南，有西槽桥。又东流至景行坊之东南，有漕渠桥。又东流经时邕、毓财、积德三坊之南，出郭城之西南。"诗从建桥写起，选石铺路，安桥压堤。"似从银汉下，落傍玉川西"二句，用形象的比喻，写桥好像从银河而来落在玉川泉西；"影定栏杆倒，标高华表齐"二句写桥之高；"烟开虹半见，月冷鹤双栖"二句，以"虹""鹤"的比喻写桥形之美甚至有着脱俗的气质。写桥之美、好，就是在赞美修桥的东都留守李程。"材映夔龙小，功嫌元凯低"二句用典，直接誉美李程才胜夔龙，功超元凯。元凯，晋杜预字，曾修造河南城南黄河浮桥。《晋书》卷三四《杜预传》记："预又以孟津渡险，有覆没之患，请建河桥于富平津。议者以为殷周所都，历圣贤而不作者，必不可立故也。预曰：'造舟为梁，则河桥之谓也。'及桥成,帝从百僚临会,举觞属预曰:'非君,此桥不立也。'"末二句"从容济世后,余力及黔黎",言李程功成济世后,以余力及于百姓,是对李程更高的赞美。同时可见李程任东都留守,是功成之后,因年龄关系身退洛阳。大和二年(828),白居易曾有《寄太原李相公》诗赞北都留守、河东节度使李程,有诗句"闻道北都今一变,政和军乐万人安"。在白居易眼中,李程乃成功者。所以这首五言排律虽是誉美之作,却是出于真情。

对新家酝玩自种花

香曲亲看造,芳丛手自栽。
迎春报酒熟,垂老看花开。
红蜡半含萼,绿油新酦醅。
玲珑五六树,潋滟两三杯。
恐有狂风起,愁无好客来。
独酌还独语,待取月明回。

【解析】

诗作于会昌二年(842),71岁,洛阳。酒、花,是白居易诗性生命构成的重要因素。此诗如题《对新家酝玩自种花》,从自家酿酒、自种花两个角度写诗性适意的生命状态。白居易酿酒有陈岵传授之妙法,其《池上篇序》记:"先是颍川陈孝山与酿酒法,酒味甚佳。"故称之为"陈酒"。诗的一二句、三四句上下句皆分别写酒和花,五六句、七八句上下句分别写花、酒。"红蜡半含萼,绿油新酦醅",二句分别借助红烛、绿油之比表现花及重酿未滤之酒的色泽与质感。"玲珑五六树,潋滟两三杯"二句,写花树美秀,杯酒盈满。"恐有狂风起,愁无好客来",诗人担心狂风突起而吹落花朵,又为有好酒无好客同饮而生愁。最后,诗人"独酣还独语",享受眼前的时光,等待明月的归来。明月、花、酒,还有"我",就是一个完满的世界。

醉中得上都亲友书以予停俸多时忧问贫乏偶乘酒兴咏而报之

头白醉昏昏,狂歌秋复春。
一生耽酒客,五度弃官人。
异世陶元亮,前生刘伯伦。
卧将琴作枕,行以锸随身。
岁要衣三对,年支谷一囷。
园葵烹佐饭,林叶扫添薪。
没齿甘蔬食,摇头谢缙绅。
自能抛爵禄,终不恼交亲。
但得杯中渌,从生甑上尘。
烦君问生计,忧醒不忧贫。

【解析】

诗作于会昌二年(842),71岁,洛阳。诗的创作缘起如题,诗人会昌元年(841)暮春停太子少傅,《唐会要》卷六七"致仕官":"致仕官给半禄料。"白居易会昌二年以刑部尚书致仕,始给半俸。停少傅官后致仕前,停俸。长安亲友"忧问贫乏",诗人乘着酒兴以诗报之。在这首答亲友诗中,诗人首先对自己做了评价:"一生耽酒客,五度弃官人。""五度弃官人"句下有注:"苏州、刑部侍郎、河南尹、同州刺史、太子少傅皆以病免也。""异世陶元亮,前生刘伯伦",说自己是唐代的陶渊明,前生就是刘伶。"异世陶元亮"与"五度弃官人"照应,"前生刘伯伦"与"一生耽酒客"照应。"卧将琴作枕",与"异世陶元亮"照应,"行以锸随身"与"前生刘伯伦"相应。陶渊明"无弦琴"典故:"潜不解音声,而蓄素琴一张,无弦,每有酒适,辄抚弄以寄其意。"(《宋书》卷九三《陶潜传》)刘伶"常乘鹿车,携一壶酒,使人荷锸而随之,谓曰:'死便埋我。'其遗形骸如此"(《晋书》卷四九《刘伶传》)。白居易以魏晋名士自比,从中可再次窥见其对魏晋风流的推崇和追求。"异世陶元亮,前生刘伯伦"二句经典自评或者说自我定位,也常为后世引用作为对白居易的评价。"岁要衣三对,年支谷一囷。园葵烹佐饭,林叶扫添薪"四句,回应亲友的关心,说自己衣服所需无多,上衣下裳三套足矣,每年有谷一囷(囷,圆形谷仓),园中的葵菹烹煮可以佐饭,林中的树叶扫来可作柴薪。"没齿甘蔬食,摇头谢缙绅",年老甘于蔬食,摇头辞别官宦。"自能抛爵禄,终不恼交亲",我既然能潇洒抛掉爵禄,终究不会麻烦交亲。"但得杯中渌,从生甑上尘。烦君问生计,忧醒不忧贫",只要杯中有酒,任它甑上生尘,众交亲关心我生计问题,我"忧醒不忧贫"!《论语·卫灵公》:"君子忧道不忧贫。""从生甑上尘"句,暗用《后汉书》卷八一《范冉传》所记范冉(字史云,桓帝以为莱芜长):"所止单陋,有时粮粒尽,穷居自若,言貌无改,闾里歌之曰:'甑中生尘范史云,釜中生鱼范莱芜。'"大和三年(829)归洛的白居易即写道:"独醒从古笑灵均,长醉如今教伯伦。"(《咏家酝十首》)明确表达选择长醉、不愿独醒的思想,这可以帮助我们理解年过古稀的诗人所说的"忧醒不忧贫"。全篇以酒为贯穿线索,塑造了沉溺于酒、看淡身外之物的风流诗人形象,结尾又与题目"醉中""乘酒兴"相照应。诗人在其《醉吟先生传》中自云:"性嗜酒。"在晚年诗人生命中,"酒"是闲适逍遥、放旷自在生活方式及心境得以实现及表现所依凭的必不可少的事物。"琴诗酒里到家乡"(《吾土》),酒与琴、诗一起构筑起晚年诗人身心安顿的家。

不与老为期

不与老为期,因何两鬓丝?
才应免夭促,便已及衰羸。
昨夜梦何在?明朝身不知。
百忧非我所,三乐是吾师。
闭目常闲坐,低头每静思。
存神机虑息,养气语言迟。
行亦携诗箧,眠多枕酒卮。
自惭无一事,少有不安时。

【解析】

诗作于会昌二年(842)至会昌四年(844)间,洛阳。此五言排律主要以议论的笔法写自我安适无忧的生命状态。首句即是诗题。"不与老为期"六句,表达对生命短暂易老的感喟:既然没有与老相约,为何两鬓斑白;才免去夭亡的命运即已到衰羸;昨夜之梦何在,明朝之身亦不知。"昨夜梦何在",暗用《论语•述而》:"甚矣吾衰也,久矣吾不复梦见周公。""才应免夭促,便已及衰羸"二句,以"才……便……"句式,强化诗人的切身感受。"百忧非我所"六句,写自己面对生命的真相所采取的静心息虑的态度:"人生不满百,常怀千岁忧"(汉乐府《西门行》),诗人选择远离百忧,以荣启期的三乐为师;常闭目闲坐,低头静思,息掉思虑以存神,言语少而迟缓以养气。"行亦携诗箧,眠多枕酒卮",携诗卷以出行,枕酒卮而眠,诗酒构成诗人的适意人生。诗人常以"卧"表达自我闲适之趣,卧时强调枕席舒适,但此诗中说枕酒卮,很难说是真舒适,诗人所要表达的是随性自得、心无挂碍的意趣。白居易理想的生命状态是"枕上无事",如其《春眠》诗句所言:"却忘人间事,似得枕上仙。"此诗结尾"自惭无一事,少有不安时",虽说"自惭",但诗人明明是在表达自我身心无事、安然适然的生命境界。

偶作寄朗之

历想为官日，无如刺史时。
欢娱接宾客，饱暖及妻儿。
自到东都后，安闲更得宜。
分司胜刺史，致仕胜分司。
何况园林下，欣然得朗之。
仰名同旧识，为乐即新知。
有雪先相访，无花不作期。
斗酰干酿酒，夸妙细吟诗。
里巷千来往，都门五别离。
岐分两回首，书到一开眉。
叶落槐亭院，冰生竹阁池。
雀罗谁问讯？鹤氅罢追随。
身与心俱病，容将力共衰。
老来多健忘，唯不忘相思。

【解析】

  诗作于会昌二年（842）至会昌四年（844）间，洛阳。朗之，皇甫曙。诗寄既是"酒友"又是亲家的皇甫曙。开成二年（837），白行简之子龟郎与皇甫曙女儿结婚。白居易《闲吟赠皇甫郎中亲家翁》诗题中自注："新与皇甫结姻。"会昌二年，白居易七十一岁，以刑部尚书致仕。致仕后的诗人，表达自己的知足心情，诗云"分司胜刺史，致仕胜分司"，他还有《初致仕后戏酬留守牛相公》亦云："南北东西无所羁，挂冠自在胜分司。"其实，从俸禄上来看，分司是胜过致仕的，因为"致仕五品以上给半禄"（《新唐书》卷五五《食货五》），而分司可以得全禄。那么，"致仕胜分司"，是从解脱羁绊的角度来说的，分司虽然是闲职，毕竟还有行香、拜表之事，致仕则是真正的退闲，才是诗人想要的闲适状态。(清）赵翼《瓯北诗话》卷四:"律诗内《偶作寄朗之》一首,本是五排,其中忽有数句云:'历想为官日,无如刺史时。'下又云:'分司胜刺史,致仕胜分司。何况园林下,欣然得朗之。'排偶中忽杂单行,此又一体也。"接着诗以"何况园林下,欣然得朗之"为过渡,写自己与朗之的交游。同时从这两句也可以看出与皇甫曙的交游增添了诗人的自足感,足见这份情意在其心中的分量。晚年白居易在洛下为自己设置了各种"友",其中皇甫曙是其"酒友"。"有雪先相访,无花不作expectations期。斗酰干酿酒,夸妙细吟诗",他们经常雪中相访,花下共酌。"斗酰干酿酒",作为酒友,不仅共酌,还酿酒比赛酒的浓烈。他们不仅是酒友,还一起"夸妙细吟诗"。皇甫曙作有《早春对雪赠乐天》《秋深酒熟忆乐天》《暮秋久雨喜晴有怀》等诗,惜皆不存,唯存诗句"且劝香醪一屈卮"(《再劝乐天酒》)。从白居易《早春持斋答皇甫十见赠》诗可知,皇甫曙有诗赠居易。开成三年(838),白居易有《咏怀寄皇甫朗之》诗,"与君别有相知分,同置身于木雁间",所咏之怀是其处身有用、无用之间的"中隐"思想,可见他们又相知,都是深谙"中隐"妙处的人。"里巷千来往,都门五别离。岐分两回首,书到一开眉",写他们之间频繁的来往,以及多次的别离。"叶落槐亭院,冰生竹阁池",皇甫曙在洛园林为朗之槐亭或称朗之庄居,竹阁池当是指以水、竹为主的履道池台,履道宅"竹木池馆,有林泉之致"(《旧唐书》卷一六六《白居易传》)。"雀罗谁问讯,鹤氅罢追随",写别离后之门庭冷落,最后表达对皇甫曙的思念之情:"老来多健忘,唯不忘相思。"在《冬夜对酒寄皇甫十》诗中,对皇甫曙同样用到"相思"一词:"新开一瓶酒,那得不相思!"酒是白居易诗性生命构成的重要元素,作为"酒友"角色的皇甫曙在诗人心目中一定具有举足轻重的地位。

闲居贫活计

冠盖闲居少,箪瓢陋巷深。

称家开户牖，量力置园林。
俭薄身都惯，营为力不任。
饥烹一斤肉，暖卧两重衾。
尊有陶潜酒，囊无陆贾金。
莫嫌贫活计，更富即劳心。

【解析】

　　诗作于会昌二年（842）至会昌五年（845）间，洛阳，刑部尚书致仕。致仕后得半俸，当闲居遇上贫，如何自处？诗人表达一种安然自足的态度。"冠盖闲居少"，冠盖借指高官。"箪瓢陋巷深"句用《论语·雍也》："一箪食，一瓢饮，在陋巷，人不堪其忧，回也不改其乐。贤哉，回也！"诗人表达自己像颜渊一样虽贫而乐。"称家开户牖，量力置园林。俭薄身都惯，营为力不任"，根据自己的情况量力而营建园林，过一种俭薄的生活。白居易的履道里宅园"地方十七亩"（《池上篇》序），与李德裕的平泉庄、裴度的集贤里宅园等洛下私家园林相比小很多，诗人有《自题小园》诗云："不斗门馆华，不斗林园大。但斗为主人，一坐十余载。""饥烹一斤肉"四句，表达虽贫但饱暖的生活状态。更重要的是，虽无陆贾之多金（《史记》卷九七《郦生陆贾列传》记陆贾出使南越，南越王赠以千金），但"尊有陶潜酒"。篇末"莫嫌贫活计，更富即劳心"，如果用劳心去换取富足的生活，那就违背诗人的初心了，同时与"营为力不任"句照应。所以，安然处贫，知足过活，这就是古稀之年的诗人所采取的人生态度。

斋居春久感事遣怀

斋戒坐三旬，笙歌发四邻。

月明停酒夜,眼暗看花人。
赖学空为观,深知念是尘。
犹思闲语笑,未忘旧交亲。
久作龙门主,多为兔苑宾。
水嬉歌尽日,雪宴烛通晨。
事事皆过分,时时自问身。
风光抛得也,七十四年春。

【解析】

诗作于会昌五年(845),74岁,洛阳,刑部尚书致仕。"斋戒坐三旬"四句,写春日斋居时严格自律的情状,不饮酒,所以说"月明停酒夜";不娱乐,所以说"笙歌发四邻"。"赖学空为观,深知念是尘",《大般若波罗蜜多经》卷三七:"如是菩萨摩诃萨修行般若波罗蜜多时,应以本性空观一切法,作此观时,于一切法心无行处,是名菩萨摩诃萨无所摄受三摩地。"《楞严经》卷四:"若离明、暗,见毕竟空。如无前尘,念自性灭。""犹思闲语笑,未忘旧交亲",斋居中的自己还在想着曾经的笑语,也没有忘记旧交亲。"久作龙门主"四句,回顾总结自己在洛下歌酒游宴的生活:多年作龙门的主人,游于东都留守府中(《西京杂记》卷二记梁孝王筑兔苑),水上、雪中游宴都要歌尽、通宵直至尽兴方罢。想到"事事皆过分","风光抛得也,七十四年春",老年诗人深觉此身、此生足矣!

自咏老身示诸家属

寿及七十五,俸沾五十千。
夫妻偕老日,甥侄聚居年。
粥美尝新米,袍温换故绵。

家居虽濩落，眷属幸团圆。
置榻素屏下，移炉青帐前。
书听孙子读，汤看侍儿煎。
走笔还诗债，抽衣当药钱。
支分闲事了，爬背向阳眠。

【解析】

  诗作于会昌六年(846)，75岁，洛阳，刑部尚书致仕。75岁的诗人书写当下眼前的生活，充满知足、珍惜之情。"夫妻偕老日，甥侄聚居年"，"家居虽濩落，眷属幸团圆"，是诗人对亲情的无比重视。被贬江州时，白居易在《与微之书》中写到"三泰"，其中第一泰就是亲人在一起："仆自到九江，已涉三载。形骸且健，方寸甚安。下至家人，幸皆无恙。长兄去夏自徐州至，又有诸院孤小弟妹六七人提挈同来。顷所牵念者，今悉置在目前，得同寒暖饥饱。此一泰也。""粥美尝新米，袍温换故绵"，眼前食、衣保暖，有新米、新绵。在素屏下、清帐前，听孙辈读书，看侍儿煎汤。"走笔还诗债，抽衣当药钱"，诗人一生中多次写到"诗债"，其开成四年(839)所作《病中诗十五首·自解》中有句："我亦定中观宿命，多生债负是歌诗。不然何故狂吟咏？病后多于未病时。"此生有诗债需要偿还，这里表现的是白居易对创作的狂热冲动。开成四年，他有《斋戒》诗："酒魔降伏终须尽，诗债填还亦欲平。"诗描写斋戒时内心达到的空无境界，觉得诗债也要填平了。而在此《自咏老身示诸家属》诗中，75岁的诗人依然在"走笔还诗债"，可见其对写诗的痴狂。诗末，闲事处理了，诗人"爬背向阳眠"，这"爬背向阳眠"的形象不仅有负暄的意趣，还叠加了昼眠的慵懒与超然，75岁的诗人享受着身心的舒适和愉悦，知足、闲适之态跃然纸上。

斋居偶作

童子装炉火，行添一炷香。
老翁持麈尾，坐拂半张床。
卷缦看天色，移斋近日阳。
甘鲜新饼果，稳暖旧衣裳。
止足安生理，悠闲乐性场。
是非一以遣，动静百无妨。
岂有物相累？兼无情可忘。
不须忧老病，心是白医王。

【解析】

诗作于会昌六年(846)，75岁，洛阳，刑部尚书致仕。"童子装炉火"八句写老年诗人的生命状态，"行添一炷香"，以香来烘托斋居的脱俗氛围，诗人手持麈尾坐拂床，卷帷帐看天色，移斋向日阳，所食是甘鲜的新饼果，所着是稳暖的旧衣裳。这一切都见自在安适。魏晋名士清谈时常手持麈尾，诗中手持麈尾的形象，如同身披鹤氅一样，皆有魏晋风流之意蕴。"止足安生理，悠闲乐性场"二句，诗人认为知止知足是身心安适的心理基础，身闲方得心性安乐，在这生命最后一年写下的诗句里，包含着诗人内心对生命的体认。《老子》(四十四章)："知足不辱，知止不殆，可以长久。""是非一以遣，动静百无妨"，心中忘掉是非，无论是动还是静都无妨。《庄子·达生》曰："知忘是非，心之适也。"《庄子·让王》："养志者忘形，养形者忘利，致道者忘心矣。"白居易在下邽时期所作《隐几》亦云："身适忘四支，心适忘是非。"忘掉是非而达到"心适而忘心"(《舟中李山人访宿》)的境界，这是诗人一生的追求。如果说元和五年(810)在翰林学士任时诗人认为"只要明是非，何曾虞祸福"(《和梦游春诗一百韵》)，江州司马任时又感叹"是非不由己，祸患安可防"(《杂感》)，那么江州时所云"胸中消尽是非心"(《咏怀》)成了诗人努力要达到的境界。

诗人也多次在诗中表达这一点，如其长庆元年（821）所作《新昌新居书事四十韵因寄元郎中张博士》诗云："是非都付梦，语默不妨禅。"宝历元年（825）在苏州有《郡西亭偶咏》诗云："莫遣是非分作界，须教吏隐合为心。"大和元年（827）在长安作《松斋偶兴》云："置心思虑外，灭迹是非间。"大和二年（828）在长安有《闲出》云："身外无羁束，心中少是非。"开成五年（840）诗人这样写道："是非爱恶销停尽，唯寄空身在世间。"（《闲居》）会昌二年（842）年逾古稀的诗人赠言同老者："莫学蓬心叟，胸中残是非。"（《对酒闲吟赠同老者》）从这些诗句可以窥见诗人一生对"忘是非"之"心适"境界的追求。75岁的诗人深刻地领悟到"是非一以遗，动静百无妨"的真谛。"岂有物相累，兼无情可忘"，表达心中忘掉是非所达到的不为外物所累，甚至无情可忘的境界。"不须忧老病，心是自医王"，诗人最后明确指出心的决定作用，其《病中五绝》（其四）有句："身作医王心是药，不劳扁和到门前。"其表达同样的思想。医王，医术高明之人。晚年诗人抱持知止知足之心态，获得生命的安宁与自在。

宿张云举院

不食胡麻饭，杯中自得仙。
隔房招好客，可室致芳筵。
美酝香醪嫩，时新异果鲜。
夜深唯畏晓，坐稳不思眠。
棋罢嫌无敌，诗成愧在前。
明朝题壁上，谁得众人传？

【解析】

张云举，未详。"不食胡麻饭，杯中自得仙"，"弘景曰：胡麻，八谷之中，唯此为良"(《本草纲目》卷二二"胡麻集解")，白居易《七月一日作》诗中云："饥闻麻粥香。"麻粥即胡麻粥。《太平广记》卷六一《女仙六·天台二女》(出《神仙记》)记有："刘晨、阮肇，入天台山采药，远不得返……复有一杯流下，有胡麻饭焉……遂渡山，出一大溪。溪边有二女子，色甚美，见二人持杯，便笑曰：'刘阮二郎捉向杯来。'……因邀还家……其馔有胡麻饭……甚美。食毕行酒……苦留半年……指示还路。乡邑零落，已十世矣。"诗由杯中仙之意，引出对满室芳筵的书写，有美酝香醪、时新异果，还有好客。夜深时分唯恐天亮，全无困倦之意，可见尽兴。下棋无人是对手，写诗总是最先完成，诗句虽用"嫌""愧"字样，表现出的分明是得意。诗末表达明朝题诗于壁任其流传之意。诗虽没有过多的细节描写，但很好地传达出了张云举院中美酒、好客，下棋、吟诗的嘉会氛围。

此诗又见姚合《姚少监诗集》卷八，题作《过张云举院宿》，"隔房招好客"句作"隔篱招好客"，"可室致芳筵"作"扫室致芳筵"，"美酝香醪嫩"作"家酝香醪嫩"，"坐稳不思眠"作"坐稳岂思眠"，"诗成愧在前"作"诗成贵在前"，其他诗句皆同。

下

七言排律

十年三月三十日别微之于沣上十四年三月十一日夜遇微之于峡中停舟夷陵三宿而别言不尽者以诗终之因赋七言十七韵以赠且欲记所遇之地与相见之时为他年会话张本也

沣水店头春尽日，送君上马谪通川。
夷陵峡口明月夜，此处逢君是偶然。
一别五年方见面，相携三宿未回船。
坐从日暮唯长叹，语到天明竟未眠。
齿发蹉跎将五十，关河迢递过三千。
生涯共寄沧江上，乡国俱抛白日边。
往事渺茫都似梦，旧游流落半归泉。
醉悲洒泪春杯里，吟苦支颐晓烛前。
莫问龙钟恶官职，且听清脆好诗篇。
别来只是成诗癖，老去何曾更酒颠？
各限王程须去住，重开离宴贵留连。
黄牛渡北移征棹，白狗崖东卷别筵。
神女台云闲缭绕，使君滩水急潺湲。
风凄暝色愁杨柳，月吊宵声哭杜鹃。
万丈赤幢潭底日，一条白练峡中天。
君还秦地辞炎徼，我向忠州入瘴烟。
未死会应相见在，又知何地复何年？

【解析】

诗作于元和十四年（819），48岁，江州至忠州途中，忠州刺史。白居易与元稹是挚友，从这首诗对在江州赴忠州途中偶然相逢的书写，可以体味到他们之间的真挚情感。白居易《三游洞序》记："平淮西之明年冬，予自江州司马授忠州刺史，微之自通州司马授虢州长史。又明年春，各祗命之郡,与知退偕行。三月十日,参会于夷陵。翌日,微之反棹送予至下牢城。又翌日,将别未忍,引舟上下者久之。"诗首二句"沣水店头春尽日,送君上马谪通川",追忆"(元和)十年三月三十日别微之于沣上",时元稹被贬通州司马。白居易有诗《醉后却寄元九》写道:"蒲池村里匆匆别,沣水桥边兀兀回。"沣水源出终南山沣峪。"夷陵峡口明月夜,此处逢君是偶然"二句,写再次偶然相逢,即"三月十日,参会于夷陵"(《三游洞序》)。"一别五年方见面"至"老去何曾更酒颠"十六句,写别后重逢的情形和感慨。他们相携同宿,"坐从日暮唯长叹,语到天明竟未眠",感叹齿发蹉跎,寄身沧江,往事如梦,旧日的交游"零落半归泉"。"醉悲洒泪春杯里,吟苦支颐晓烛前"二句,高度凝练地表现出二人重逢时泪洒春杯的情状,"吟苦支颐晓烛前"句极有画面感。"莫问龙钟恶官职,且听清脆好诗篇",诗中自注:"微之别来有新诗数百篇,丽绝可爱。""清脆"二字点亮了整个悲苦氛围。"别来只是成诗癖,老去何曾更酒颠",元和十二年(817)在江州白居易有《闲吟》诗:"自从苦学空门法,销尽平生种种心。唯有诗魔降未得,每逢风月一闲吟。"他在江州又有《山中狂吟》写狂吟情状。被贬江州的诗人对写诗的狂热程度显然上了一个新台阶,所以这里说"别来只是成诗癖"。除有诗癖外,依然是酒后狂放失态之人,诗、酒更成为贬谪中诗人的精神依托。"各限王程须去住,重开离宴贵留连",是表达离别在即的过渡语。"黄牛渡北移征棹,白狗崖东卷别筵",写各自出发的分别时刻,诗中自注:"黄牛、白狗,皆峡中地名,即与微之遇别之所也。""神女台云闲缭绕,使君滩水急潺湲",上句从视觉角度写神女庙,其阳台闲云缭绕;下句从听觉角度写使君滩,其水声急切潺湲。《方舆胜览》卷五七"夔州":"高唐神女庙,在巫山县西北二百五十步。有阳台。"《太平寰宇记》卷一四九"万州":"使君滩在州东二里大江中,昔杨亮赴任益州,行船至此覆,故名之。""风凄暝色愁杨柳,月吊宵声哭杜鹃",以视觉、听觉的自然景物摄取,渲染别后的愁惨凄凉。"吊"与"凄"相对,当为怜悯、伤痛之意,《诗•桧风•匪风》:"顾瞻周道,中心吊兮。"毛传:"吊,伤也。""吊"字极传神。"万丈赤幢潭底日,一条白练峡中天"二句,"万丈"与"一条"相差甚远的数量对写,潭底日与峡中天地与天的对写,以及赤与白的颜色对写,皆使得诗句所要传达的情感呈现一种张力,表现出在这种情境下挚友相遇又旋即分离时的感情震荡。篇末"君还秦地辞炎徼,我向忠州入瘴烟。未死会应相见在,又知何地复何年"四句,真切地表现出一对被贬之人偶然相遇又分离时的痛苦以及对未来何时复相见的茫然之情。"又知何地复何年"与标题中"欲记所遇之地与相见之时为他年会话张本也"相照应。本诗主要是以景抒情,感情真挚动人,是一篇佳作。

酬元郎中同制加朝散大夫书怀见赠

命服虽同黄纸上,官班不共紫垣前。
青衫脱早差三日,白发生迟校九年。
曩者定交非势利,老来同病是诗篇。
终身拟作卧云伴,逐月须收烧药钱。
五品足为婚嫁主,绯袍着了好归田。

【解析】

诗作于长庆元年(821),50岁,长安,主客郎中、知制诰。元郎中,元宗简。《旧唐书》卷四二《职官志一》"从第五品下阶":"朝散大夫,文散官。"白居易元和十四年(819)冬从忠州"召还京师,拜司门员外郎。明年,转主客郎中、知制诰,加朝散大夫,始着绯"(《旧唐书》卷一六六《白居易传》)。唐代官制规定,五品始得着绯,朝散大夫从五品下,故着绯。白居易又有《初着绯戏赠元九》云:"那知垂白日,始是着绯年。"《初加朝散大夫又转上柱国》:"紫微今日烟霄地,赤岭前年泥土身。得水鱼还动鳞鬣,乘轩鹤亦长精神。且惭身忝官阶贵,未敢家嫌活计贫。柱国勋成私自问,有何功德及生人?"

白居易与元宗简交谊颇厚。白在江州时，有《答元郎中杨员外喜乌见寄》，元宗简、杨巨源"疑乌报消息，望我归故乡"，可见元盼白从贬地归京之意。在忠州，白有《画木莲花图寄元郎中》，看到"花房腻似红莲朵，艳色鲜如紫牡丹"的木莲花，"唯有诗人应解爱，丹青写出与君看"，画木莲花图寄元。元和十五年（820），任司门员外郎的白居易在长安，有《吟元郎中白须诗兼饮雪水茶因题壁上》："吟咏霜毛句，闲尝雪水茶。城中展眉处，只是有元家。"长庆元年（821），中书舍人白居易为其在长安的宅院作长律《新昌新居书事四十韵因寄元郎中张博士》寄元宗简。白居易有《故京兆元少尹文集序》记，元弥留之际，"语其子途云：吾平生酷嗜诗，白乐天知我者，我殁，其遗文得乐天为之序，无恨矣。""呜呼居敬（居敬姓元，名宗简）！若职业之恭慎，居处之庄洁，操行之贞端，襟灵之旷淡，骨肉之敦爱，丘园之安乐，山水风月之趣，琴酒啸咏之态，与人久要，遇物多情，皆布在章句中，开卷而尽可知也，故不序。"序中并记在苏州任时"睹居敬所著文，其间与予唱和者数十首"。从以上可以窥见元宗简与白居易之间的情谊与交游，从元诗中可以读出的"丘园之安乐，山水风月之趣，琴酒啸咏之态"及"遇物多情"，也正是白居易一生所追求和实践的生命真趣，可见他们相知。元能在临终前说"白乐天知我者"，就足以说明这一点。了解了这些之后，再来看这首《酬元郎中同制加朝散大夫书怀见赠》诗，就很容易理解了。"曩者定交非势利，老来同病是诗篇"，他们定交不是出于势利而是彼此人格性情的相通，白"唯有诗魔降未得，每逢风月一闲吟"（《闲吟》），元"平生酷嗜诗"（《故京兆元少尹文集序》）。其他诗句皆扣"同制加朝散大夫"来写，同制即同一制书。"终身拟作卧云伴"，彼此有相同的高情，拟共卧青山白云，退闲归隐，因生计考虑暂不能实现。"五品足为婚嫁主，绯袍着了好归田"，五品朝散官足以解决儿女的婚嫁问题，先着绯袍，等了无牵挂时，再去兑现你我的归田愿望。"婚嫁主"用后汉向长典故，《后汉书》卷八三《逸民列传》记向长："男女婚嫁既毕……与同好北海禽庆，俱游五岳名山，竟不知所终。"

七言十二句赠驾部吴郎中七兄

四月天气和且清,绿槐阴合沙堤平。
独骑善马衔镫稳,初着单衣肢体轻。
退朝下直少徒侣,归舍闭门无送迎。
风生竹夜窗间卧,月照松时台上行。
春酒冷尝三数盏,晓琴闲弄十余声。
幽怀静境何人别?唯有南宫老驾兄。

【解析】

诗作于长庆二年(822),51岁,长安,中书舍人。诗题下自注:"时早夏朝归,闲斋独处,偶题此什。"吴郎中,驾部郎中吴丹。在天和气清的四月天,任中书舍人的诗人退朝下直,归舍闭门,在风生竹夜、月照松时,窗间卧、台上行,尝春酒、弄晓琴,尽情享受、体味自然无碍的幽怀静境。这是诗人对公务之余闲适之趣的书写。

花楼望雪命宴赋诗

连天际海白皑皑,好上高楼望一回。
何处更能分道路?此时兼不认池台。
万重云树山头翠,百尺花楼江畔开。
素壁联题分韵句,红炉巡饮暖寒杯。
冰铺湖水银为面,风卷汀沙玉作堆。
绊惹舞人春艳曳,勾留醉客夜徘徊。
输将虚白堂前鹤,失却樟亭驿后梅。
别有故情偏忆得,曾经穷苦照书来。

【解析】

诗作于长庆二年(822),51岁,杭州,杭州刺史。诗人立足花楼,从望的角度写雪中杭州整体气象。"连天际海白皑皑",在雪的覆盖下,分不清道路,认不出池台,湖面铺满冰雪呈现银色,风卷沙汀堆雪如玉,整个是雪的世界。诗又紧扣题中"命宴赋诗",写花楼诗酒宴会情形:"素壁联题分韵句,红炉巡饮暖寒杯。"分韵句,分韵所赋之诗。"绊惹舞人春艳曳,勾留醉客夜徘徊"二句,又将花楼中的宴会与雪景联系起来,雪花牵缠舞人风姿更为艳丽飘逸,引得醉客流连不忍归去。"输将虚白堂前鹤,失却樟亭驿后梅",从整首诗来看,诗人赞美雪,二句当是写雪之白使得虚白堂前之白鹤也显得逊色,樟亭驿后的梅花也隐没在雪的世界里。白长庆三年(823)在杭州有《湖中自照》诗:"重重照影看容鬓,不见朱颜见白丝。失却少年无觅处,泥他湖水欲何为?"年过半百的诗人湖中自照,不见了少年模样,诗人说"失却少年无觅处"。"别有故情偏忆得,曾经穷苦照书来",(南朝·梁)任昉《为萧扬州荐士表》有句:"至乃集萤映雪,编蒲缉柳。"《文选》卷三八李善注:"《孙氏世录》曰:孙康家贫,常映雪读书。"诗人用此典故,说雪曾经照贫苦书生读书,表达对雪别有一种深情。

余思未尽加为六韵重寄微之

海内声华并在身,箧中文字绝无伦。
遥知独对封章草,忽忆同为献纳臣。
走笔往来盈卷轴,除官递互掌丝纶。
制从长庆辞高古,诗到元和体变新。
各有文姬才稚齿,俱无通子继余尘。
琴书何必求王粲,与女犹胜与外人。

【解析】

诗作于长庆三年(823),52岁,杭州,杭州刺史。"海内声华并在身,箧中文字绝无伦",诗中自注:"美微之也。""遥知独对封章草,忽忆同为献纳臣",遥想对方独对内容机密之章奏时,会忽然忆及彼此曾经一同向君王建言献策的生涯。"走笔往来盈卷轴,除官递互掌丝纶",诗中自注:"予与微之前后寄和诗数百篇,近代无如此多有也。""予除中书舍人,微之撰制词;微之除翰林学士,予撰制词。""制从长庆辞高古,诗到元和变新",诗人自注:"微之长庆初知制诰,文格高古,始变俗体,继者效之也。""众称元白为千字律诗,或号元和格。"元稹在其《上令狐相公诗启》中就写到白居易热衷写作长篇五言排律以及他与白相酬和的情形:"居易雅能为诗,就中爱驱驾文字,穷极声韵,或为千言,或为五百言律诗,以相投寄。小生自审不能以过之,往往戏排旧韵,别创新词,名为次韵相酬,盖欲以难相挑耳。继而江湖间为诗者,复相仿效,力或不足,则至于颠倒语言,重复首尾,韵同意等,不异前篇,以目为元和诗体。"关于元和体,陈寅恪《元白诗笺证稿》附论《元和体诗》写道:"'元和体诗'可分为二类,其一为次韵相酬之长篇排律……其二为杯酒光景间之小碎篇章,此类实亦包括微之所谓艳体诗中之短篇在内……而当时最为流行之元白诗,除'千言或五百言律诗'外,唯此杯酒光景间小碎篇章之元和体诗耳……元和体诗以此之故,在当日并非美词。"从白居易这首诗来看,元和体当是指元白创作的长篇律诗。"各有文姬才稚齿,俱无通子继余尘",诗中注曰:"蔡邕无儿,有女琰,字文姬。""陶潜小男名通子。"二句言诗人和微之皆有女尚幼,皆无儿。"琴书何必求王粲,与女犹胜与外人",前句依然用蔡邕典,《三国志》卷二八《魏书·钟会传》裴松之注引《博物记》:"蔡邕有书近万卷,末年载数车与(王)粲。""琴书何必求王粲"二句是诗人面对人生无儿的缺憾所进行的心理上的自足调试。诗有对元稹诗才的真诚赞美,还有对二人同为献纳臣生涯的回顾,也写到二人创作的共同影响,最后写及二人相同的人生缺憾以及诗人对彼此的宽解。从此诗可以窥见二人间非同一般的情意和默契。题目《余思未尽加为六韵重寄微之》,就已流露出诗人给微之写诗时的创作状态。而且白居易"是在得不到对方消息的情况下陆续写出《忆微之》《梦微之》《寄微之三首》《三月三日怀微之》《余思未尽加为六韵重寄微之》等诗作的,故焦虑、渴念、担忧毕集毫端,诗情之诚挚、真切历历可见"[1]。此诗是沈德潜《唐诗别裁集》卷十八"五言长律"处所列白居易两首七言长律之一,可见沈对此诗的肯定。

雪中即事答微之

连夜江云黄惨澹,平明山雪白模糊。
银河沙涨三千里,梅岭花排一万株。
北市风生飘散面,东楼日出照凝酥。
谁家高士关门户?何处行人失道途?
舞鹤庭前毛稍定,捣衣砧上练新铺。
戏团稚女呵红手,愁坐衰翁对白须。
压瘴一州除疾苦,呈丰万井尽欢娱。
润含玉德怀君子,寒助霜威忆大夫。
莫道烟波一水隔,何妨气候两乡殊。
越中地暖多成雨,还有瑶台琼树无?

【解析】

诗作于长庆三年(823),52岁,杭州,杭州刺史。这又是一首写雪中杭州的排律诗。诗从连夜惨淡江云写起,天刚亮时已是山雪皑皑,"银河沙涨三千里,梅岭花排一万株",北市风生、东楼日出,这些形象共同传

---

[1] 尚永亮《贬迁视域下的元、白唱和时段特点》,《文艺研究》2023年第8期。

达出一种开阔、壮观、明朗的境界。梅岭，即大庾岭。"谁家高士关门户"四句，写因为雪，高士闭门不出、行人迷失了道路，"舞鹤庭前毛稍定"，捣衣砧上覆盖白雪像是新铺了白练。"谁家高士关门户"句，暗用袁安卧雪典，《后汉书》卷四五《袁安传》李贤注引《汝南先贤传》："时大雪积地丈余，洛阳令身出案行，见人家皆除雪出，有乞食者。至袁安门，无有行路。谓安已死，令人除雪入户，见安僵卧。问何以不出。安曰：'大雪人皆饿，不宜干人。'令以为贤，举为孝廉。""戏团稚女呵红手，愁坐衰翁对白须"二句，应是写自家情形，上句写稚女捏雪成团，手被雪冻红呵气取暖的生动情形，后句写愁坐着的白须衰翁自己。其写于杭州的《官舍》诗有句写道："稚女弄庭果，嬉戏牵人裾。""压瘴一州除疾苦，呈丰万井尽欢娱"二句意思一转，写此雪压瘴气为民除疾苦，就是在积蓄丰年给百姓带来欢娱，这彰显出一州刺史关注百姓安乐的胸怀。"润含玉德怀君子，寒助霜威忆大夫"二句，紧扣雪表达对元稹的思念及对其德、威的誉美。"润含玉德怀君子"，雪能润泽天下，让人怀想君子之德，用《礼记·聘仪》："夫昔者君子比德于玉焉，温润而泽，仁也。""寒助霜威忆大夫"，雪的寒气助长了霜的肃杀之力，元稹任御史大夫司弹劾，有严正威重之气。至此，诗从写杭州的雪自然过渡到写元稹所在的越地，照应题目中的"雪中即事寄微之"。"莫道烟波一水隔，何妨气候两乡殊"，越州属浙东，杭州属浙西，虽然是邻境，但气候不同。"越州地暖多成雨"，可还有瑶台琼树？《晋书》卷四三《王戎传》记："戎有人伦鉴识，常目……王衍神姿高彻，如瑶林琼树，自然是风尘表物。"用典中暗藏对元稹风仪的赞美和对挚友的思念。

苏州李中丞以元日郡斋感怀诗寄微之及予辄依来篇七言八韵走笔奉答兼呈微之

白首余杭白太守，落拓抛名来已久。

一辞渭北故园春,再把江南新岁酒。
杯前笑歌徒勉强,镜里形容渐衰朽。
领郡惭当潦倒年,邻州喜得平生友。
长洲草接松江岸,曲水花连镜湖口。
老去还能痛饮无?春来曾作闲游否?
凭莺传语报李六,倩雁将书与元九。
莫嗟一日日催人,且贵一年年入手。

【解析】

诗作于长庆四年(824),53岁,杭州,杭州刺史。苏州李中丞,就是苏州刺史李谅。李谅以元日郡斋感怀诗先寄白居易与元稹,白依来篇而作此七言排律奉答李谅,并呈在越州任职的元稹。诗的前七句都是在写诗人自己,落魄抛名、勉强歌笑、形容衰朽等表现低落情绪的语词的使用,达到先抑后扬的表达效果,凸显平生友到邻州任职给诗人内心带来的喜悦。"长洲草接松江岸,曲水花连镜湖口"二句分写两地景物:苏州的长洲苑、松江(吴淞江),越州的曲水、镜湖。曲水,在会稽西南兰亭山。"老去还能痛饮无"二句,问两位友人老去还能痛饮无,春日还作闲游否?"凭莺传语报李六,倩雁将书与元九",凭莺、雁传语、捎书信与李谅、元稹;"莫嗟一日日催人,且贵一年年入手",这是诗人"喜老"思想的一种变相表达。晚年退居洛下的诗人有《览镜喜老》《喜老自嘲》诗作,"喜老"思想的源头当在这首杭州刺史任时所作的七言排律诗中。

重题别东楼

东楼胜事我偏知,气象多随昏旦移。
湖卷衣裳白重叠,山张屏障绿参差。

海仙楼塔晴方出，江女笙箫夜始吹。
春雨星攒寻蟹火，秋风霞飐弄涛旗。
宴宜云髻新梳后，曲爱霓裳未拍时。
太守三年嘲不尽，郡斋空作百篇诗。

【解析】

诗作于长庆四年（824），53岁，杭州，杭州刺史。此年五月，白居易杭州任满，月末离杭前题别东楼。东楼，在凤凰山杭州刺史治所内。白居易《杭州春望》诗首句："望海楼明照曙霞。"诗中自注云："城东楼名望海楼。"东楼是诗人公务之余心灵安顿之处，如其《初领郡政衙退登东楼作》写道："直下江最阔，近东楼更高。烦襟与滞念，一望皆遁逃。"也有诗作写登东楼而望所见之景，如《东楼南望八韵》等。所以，诗人云"东楼胜事我偏知，气象所随昏旦移"。"湖卷衣裳白重叠，山张屏障绿参差"二句，一句写水、一句写山，皆用比喻手法，湖水翻卷像层层白色衣裳，山像张开的绿色参差的屏障。"海仙楼塔晴方出，江女笙箫夜始吹"，一句写视觉，一句写听觉，海仙楼塔晴日方能现身，夜色中江女吹起笙箫。"春雨星攒寻蟹火，秋风霞飐弄涛旗"，写杭州特有的风俗，诗中自注："余杭风俗，每寒食雨后夜凉，家家持烛寻蟹，动盈万人。每岁八月，迎涛弄水者悉举旗帜焉。""宴宜云髻新梳后，曲爱霓裳未拍时"，上句写宴、下句写曲，勾勒出诗人杭州宴乐生活的总体轮廓。诗人喜爱《霓裳羽衣曲》，在苏州刺史任，他有《霓裳羽衣歌》写道："我昔元和侍宪皇，曾陪内宴宴昭阳。千歌百舞不可数，就中最爱霓裳舞。""我爱霓裳君合知，发于歌咏形于诗。君不见，我歌云，惊破霓裳羽衣曲。又不见，我诗云，曲爱霓裳未拍时。""曲爱霓裳未拍时"，《霓裳羽衣歌》诗云："散序六奏未动衣，阳台宿云慵不飞。"诗中自注云："散序六遍无拍，故不舞。"看来白居易喜爱《霓裳羽衣曲》，尤其喜爱《霓裳散序》，其晚年即在履道池上"酒酣琴罢，又命乐童登中岛亭，合奏《霓裳散序》"（《池上篇》序）。"太守三年嘲不尽，郡斋空作百篇诗"，白居易在杭州多有政绩，"郡斋空作百篇诗"，只是自嘲罢了。

忆杭州梅花因叙旧游寄萧协律

三年闲闷在余杭,曾为梅花醉几场?
伍相庙边繁似雪,孤山园里丽如妆。
蹋随游骑心长惜,折赠佳人手亦香。
赏自初开直至落,欢因小饮便成狂。
薛刘相次埋新垄,沈谢双飞出故乡。
歌伴酒徒零散尽,唯残头白老萧郎。

【解析】

  诗作于宝历元年(825),54岁,洛阳,太子左庶子分司。萧协律,萧悦。白居易长庆四年(824)初秋归洛。归洛后的诗人思忆杭州,此诗忆杭州梅花。"三年闲闷在余杭,曾为梅花醉几场",是总写。"伍相庙边繁似雪"六句,写到赏梅地点:伍子胥庙、孤山园;写到梅花"繁似雪""丽如妆"的繁盛纯洁和美丽,以及梅之香,并表达爱梅、惜梅心理,以及欣赏梅花自梅开直至梅落的痴迷。诗的最后,由忆梅进而忆及一起赏梅的歌酒之侣,感叹薛景文、刘方舆二客已成故人,歌伎沈平、谢好也已离开杭州,表达无限的人事沧桑之感。

  白居易与梅的缘分就始于杭州。长庆二年(822),他与薛景文同寻梅花,并有诗《和薛秀才寻梅花同饮见赠》。长庆四年,有《与诸客携酒寻去年梅花有感》再次写到寻梅。宝历元年,任苏州刺史时,有《故衫》诗写故衫襟上"残色过梅看向尽,故香因洗嗅犹存",可见诗人杭州生涯记忆中已深深烙印着梅之香韵。在苏州则更有栽梅行为,有《新栽梅》诗,真正把爱梅之心诠释到极致。宝历二年(826),诗人坠马足伤,依然强出游历,只为梅花,"东风落尽梅"(《马坠强出赠同座》),成为这个早春最大的遗憾。晚年退居洛下时期,总是先发的梅依然是诗人密切关注的对象。大和六年(832),他有《寄情》诗:"灼灼早春梅,东南枝最早。持来玩未足,花向手中老。芳香销掌握,怅望生怀抱。岂无后开花,念此先开好。"梅,成为中国文人最为喜爱的"四君子"之一,虽然梅花诸多的精神意义在白居易这里还没完全彰显出来,但对梅之洁、梅之香的肯定,对梅之欣赏、珍惜、沉醉之情,在白居易这里已经体现得很饱满充足了。

登阊门闲望

阊门四望郁苍苍,始觉州雄土俗强。
十万夫家供课税,五千子弟守封疆。
阖闾城碧铺秋草,乌鹊桥红带夕阳。
处处楼前飘管吹,家家门外泊舟航。
云埋虎寺山藏色,月耀娃宫水放光。
曾赏钱唐嫌茂苑,今来未敢苦夸张。

【解析】

诗作于宝历元年(825),54岁,苏州,苏州刺史。此年三月四日,白居易任苏州刺史,五月五日到苏州任。阊门,苏州西面之城门,吴王阖闾所筑。诗人从望的角度俯瞰作为刺史所管理的苏州。"阊门四望郁苍苍,始觉州雄土俗强"二句,写望所得到的总体感觉,苏州郁郁苍苍,"州雄土俗强"。"十万夫家供课税,五千子弟守封疆",苏州人口之多,五千子弟戍守边城保家卫国。"阖闾城碧铺秋草,乌鹊桥红带夕阳"二句,上下句分写阖闾城、乌鹊桥,大笔涂抹满城秋草之碧,又衬以火红的夕阳,给人以强烈的色彩感。阖闾城,即苏州城。《吴郡志》卷三"城郭":"阖闾城,吴王阖闾自梅里徙都,即今郡城……筑大城,周回四十七里,陆门八,以象天之八风。水门八,以法地之八卦。筑小城,周十里。门之名,皆伍子胥所制。"乌鹊桥在苏州府城东南隅。《吴郡志》卷十七"桥梁":"乌鹊桥,在提刑司之南。旧传,古有乌鹊馆,桥因其馆得名。""处处楼前飘管吹,家家门外泊舟航"二句写苏州地域特点,"水国多台榭,吴风尚管弦"(《和梦得夏至忆苏州呈卢宾客》),故云"处处楼前飘管吹","家家门外泊舟航"句正暗示出苏州水多的地理特点。"云埋虎寺山藏色,月耀娃宫水放光"二句写虎丘寺、馆娃宫,以云与月,山与水相对,写虎丘寺掩映于云山中,馆娃宫水在月光的映射下发着光,山色与水光相映,写出苏州城的活力。何焯语:"虎、娃借对。""曾赏钱唐嫌茂苑,今来未敢苦夸张",茂苑即长洲苑,在杭州时因为欣赏钱塘江而嫌弃苏州的长洲苑,今来苏州真正见识了长洲苑,改变了原有的偏见。诗人从阊门望苏州,大笔勾勒苏州城景象,全诗洋溢着苏州刺史的自豪感,及其对苏州这片土地的激赏之情。

泛太湖书事寄微之

烟渚云帆处处通,飘然舟似入虚空。
玉杯浅酌巡初匝,金管徐吹曲未终。
黄夹缬林寒有叶,碧琉璃水净无风。
避旗飞鹭翩翻白,惊鼓跳鱼拨剌红。
涧雪压多松偃蹇,岩泉滴久石玲珑。
书为故事留湖上,吟作新诗寄浙东。
军府威容从道盛,江山气色定知同。
报君一事君应羡,五宿澄波皓月中。

【解析】

诗作于宝历元年(825),54岁,苏州,苏州刺史。《元和郡县图志》卷二五"江南道一":"太湖在(吴)县西南五十里。《禹贡》谓之震泽,《周礼》谓之具区。湖中有山,名洞庭山。"诗从泛舟湖上角度写太湖景象。"烟渚云帆处处通,飘然舟似入虚空",湖中有雾气笼罩的小洲,舟行太湖之上,仿佛进入虚空之中,写出的是太湖湖面的空明之境。"玉杯浅酌巡初匝,金管徐吹曲未终"二句,写诗人泛舟湖上的歌酒雅兴,悠悠丝管声飘荡在湖面上。"黄夹缬林寒有叶,碧琉璃水净无风"二句借用比喻手法,形象生动地从色彩角度写出林叶和湖水之美,寒叶像夹缬法晕染出的丝织品般呈现黄色,平静无风的湖面像琉璃般碧绿。"避旗飞鹭翩翻白,惊鼓跳鱼拨剌红",人的游历显然惊扰了鱼鸟,天空中的白鹭避开旗帜,翩翩飞翔,湖水中的鱼儿拼命摆动着尾巴在游动,水上鸟与水中鱼相对,一翩飞一疾游,一白一红,构成活泼动态的画面。"涧雪压多松偃蹇,岩泉滴久石玲珑"二句,又转入写静景,写"偃蹇松""玲珑石",在静态景物中又有动趣,涧雪压多而使松逐渐变得弯曲,泉水久滴使石变得孔窍透明,这里一则暗示着自然万物的相互作用,同时唤起雪松、泉水的审美形象。"书为故事留湖上,吟作新诗寄浙东","所见胜景,多记在湖中石上"(诗中自注),同时将新诗寄向越州,时元稹在越州任浙东观察使,二句直接照应题目中"书事寄微之"。"军府威容从道盛,江山气色定知同",遥想对方的威容,以及越州同样美好的江山气色。末二句"报君一事君应羡,五宿澄波皓月中",诗人不无炫耀地说,我已经五次宿于太湖的"澄波皓月中"了,诗人真正想炫耀的是自己公务之余能到大自然尽享闲适之趣的雅兴。从这首七言排律诗中,我们可读出诗人游太湖时高昂的兴致。此诗是沈德潜《唐诗别裁集》卷十八"五言长律"处所列白居易两首七言长律之一,可见沈对此诗的欣赏。

九日寄微之

眼暗头风事事妨,绕篱新菊为谁黄?
闲游日久心慵倦,痛饮年深肺损伤。
吴郡两回逢九月,越州四度见重阳。
怕飞杯酒多分数,厌听笙歌旧曲章。
蟋蟀声寒初过雨,茱萸色浅未经霜。
去秋共数登高会,又被今年减一场。

【解析】

诗作于宝历二年(826),55岁,苏州,苏州刺史。诗人宝历元年(825)三月,除苏州刺史,故曰"吴郡两回逢九月"。九月九日重阳节,旧有登高、饮菊花酒的习俗。诗写诗人在此日的伤感慵倦情绪,以及对任职越州的元稹的思忆之情。眼暗头风,无法好好欣赏眼前的景物,故问"绕篱新菊为谁黄";自己热衷的自然游历,也因为日久而心生慵倦;因痛饮而肺损伤,对于自己离不开的酒,也"怕飞杯酒多分数"(飞,行酒令的一种方式;分数,即酒量);对于自己听不够的笙歌,也"厌听笙歌旧曲章"。"蟋蟀声寒初过雨,茱萸色浅未经霜"二句,分别从听觉、视觉角度写景,表现节候特点,后句择取茱萸来写,紧扣重阳节佩茱萸的习俗。诗末表达在此时节不能与微之共同登高的缺憾,流露出对对方的思念。

和令狐相公新于郡内栽竹百竿拆壁开轩旦夕对玩偶题七言五韵

梁园修竹旧传名,园废年深竹不生。
千亩荒凉寻未得,百竿青翠种新成。

墙开乍见重添兴,窗静时闻别有情。
烟叶蒙笼侵夜色,风枝萧飒欲秋声。
更登楼望尤堪重,千万人家无一茎。

【解析】

诗作于大和二年(828),57岁,长安,刑部侍郎。诗和宣武节度使令狐楚。《旧唐书》卷三八《地理志一》:"宣武军节度使,治汴州,管汴、宋、亳、颍四州。"梁园,即兔苑,在宋州,《元和郡县图志》卷七宋州宋城县:"兔园,县东南十里。汉梁孝王园。"诗首二句"梁园修竹旧传名,园废年深竹不生",从汉梁孝王梁园写起,梁园修竹传名于世,然而梁园年久荒废竹不生。《水经注》卷二四"睢水"记:"睢水又东南流,历于竹圃,水次绿竹荫渚,菁菁实望,世人言梁王竹园。""千亩荒凉寻未得,百竿青翠种新成",指令狐楚于郡内新栽竹百竿。"墙开乍见重添兴,窗静时闻别有情"二句,照应题中"拆壁开轩旦夕对玩",写壁上开窗,在竹窗下与人对玩的雅兴。白居易一生喜爱竹窗空间,任盩厔县尉时,他有《新栽竹》诗即表达:"最爱近窗卧,秋风枝有声。"竹窗也出现在被贬江州时的庐山草堂里,"斩新萝径合,依旧竹窗开"(《题别遗爱草堂兼呈李十使君》)。新昌里宅园"篱东花掩映,窗北竹婵娟"(《新昌新居书事四十韵因寄元郎中张博士》)。长庆二年(822),自长安赴杭州刺史任途中,白居易作《思竹窗》:"唯忆新昌堂,萧萧北窗竹。"晚年洛下池台亦建竹窗。竹窗空间的对玩,白居易也深谙其中妙处,长庆元年(821),白在朝中任主客郎中、知制诰时,有诗《西省北院新构小亭种竹开窗东通骑省与李常侍隔窗小饮各题四韵》写道:"题诗新壁上,过酒小窗中。"故此处诗人云"重添兴""别有情"。"烟叶蒙笼侵夜色,风枝萧飒欲秋声"二句从视觉、听觉角度写竹,如烟竹叶侵没于夜色里,风吹竹林发出萧飒之秋声。"更登楼望尤堪重,千万人家无一茎",诗中自注:"汴州人家并无竹。"诗人设想对方登楼而望,千万人家不见竹,由此更反衬出令狐楚种竹开窗的文人雅兴。

咏家酝十韵

独醒从古笑灵均,长醉如今敩伯伦。
旧法依稀传自杜,新方要妙得于陈。
井泉王相资重九,曲糵精灵用上寅。
酿糯岂劳炊范黍,撇篘何假漉陶巾。
常嫌竹叶犹凡浊,始觉榴花不正真。
瓮揭开时香酷烈,瓶封贮后味甘辛。
捧疑明水从空化,饮似阳和满腹春。
色洞玉壶无表里,光摇金盏有精神。
能销忙事成闲事,转得忧人作乐人。
应是世间贤圣物,与君还往拟终身。

【解析】

诗作于大和三年(829),58岁,长安,刑部侍郎。诗咏家酝,即白家酿酒。"独醒从古笑灵均,长醉如今敩伯伦",诗从独醒与长醉两者间的选择写起,诗人选择长醉,笑屈原之独醒,学刘伶之醉酒。"旧法依稀传自杜,新方要妙得于陈",自家酿酒,不仅有传自杜康的古法,更有陈岵传授之妙法,其《池上篇》序记:"先是颍川陈孝山与酿酒法,味甚佳。""井泉王相资重九,曲糵精灵用上寅。酿糯岂劳炊范黍,撇篘何假漉陶巾",前三句写酿酒用水、酒母、糯米,第四句写漉酒。四句分别用典:《左传》僖公十五年杜预注:"凡筮者用《周易》,则其象可推,非此而往,则临时占者或取于象,或取于气,或取于时日王相,以成其占。"孔颖达疏:"《阴阳书》以为春则为木王,火相,土死,金囚,水休,时日王相谓此也。"《齐民要术》卷七:"又神曲法:以七月上寅日造,不得令鸡狗见及食。"上寅,农历每月上旬之寅日。《后汉书》卷八一《范式传》记范式守信赴约,张劭设馔、醞酒以候之的故事。李瀚《蒙求》云:"陈雷胶漆,范张鸡黍。"《宋书》卷九三《陶潜传》记陶渊明"取头上葛巾漉酒"典故。"常嫌竹叶犹凡浊,始觉榴花不正真",写与自家酿酒相比,有名的竹叶青都显得凡浊,榴花酒都觉不正真。"瓮揭开时香酷烈,瓶封贮后味甘辛",写揭开酒瓮时酷烈的香气,瓶封贮藏后味道醇正。"捧疑明水从空化,饮似阳和满腹春"二句,写自家酿酒捧在手里时,疑似集日月之气的明水所化,饮时好像春天的阳气令满腹皆春。上下句皆用典,《周礼•春官•大祝》:"凡大禋祀,肆享、祭示,则执明水火而号祝。"郑玄注:"明水火,司烜氏所共日月之气,以给烝享。"《史记》卷六《秦始皇本纪》:"维二十九年,时在中春,阳和方起。""色洞玉壶无表里,光摇金盏有精神"二句,写自家酿酒的色与光,色泽莹澈透明,光华摇曳。"能销忙事成闲事,转得忧人作乐人"二句,写酒之效用,能把忙事变闲事,能让忧人变成乐人,酒能除烦,使人忘忧而至闲乐境界。"应是世间贤圣物,与君还往拟终身","贤圣物"典出《三国志》卷二七《魏书•徐邈传》:"魏国初建,(邈)为尚书郎。时科禁酒,而邈私饮至于沈醉。校事赵达问以曹事,邈曰:'中圣人。'达白之太祖,太祖甚怒。度辽将军鲜于辅进曰:'平日醉客谓酒清者为圣人,浊者为贤人,邈性修慎,偶醉耳。'竟坐得免刑。"诗末说"与君还往拟终身",诗人将终身与酒不离不弃。如其所言,晚年白居易自号"醉吟先生",作有《醉吟先生传》,自许为"古所谓得全于酒者"(《醉吟先生传》),继刘伶《酒德颂》自撰《酒功赞》云:"百虑齐息,时乃之德。万缘皆空,时乃之功。吾尝终日不食,终夜不寝。以思无益,不如且饮。"

酬别微之

沣头峡口钱唐岸,三别都经二十年。
且喜筋骸俱健在,勿嫌须鬓各皤然。
君归北阙朝天帝,我住东京作地仙。
博望自来非弃置,承明重入莫拘牵。

醉收杯杓停灯语，寒展衾裯对枕眠。
犹被分司官系绊，送君不得过甘泉。

【解析】

诗作于大和三年（829），58岁，洛阳，太子宾客分司。诗题自注："临都驿醉后作。"临都驿，在洛阳西。此年九月，元稹罢浙东观察使任，入京代韦弘景为尚书左丞，经洛阳与白居易相会，未到时，白有《尝黄醅新酎忆微之》诗。这次抵洛，元稹购买韦夏卿履信里宅，新居多水竹。然而，大和五年（831）七月，元稹即卒于武昌任所。此别后，二人不复晤面。这是这对挚友间的最后一次送别。首二句"沣头峡口钱唐岸，三别都经二十年"，是对二十年间三次别离的回顾，上句以离别地名称的并置传达出人生的漂泊之感。"且喜筋骸俱健在，勿嫌须鬓各皤然"，这是白居易的思路，在人生的缺憾中找到平衡。"君归北阙朝天帝，我住东京作地仙"，微之入京为尚书左丞，"我"在东都任散官做着地上的神仙。白居易将道教虚无缥缈的神仙说转化为一种切实可行的思想，即地仙思想。不靠炼丹不靠服药，现世的诗人就是仙，是地上的神仙。"博望自来非弃置，承明重入莫拘牵"，上句写自己，自请任太子宾客分司，并非被弃置；下句写微之，再次到朝中任职不要被拘牵而不得自在。博望苑，是汉宫苑名，《汉书》卷六三《戾太子刘据传》记："及冠就宫，上为立博望苑，使通宾客，从其所好，故多以异端进者。"承明庐，汉朝皇宫石渠阁外承明殿的旁屋，是侍臣值宿所居之所。《汉书》卷六四《严助传》张晏注："承明庐在石渠阁外。直宿所止曰庐。""醉收杯杓停灯语，寒展衾裯对枕眠"，与题目中"醉别"二字照应，醉中收拾杯杓，又点亮灯烛话别，展开寒冷的衾裯对枕而眠。诗末表达被分司官所羁绊，不能送友人过甘泉殿的遗憾。甘泉殿，又称云阳宫，在今陕西淳化西北甘泉山，秦始皇始建，汉武帝扩建。《史记》卷六《秦始皇本纪》记：二十七年，"自极庙道通郦山，作甘泉前殿。筑甬道，自咸阳属之"。另见《三辅黄图》卷三"甘泉宫"。白居易这首《酬别微之》诗把聚少离多的挚友间最后一次分别时依依不舍的情状表现得无比感人,令人动容。

新制绫袄成感而有咏

水波文袄造新成,绫软绵匀温复轻。
晨兴好拥向阳坐,晚出宜披蹋雪行。
鹤氅毳疏无实事,木棉花冷得虚名。
宴安往往欢侵夜,卧稳昏昏睡到明。
百姓多寒无可救,一身独暖亦何情?
心中为念农桑苦,耳里如闻饥冻声。
争得大裘长万丈,与君都盖洛阳城?

【解析】

诗作于大和五年(831),60岁,洛阳,河南尹。"水波文袄造新成,绫软绵匀温复轻"二句,写诗人对新制绫袄的切身感受:软、匀、温、轻。"晨兴好拥向阳坐,晚出宜披蹋雪行"二句,写新制绫袄为诗人闲适生活的享受锦上添花。"鹤氅毳疏无实事,木棉花冷得虚名",相比于绫袄的温软,鸟羽制成的外套内中羽毛稀疏无实物,木棉花果内绵毛不保暖浪得虚名。"宴安往往欢侵夜,卧稳昏昏睡到明"二句,进一步写闲乐自在的生活,宴会欢至夜,昏昏睡到明。"百姓多寒无可救"到诗末笔锋一转,出现了晚年居易诗中少有的跳出自我小圈子而去关注民生疾苦的声音,诗人念农夫农妇之苦,仿佛听到了百姓挨饿受冻的痛苦呻吟。"争得大裘长万丈,与君都盖洛阳城",与杜甫《茅屋为秋风所破歌》中"安得广厦千万间,大庇天下寒士俱欢颜,吾庐独破受冻死亦足"一脉相传。诗体现白居易的新乐府精神。除此诗外,晚年白居易大和七年(833)有《岁暮》诗云:"洛城士与庶,比屋多饥贫。何处炉有火?谁家甑无尘?如我饱暖者,百人无一人。安得不惭愧,放歌聊自陈。"会昌五年(845),闻石雄击破回鹘侵扰并迎太和公主归朝,白居易欣然写下《河阳石尚书破回鹘迎贵主过上党射鹭鸶绘画为图猥蒙见示称叹不足以诗美之》,老年诗人闻边功而情不自禁唱出颂歌。晚年白居易依然关心国事、民生,只不过被淹没在其闲适之音中,已不是其诗歌主流罢了。

拜表回闲游

玉佩金章紫花绶,纻衫藤带白纶巾。
晨兴拜表称朝士,晚出游山作野人。
达磨传心令息念,玄元留意遣同尘。
八关净戒斋销日,一曲狂歌醉送春。
酒肆法堂方丈室,其间岂是两般身。

【解析】

诗作于大和八年(834),63岁,洛阳,太子宾客分司。拜表,是太子宾客分司的例行公事。所谓拜表,就是拜起居表。《唐六典》卷四载:"东都留司文武官每月于尚书省拜表,及留守官共遣使起居,皆以月朔日,使奉表以见,中书舍人一人受表以进。"诗写其晚年生活截然不同的两面被诗人恰如其分地融为一体、集于一身的生命状态。"玉佩金章紫花绶,纻衫藤带白纶巾"二句,从着装佩饰角度写朝士与野人两种身份。紫花绶,《旧唐书》卷四五《舆服志》:"诸佩绶者,皆双绶……二品、三品紫绶,三彩。"长庆二年(822),任中书舍人的白居易有《访陈二》诗即有句云:"晓垂朱绶带,晚着白纶巾。出去为朝客,归来是野人。""晨兴拜表称朝士,晚出游山作野人",早上作为朝士的身份去拜表,傍晚作为野人的形象去游山。"达磨传心令息念,玄元留意遣同尘"二句写佛、道思想,菩提达摩以心传心,息念即息心,(唐)道宣《续高僧传》卷十六《齐邺下南天竺僧菩提达摩传》:"菩提达摩,南天竺婆罗门种。神慧疏朗,闻皆晓悟,志存大乘,冥心虚寂,通微彻数,定学高之……诲以禅教……感其精诚,诲以真法:如是安心,谓壁观也;如是发行,谓四法也;如是顺物,教护讥嫌;如是方便,教令不著。然则入道多途,要唯二种,谓理行也,藉教悟宗,深信含生同一真性,客尘障故,令舍伪归真;凝住壁观,无自无他,凡圣等一,坚住不移,不随他教,与道冥符,寂然无为,名理入也。"《老子》(四章)曰:"和其光,同其尘。""八关净戒斋销日,一曲狂歌醉送春",一方面会严格持斋遵守佛教戒律,一方面又饮酒狂歌以醉送春。"八关净戒",就是佛教所规定的在家修行人的八条严格戒律。"酒肆法堂方丈室,其间岂是两般身",同样置身于酒肆、法堂、方丈室,其间,哪里是"两般身",分明是同一个自己,这流露出诗人对"中隐"生活妙处的心领神会与自得之情。

诗酒琴人例多薄命予酷好三事雅当此科而所得已多为幸斯甚偶成狂咏聊写愧怀

爱琴爱酒爱诗客,多贱多穷多苦辛。
中散步兵终不贵,孟郊张籍过于贫。
一之已叹关于命,三者何堪并在身。
只合飘零随草木,谁教凌厉出风尘?
荣名厚禄二千石,乐饮闲游三十春。
何得无厌时咄咄,犹言薄命不如人?

【解析】

诗作于大和八年(834),63岁,洛阳,太子宾客分司。诗人从一个独特的角度书写自己的知足心态。"爱琴爱酒爱诗客,多贱多穷多苦辛"二句,言喜爱琴酒诗的,大多穷贱,这是诗人对历史及现实观察思考的感悟。接着以善琴尤其善弹《广陵散》并写出《琴赋》大篇的嵇康终身未获得很高的地位,现实中的孟郊、张籍酷爱诗歌然而太过贫寒为例,来说明确实如此。"一之已叹关于命,三者何堪并在身",琴诗酒爱其中一种,命运已令人叹惋,何况我将爱琴、爱酒、爱诗集于一身。"只合飘零随草木,谁教凌厉出风尘",照理自己应该像草木般飘零,而为何能"凌厉出风尘"?凌厉,凌空高飞。语出汉代班彪《览海赋》:"遵霓雾之掩荡,登云涂以凌厉;乘虚风而体景,超太清以增势。""荣名厚禄二千石,乐饮闲游三十春",言自己能够拥有这样的荣名厚禄,得以乐饮闲游三十春。"何得无厌时咄咄,犹言薄命不如人",诗人反问自己为何不满足,还说自己命薄不如人?换句话说,"我"没有理由不知足。咄咄,典出《世说新语·黜免》:"殷中军(殷浩)被废,在信安,终日恒书空作字。扬州吏民寻义逐之。窃视,唯作'咄咄怪事'四字而已。"

春早秋初因时即事兼寄浙东李侍郎

春早秋初昼夜长,可怜天气好年光。
和风细动帘帷暖,清露微凝枕簟凉。
窗下晓眠初减被,池边晚坐乍移床。
闲从蕙草侵阶绿,静任槐花满地黄。
理曲管弦闻后院,熨衣灯火映深房。
四时新景何人别?遥忆多情李侍郎。

【解析】

诗作于大和八年(834),63岁,洛阳,太子宾客分司。诗同时写春早和秋初,构思独特新颖。"春早秋初昼夜长"二句,总写春早和秋初时节,昼夜长短变化,是一年中最美好的时光。接下来主要是对春早、秋初景象的书写:"和风细动帘帷暖,清露微凝枕簟凉","闲从蕙草侵阶绿,静任槐花满地黄","理曲管弦闻后院,熨衣灯火映深房",每联皆分写春早和秋初之景、事,诗人通过对早春和初秋之景、事细腻的感受和捕捉,写出春的静谧与生机,秋的沉静与丰富,用到"和""闲","清""凉""静""深"等字眼。最后"四时新景何人别?遥忆多情李侍郎",表达对识景人李绅的思忆之情。

春日题乾元寺上方最高峰亭

危亭绝顶四无邻,见尽三千世界春。
但觉虚空无障碍,不知高下几由旬?
回看官路三条线,却望都城一片尘。
宾客暂游无半日,王侯不到便终身。
始知天造空闲境,不为忙人富贵人。

【解析】

诗作于开成三年(838),67岁,洛阳,太子少傅分司。乾元寺,后魏龙门八寺之一,旧在洛阳南伊阙东山(乾隆《河南府志》卷七五)。乾元寺峰亭"绝顶四无邻",置身峰亭的诗人"看尽三千世界春",获得虚空无碍、豁然自由之感。"三千世界""由旬"皆为佛教用语。三千世界,即小千世界、中千世界、大千世界。"由旬",(唐)释慧琳《一切经音义》卷二二:"……八俱卢舍成一由旬,准此方尺量,二里余八十步当一俱卢舍,计一由旬,合有一十七里余二百八步。"诗人将佛教语不着痕迹地化用在诗句中,可见其受佛教浸染之深。诗人着笔于俯视所见,所写并非洛城春色的"品类之盛"(王羲之《三月三日兰亭诗序》),而是"官路三条线""都城一片尘"的整体勾勒,他想到多少王侯羁身富贵,无暇闲游,再次表达"始知天造空闲境,不为忙人富贵人"的感悟。年近古稀的老年诗人立于峰亭,超然观照宇宙及尘俗,这一姿态可以说是其晚年精神的象征。这是晚年诗人对在园林之外登亭而望的唯一书写。

追欢偶作

追欢逐乐少闲时,补贴平生得事迟。
何处花开曾后看?谁家酒熟不先知?
石楼月下吹芦管,金谷风前舞柳枝。
十听春啼变莺舌,三嫌老丑换蛾眉。
乐天一过难知分,犹自咨嗟两鬓丝。

【解析】

诗作于开成四年(839),68岁,洛阳,太子少傅分司。此年是白居易退居洛下的第十个年头。"追欢逐乐少闲时"是对十年闲乐生活的精准概括,"补贴平生得事迟"应该理解为诗人觉得自己退居太晚,所以如此忙着"追欢"是对平生欠缺的补偿。"何处花开曾后看"四句具体写追欢内容:花开最先赏,酒熟最先尝;香山寺石楼月下听芦笛,金谷园风前赏柳枝舞,柳枝当指樊素。"十听春啼变莺舌,三嫌老丑换蛾眉"二句,诗人通过写莺声的悄然变化及歌舞妓容颜的暗老,在感叹时光流逝从未停歇。"乐天一过难知分,犹自咨嗟两鬓丝",诗人写到自己的字"乐天",《易·系辞上》:"乐天知命,故不忧。"陶渊明《归去来兮辞》:"聊乘化以归尽,乐夫天命复奚疑?"诗人说自己没有做到安分知命,因为犹自叹息两鬓皤然。

病中诗十五首·枕上作

风疾侵凌临老头,血凝筋滞不调柔。
甘从此后支离卧,赖是从前烂熳游。
回思往事纷如梦,转觉余生杳若浮。
浩气自能充静室,惊飙何必荡虚舟。
腹空先进松花酒,膝冷重装桂布裘。
若问乐天忧病否? 乐天知命了无忧。

【解析】

诗作于开成四年(839),68岁,洛阳,太子少傅分司。《病中诗十五首》诗前有序:"开成己未岁,余蒲柳之年六十有八。冬十月甲寅旦,始得风痹之疾,体瘵目眩,左足不支,盖老病相乘时而至耳。余早栖心释梵,浪迹老庄,因疾观身,果有所得。何则? 外形骸而内忘忧恚,先禅观而后顺医治。旬月以还,厌疾少间,杜门高枕,淡然安闲。吟讽兴来,亦不能遏,因成十五首,题为《病中诗》,且贻所知,兼用自广。昔刘公干病漳浦,谢康乐卧临川,咸有篇章,抒咏其志。今引而序之者,虑不知我者或加诮焉。"《枕上作》是十五首诗中的第二首。"风疾侵凌临老头"六句,写得风痹之疾后身体"血凝筋滞",深感不调和顺适,想到从前曾有的放浪遨游,自觉从此后身体残缺卧疾在床也无憾了,同时不由得感喟往事如梦、余生若浮。《庄子·刻意》:"其生若浮,其死若休。"前六句可以说是先抑,"浩气自能充静室"六句,则是后扬。"浩气自能充静室,惊飙何必荡虚舟","静室""虚舟"这些意象传达出诗人虚静的道心,而"浩气""惊飙"又透出一种力量,这与后两句中"桂布裘"所含贞介之节相呼应。虚舟,无人驾驭的船只。《庄子·山木》云:"方舟而济于河,有虚船来触舟,虽有惼心之人不怒;有一人在其上,则呼张歙之;一呼而不闻,再呼而不闻,于是三呼邪,则必以恶声随之。向也不怒而今也怒,向也虚而今也实。人能虚己以游世,其孰能害之! "《庄子·列御寇》:"无能者无所求，饱食而敖游，泛若不系之舟，虚而敖游者也。"在白居易的诗歌中，"虚舟"意象多取恬淡而旷达之胸怀的意义。"腹空先进松花酒，膝冷重装桂布裘"，"松花酒""桂布裘"皆为用典，（南宋）吴曾《能改斋漫录》卷六《事实》"松花酒"曰："唐《原化记》：'有老人访崔希真，希真饮以松花酒。老人云："花涩无味。"以一丸药投之，酒味顿美。'裴铏《传奇》载酒名松醪春。"《太平广记》卷一六五"夏侯孜"（出《芝田录》）记："夏侯孜为左拾遗，尝着绿桂管布衫朝谒。开成中，文宗无忌讳，好文，问孜衫何太粗涩，具以桂布为对：'此布厚，可以欺寒。'他日，上问宰臣：'朕察拾遗夏侯孜，必贞介之士。'宰臣具以密行：'今之颜冉。'上嗟叹久之，亦效着桂管布，满朝皆仿效之，此布为之贵也。"《枕上作》诗是诗人衰病中的作品，诗中却能透出一种贞介之力量和浩然之气象，十分难得。诗末"若问乐天忧病否？乐天知命了无忧"，诗人表达乐天知命而无忧的旷达心境，《易·系辞上》曰："乐天知命，故不忧。"

闲居

风雨萧条秋少客，门庭冷静昼多关。
金羁骆马近卖却，罗袖柳枝寻放还。
书卷略寻聊取睡，酒杯浅把粗开颜。
眼昏入夜休看月，脚重经春不上山。
心静无妨喧处寂，机忘兼觉梦中闲。
是非爱恶销停尽，唯寄空身在世间。

【解析】

诗作于开成五年（840），69岁，洛阳，太子少傅分司。白居易诗歌题目中出现"闲居"字样较多，直接以"闲居"二字为题的有四首，这首七言排律是其中之一。诗所写是老年诗人在不能游赏自然的情况下对生命的独特感悟。首二句写风雨萧条、门庭冷静的寂寥情状。"金羁骆马近卖却,罗袖柳枝寻放还",白居易有《不能忘情吟并序》言"鬻骆马兮放杨柳枝",又有《病中诗十五首·卖骆马》《病中诗十五首·别柳枝》,骆马是白身黑鬣的马,柳枝即樊素。"眼昏入夜休看月,脚重经春不上山",诗人因眼昏而不能赏月,因脚疾而不能上山,也就是不能像以前那样寄身于大自然。"书卷略寻聊取睡,酒杯浅把粗开颜",闲居家中,取来书卷只为引人入睡,浅把酒杯时脸上露出笑颜。"心静无妨喧处寂,机忘兼觉梦中闲。是非爱恶销停尽,唯寄空身在世间"四句,以议论的笔法直接表达对身心关系的思考,心静即使在喧闹之处也会感受到深寂,忘掉了机心即使在梦中也会觉到闲适,心中销尽是非、爱恶,唯寄空身在世间,这就是心的决定作用。"心静无妨喧处寂,机忘兼觉梦中闲",陶渊明《饮酒二十首》(其五):"结庐在人境,而无车马喧。问君何能尔?心远地自偏。"下句用《列子》卷二《黄帝》所记鸥鹭忘机之典。

会昌二年春题池西小楼

花边春水水边楼,一坐经今四十秋。
望月桥倾三遍换,采莲船破五回修。
园林一半成乔木,邻里三分作白头。
苏李冥蒙随烛灭,陈樊漂泊逐萍流。
虽贫眼下无妨乐,纵病心中不与愁。
自笑灵光岿然在,春来游得且须游。

【解析】

诗作于会昌二年(842),71岁,洛阳。春题池西小楼,但诗没有美丽春景的描写，而是着力于诗人所感。先写物事的变迁，望月之桥已换三遍，采莲船已修五回，园林中的树一半已成乔木，大有"木犹如此，人何以堪"(《世说新语·言语》桓温语)的感慨。再写人事的变迁，邻里三分作白头，"苏李冥蒙随烛灭，陈樊漂泊逐萍流"，诗中有注："苏庶子弘、李中丞道枢及陈（洁之）、樊（素）二妓，十余年皆楼中歌酒中伴，或殁或散，独予在焉。"与其《感旧》诗"人生莫羡苦长命，命长感旧多悲辛"的表达不同，此诗末"虽贫眼下无妨乐"四句，对于自己的灵光独存，诗人自笑，并表达"春来游得且须游"的率性。灵光，汉灵光殿，王延寿《鲁灵光殿赋》序云："自西京未央、建章之殿，皆见隳坏，而灵光岿然独存。"

狂吟七言十四韵

亦知世是休明世，自想身非富贵身。
但恐人间为长物，不如林下作遗民。
游依二室成三友，住近双林当四邻。
性海澄渟平少浪，心田洒扫净无尘。
香山闲宿一千夜，梓泽连游十六春。
是客相逢皆故旧，无僧每见不殷勤。
药停有喜闲销疾，金尽无忧醉忘贫。
补绽衣裳愧妻女，支持酒肉赖交亲。
俸随日计钱盈贯，禄逐年支粟满囷。
洛堰鱼鲜供取足，游村果熟馈争新。
诗章人与传千首，寿命天教过七旬。
点检一生徼幸事，东都除我更无人。

【解析】

诗作于会昌四年(844),73岁,洛阳,刑部尚书致仕。题为"十四韵"朱金城:"当作十二韵,各本俱误。"诗抒写悠游林下之乐。"亦知世是休明世,自想身非富贵身"二句,上句写世是清明世,下句写己非富贵身。"但恐人间为长物,不如林下作遗民","长物",出自《世说新语·德行》:"(王大)见其坐六尺簟,因语恭:'卿东来,故应有此物,可以一领及我。'恭无言。大去后,即举所坐者送之。既无余席,便坐荐上。后大闻之,甚惊,曰:'吾本谓卿多,故求耳。'对曰:'丈人不悉恭,恭作人无长物。'"本指多余的东西,白居易《销暑》诗:"眼前无长物,窗下有清风。"其中"长物"即用此意。而此诗中云"但恐人间为长物,不如林下作遗民","长物"与"遗民"相对,应理解为多余的人。说自己在世间恐怕是个多余的人,不如在林下做个隐士。"游依二室成三友,住近双林当四邻",二室即少室山、太室山。双林,婆罗双树,佛涅槃处,后佛寺亦称双林。《佛遗教经》:"于婆罗双树间将入涅槃,是时中夜,寂然无声。""性海澄渟平少浪,心田洒扫净无尘",真如之理深广如海,清澈平静,内心达到平和、无尘的净界。白《题玉泉寺》诗云:"闲心对定水,清净两无尘。""香山闲宿一千夜,梓泽连游十六春",香山寺是晚年诗人常游常宿、能够在此找到心灵宁静的宗教空间所在。梓泽,即金谷园。"是客相逢皆故旧,无僧每见不殷勤",写游历之多,所遇皆是故旧,僧见亦是殷勤。"药停有喜闲销疾,金尽无忧醉忘贫",以闲销疾、以醉忘贫。"补绽衣裳愧妻女,支持酒肉赖交亲",只是愧对妻女,让她们穿着补丁衣裳,酒肉还要依赖交亲的支持。"俸随日计钱盈贯,禄逐年支粟满囷",诗中自注:"尚书致仕请半俸,百斛亦五十千,岁给禄粟二千,可为。"《唐会要》卷九一"内外官料钱":"(贞元)四年,中书门下奏,京文武及京兆县官……六尚书、御史大夫、太子三少,各一百贯文。"谢思炜:"尚书月俸百贯,半俸为五十千。此句注'百斛'当为'百贯'之误。""洛堰鱼鲜供取足,游村果熟馈争新",洛阳堰可为我提供充足的鱼鲜,游村人赠送给我最新成熟的果品。白居易《游赵村杏花》诗云:"游村红杏每年开,十五年来看几回?"称赵村为"游村"。"诗章人与传千首,寿命天教过七旬",有千首诗章传诵在人口,人生七十古来稀,而我已年过七旬。"点检一生徼幸事,东都除我更无人",诗人一一盘点人生中所有的幸事,东都除了自己无人能同时拥有如此之多。诗人之知足、自足,跃然纸上。

胡吉郑刘卢张等六贤皆多年寿予亦次焉偶于弊居合成尚齿之会七老相顾既醉甚欢静而思之此会稀有因成七言六韵以纪之传好事者

七人五百七十岁,拖紫纡朱垂白须。
手里无金莫嗟叹,尊中有酒且欢娱。
诗吟两句神还王,酒饮三杯气尚粗。
嵬峨狂歌教婢拍,婆娑醉舞遣孙扶。
天年高过二疏傅,人数多于四皓图。
除却三山五天竺,人间此会更应无。

【解析】

诗作于会昌五年(845),74岁,洛阳,刑部尚书致仕。会昌五年三月二十一日,白居易在履道里宅园中举行有名的"七老会"。其诗后记参加者情况:"前怀州司马安定胡杲,年八十九。卫尉卿致仕冯翊吉皎,年八十六。前右龙武军长史荥阳郑据,年八十四。前慈州刺史广平刘真,年八十二。前侍御史内供奉官范阳卢真,年七十二。前永州刺史清河张浑,年七十四。刑部尚书致仕太原白居易,年七十四。以上七人合五百七十岁,会昌五年三月二十一日于白家履道宅同宴,宴罢赋诗。时秘书监狄兼谟、河南尹卢贞,以年未七十,虽与会而不及列。"白居易的这首七言排律诗中没有景物描写,而是用全部笔墨来表现七位老人的神采。他们年寿高、官位显、白须、朱紫印绶形成鲜明的色彩映衬。"手里无金莫嗟叹"六句，写出诗、酒、狂歌、醉舞的宴会场面。以"鬼峨""婆娑"来形容老人摇晃、蹒跚之醉貌，极生动。"天年高过二疏傅，人数多于四皓图"，以汉代疏广、疏受，商山东园公、绮里季、夏黄公、甪里先生作比，来表现抽身官场后身心无所挂碍的狂达，凸显七位老人仙逸的神气和高情。末二句"除却三山五天竺，人间此会更应无"，诗中自注："三仙山、五天竺国，多老寿者。"除却道家的三仙山、佛家的五天竺外，人间只在此刻的履道池台才会有此盛会。白居易将佛道追求的最高境界世俗化、现世化的思想暗含其中。年齿与高情，是此会的两个特征。胡杲、吉皎、刘真、郑据、卢真、张浑都留有诗作。会昌五年（845）夏，履道宅园又有"九老会"，白有《九老图诗并序》。北宋梅尧臣、欧阳修等组织的"洛中七友"、富弼"耆英会"等，皆受到白居易"七老会""九老会"影响。

河阳石尚书破回鹘迎贵主过上党射鹭鸶绘画为图猥蒙见示称叹不足以诗美之

塞北庞郊随手破，山东贼垒掉鞭收。
乌孙公主归秦地，白马将军入潞州。
剑拔青鳞蛇尾活，弦抨赤羽火星流。
须知鸟目犹难漏，纵有天狼岂足忧？
画角三声刁斗晓，清商一部管弦秋。
他时麟阁图勋业，更合何人居上头？

【解析】

诗作于会昌五年（845），74岁，洛阳，刑部尚书致仕。在充满闲适之乐的居易晚年生活和创作中，这首诗显得格外独特，不仅表现出诗人对国事、战事的关心，而且显示出其晚年诗中少有的豪劲之气。与其前期诗歌在颂美为国建功立业、给百姓带来福泽时常常表现出豪迈气概的特点相一致。而且这首豪气冲天的作品写在白居易74岁时，这就显得尤为难得和可贵，这是深埋于诗人内心深处的济世之心的一次复活。

"塞北虏郊随手破，山东贼垒掉鞭收。乌孙公主归秦地，白马将军入潞州"四句，极其概括地写河阳节度使石雄"破回鹘，迎贵主，过上党"的过程。《旧唐书》一六一《石雄传》记："会昌初，回鹘寇天德……雄受教，自选劲骑……雄乃大率城内牛马杂畜及大鼓，夜穴城为十余门。迟明，城上立旗帜炬火，乃于诸门纵其牛畜，鼓噪从之，直犯乌介牙帐。炬火烛天，鼓噪动地，可汗惶骇莫测，率骑而奔。雄率劲骑追至杀胡山，急击之，斩首万级，生擒五千，羊马车帐皆委之而去。遂迎公主还太原。"其中，"乌孙公主"用《汉书·西域传·乌孙国》典，借指太和公主；"白马将军"用《三国志》卷十八《魏书·庞德传》典："时德常乘白马，羽军谓之白马将军，皆惮之。"《旧唐书》卷三九《地理志二》"河东道"："潞州大都督府，隋上党郡。武德元年，改为潞州，领上党、长子、屯留、潞城四县。""随手破""掉鞭收""归秦地""入潞州"，这一系列动词的运用，构成一种快捷、强烈的节奏感，将石雄破回鹘、迎贵主、过上党之过程写得充满气势。"剑拔青鳞蛇尾活，弦抨赤羽火星流"二句，一句写剑，拔剑；一句写弦，弦抨。青蛇，喻剑。《白孔六帖》卷十三："青蛇，剑彩。"赤羽，喻弓弦。《艺文类聚》卷六〇引《六韬》："陷坚阵，败强敌，大黄三连弩，飞凫、电影自副。飞凫赤茎白羽，以铁为首。电影青茎赤羽，以铜为首。""剑""弦"皆为劲健意象，再加以"拔""抨"的强有力动词的运用，还有青蛇、赤羽的比喻，蛇尾活、火星流的动态画面，皆成为构成此诗豪劲之气的重要元素。"须知乌目犹难漏，纵有天狼岂足忧"，照应题中"射鹭鸶"，前句诗中自注："尚书将入潞府，偶逢水鸟鹭鸶，引弓射之，一发中目，三军踊跃，其事上闻，诏下美之。"二句赞美石雄高超的射箭本领，乌目难漏，岂畏天狼？天狼，星名，多以喻残暴的侵略者。《汉书》卷二六《天文志》："参为白虎……其东有大星曰狼，狼角变色，多盗贼。下有四星曰弧，直狼。"汉代扬雄《河东赋》写道："掉奔星之流旃，彏天狼之咸弧。"诗末"他时麟阁图勋业,更合何人居上头",《三辅黄图》卷六"阁"云:"《庙记》云:麒麟阁,萧何造。"《汉书》卷五四《苏武传》:"上思股肱之美,乃图画其人于麒麟阁,法其形貌,署其官爵姓名……皆有功德,知名当世,是以表而扬之,明著中兴辅佐,列于方叔、召虎、仲山甫焉。凡十一人,皆有传。"诗人用此典赞美石雄卓越的功勋,必当获得最高的荣誉。《旧唐书》一六一《石雄传》:雄迎公主还太原后,"以功加检校左散骑常侍、丰州刺史,兼御史大夫、天德防御等史"。

自问此心呈诸老伴

朝问此心何所思,暮问此心何所为。
不入公门慵敛手,不看人面免低眉。
居士室间眠得所,少年场上饮非宜。
闲谈亹亹留诸老,美酝徐徐进一卮。
心未曾求过分事,身常少有不安时。
此心除自谋身外,更问其余尽不知。

【解析】

　　诗作于会昌六年(846),75岁,洛阳。这首七言排律诗写于白居易生命的最后一年,诗人以自问自答的形式,从自己的切身感受和体会,来思考、总结心的决定作用以及心与身的关系。身心关系一直是白居易十分关注的问题,他一生都以身心的安顿为追求。初退居洛下时,诗人写道:"病将老齐至,心与身同归。"(《授太子宾客归洛》)其开成五年(840)作《自戏三绝句》诗借"身"与"心"的戏语,表达了心安才能身泰的思想:"心问身云何泰然,严冬暖被日高眠。放君快活知恩否,不早朝来十一年。"(《心问身》)"心是身王身是官,君今居在我官中。是君家舍君须爱,何事论恩自说功?"(《身报心》)"因我疏慵休罢早,遣君安乐岁时多。世间老苦人何限,不放君闲奈我何?"(《心重答身》)此诗首二句"朝问此心何所思,暮问此心何所为",在朝问、暮问中,见出诗人对心之所思、所为的深切思考。"不入公门慵敛手,不看人面免低眉",写身的自由,不用入官署拱手示敬,无须看人脸色低眉俯首。"居士室间眠得所,少年场上饮非宜",身宜安眠于"居士室",不宜饮酒在"少年场"。"闲谈亹亹留诸老,美酝徐徐进一卮"二句,写身的自在惬意,闲谈动人,美酒徐饮。在以上六句具体写身安之状的基础上,"心未曾求过分事,身常少有不安时。此心除自谋身外,更问其余尽不知"四句,直接表达心与身的关系,心没有过分的要求,即知足知止之意,身因此才很少有不安的时候;此心除了为身而谋外,其余一概不知,表达心安才能身泰的思想。

参考书目

[1]《白话华严经》，洪启嵩译讲，上海三联书店，2014。

[2]《白居易集笺校》，朱金城笺校，上海古籍出版社，1988年。

[3]《白居易年谱》，朱金城著，上海古籍出版社，1982年。

[4]《白居易诗集校注》，谢思炜校注，中华书局，2006年。

[5]《白居易文集校注》，谢思炜校注，中华书局，2011年。

[6]《白居易研究》，王拾遗著，上海文艺联合出版社，1954年。

[7]《白孔六帖》（社会生活部分），（唐）白居易撰，（宋）孔传续撰，勾利军点校，齐鲁书社，2014年。

[8]《白氏文公年谱》，（宋）陈振孙撰，明抄本。

[9]《抱朴子内篇校释》（增订本），王明撰，中华书局，1985年。

[10]《本草纲目》（标点本），（明）李时珍著，人民卫生出版社，1979年。

[11]《楚辞章句补注》，（汉）王逸章句，（宋）洪兴祖补注，夏剑钦等校点，岳麓书社，2013年。

[12]《初学记》，（唐）徐坚等著，中华书局，1962年。

[13]《春秋左传注疏》，（晋）杜预注，（唐）孔颖达正义，（清）阮元校刻，方向东点校，中华书局，2021年。

[14]《大般涅槃经今译》，昙无谶原译，破嗔虚明注译，中国社会科学出版社，2003年。

[15]《大般若波罗蜜多经》，文物出版社，2020年。

[16]《大清一统志》，王文楚点校，上海古籍出版社，2022年。

[17]《敦煌坛经合校译注》,李申校译,周广铝简注,中华书局,2018年。
[18]《遁斋闲览》,(宋)范正敏撰,文学古籍刊行社影印本,1956年。
[19]《尔雅译注》,胡奇光、方环海撰,上海古籍出版社,2004年。
[20]《法言义疏》,汪荣宝撰,陈仲夫点校,中华书局,1987年。
[21]《方舆胜览》,(宋)祝穆撰,(宋)祝洙增订,施和金点校,中华书局,2003年。
[22]《佛教十三经》,中华书局,2010年。
[23]《韩昌黎诗集编年笺注》,(唐)韩愈著,(清)方世举笺注,郝润华、丁俊丽整理,中华书局,2012年。
[24]《韩非子新校注》,(战国)韩非子著,陈奇猷校注,上海古籍出版社,2000年。
[25]《汉书》,(汉)班固撰,(唐)颜师古注,中华书局,1962年。
[26]《翰苑群书》,(宋)洪遵编,中国书店,2018年。
[27]《河南府志》(乾隆),洛阳市地方史志办公室整理,中州古籍出版社影印本,2013年。
[28]《后汉书》,(宋)范晔撰,(唐)李贤等注,中华书局,1965年。
[29]《华阳国志》,(晋)常璩撰,严茜子点校,齐鲁书社,2010年。
[30]《嘉泰会稽志》,(清)施宿撰,台北:成文出版社,1983年。
[31]《江南通志》,清乾隆元年刻本。
[32]《晋书》,(唐)房玄龄等撰,中华书局,1974年。
[33]《旧唐书》,(后晋)刘昫等撰,中华书局点校本,1975年。
[34]《空间的诗学》,[法]加斯东·巴什拉著,张逸婧译,上海译文出版社,2013年。
[35]《孔子家语注译》,张涛注译,三秦出版社,1998年。
[36]《困学纪闻》,(宋)王应麟著,(清)阎若璩等注,栾保群等校点,上海古籍出版社,2015年。

[37]《括地志辑校》,(唐)李泰等著,贺次君辑校,中华书局,1980 年。

[38]《老学庵笔记》,(宋)陆游撰,李剑雄、刘德权点校,中华书局,1979 年。

[39]《老子道德经注》,(魏)王弼注,楼宇烈校释,中华书局,2011 年。

[40]《礼记集解》,(清)孙希旦撰,沈啸寰、王星贤点校,中华书局,1989 年。

[41]《列女传译注》,张涛译注,人民出版社,2017 年。

[42]《列子集释》,杨伯峻撰,中华书局,1979 年。

[43]《刘禹锡全集编年校注》,(唐)刘禹锡著,陶敏、陶红雨校注,岳麓书社,2003 年。

[44]《论语译注》,杨伯峻译注,中华书局,1980 年。

[45]《洛阳名园记》,(宋)李格非撰,中华书局,1985 年。

[46]《毛诗传笺》,(汉)毛亨传,(汉)郑玄笺,(唐)陆德明音义,孔祥军点校,中华书局,2018 年。

[47]《孟子译注》,杨伯峻译注,中华书局,1960 年。

[48]《南方草木状》,(晋)嵇含撰,广东科技出版社影印,2009 年。

[49]《能改斋漫录》,(宋)吴曾撰,上海古籍出版社,1979 年。

[50]《瓯北诗话校注》,(清)赵翼著,江守义、李成玉校注,人民文学出版社,2013 年。

[51]《齐民要术》,(北魏)贾思勰撰,《四部丛刊》子部,上海涵芬楼影印本。

[52]《全上古三代秦汉三国六朝文》,(清)严可均辑,中华书局,1958 年。

[53]《全唐诗》(增订本),中华书局编辑部点校,中华书局,1999 年。

[54]《全唐文》,(清)董诰等编,中华书局影印本,1983 年。

[55]《三国志》,(晋)陈寿撰,(宋)裴松之注,中华书局,1982 年。

[56]《尚书正义》,(汉)孔安国传,(唐)孔颖达正义,上海古籍出版社,

2007 年。

[57]《史记》,(汉)司马迁撰,中华书局,1982 年。

[58]《诗集传》,(宋)朱熹撰,赵长征点校,中华书局,2017 年。

[59]《石林燕语》,(宋)叶梦得撰,宇文绍奕考异,侯忠义点校,中华书局,1984 年。

[60]《十七史商榷》,(清)王鸣盛撰,黄曙辉点校,上海书店出版社,2005 年。

[61]《世说新语译注》,(南朝·宋)刘义庆著,张万起、刘尚慈译注,中华书局,1998 年。

[62]《水经注校证》,(北魏)郦道元著,陈桥驿校证,中华书局,2013 年。

[63]《宋书》,(梁)沈约撰,中华书局,1974 年。

[64]《太平广记》,(宋)李昉等编,中华书局,1961 年。

[65]《太平寰宇记》,(宋)乐史撰,王文楚等点校,中华书局,2007 年。

[66]《唐国史补》,(唐)李肇撰,丛书集成初编,中华书局影印本,1991 年。

[67]《唐会要》,(宋)王溥撰,中华书局,1955 年。

[68]《唐两京城坊考》,(清)徐松撰,(清)张穆校补,方严点校,中华书局,1985 年。

[69]《唐六典》,(唐)李林甫等撰,陈仲夫点校,中华书局,1992 年。

[70]《唐诗别裁集》,(清)沈德潜选注,上海古籍出版社,2013 年。

[71]《陶渊明集》,(东晋)陶渊明著,逯钦立校注,中华书局,1979 年。

[72]《通典》,(唐)杜佑撰,王文锦等点校,中华书局,1988 年。

[73]《王羲之书佛遗教经》,中国书店,2020 年。

[74]《维摩诘经》,高永旺、张仲娟译注,中华书局,2016 年。

[75]《文选》,(梁)萧统编,(唐)李善注,台北:华正书局,2000 年。

[76]《吴郡志》,(宋)范成大撰,陆振岳校点,江苏古籍出版社,1986 年。

[77]《咸淳临安志》,(宋)潜说友纂,浙江古籍出版社影印本,2012年。
[78]《先秦汉魏晋南北朝诗》,逯钦立辑校,中华书局,1983年。
[79]《小窗幽记》,(明)陈继儒著,成敏译注,中华书局,2016年。
[80]《西京杂记》,(汉)刘歆等撰,王根林等校点,上海古籍出版社,2012年。
[81]《谢宣城集校注》,(齐)谢朓著,曹融南校注集说,上海古籍出版社,1991年。
[82]《新唐书》,(宋)欧阳修、宋祁撰,中华书局点校本,1975年。
[83]《新修增订注释全唐诗》,陈铁民、彭庆生主编,黄山书社,2023年。
[84]《续高僧传》,(唐)道宣撰,郭绍林点校,中华书局,2014年。
[85]《演繁露校注》,(宋)程大昌撰,许逸民校证,中华书局,2018年。
[86]《姚少监诗集》,钦定四库全书集部。
[87]《一切经音义》,(唐)释慧琳撰,文物出版社影印本,2020年。
[88]《艺文类聚》,(唐)欧阳询撰,汪绍楹校,上海古籍出版社,1999年。
[89]《雍录》,(宋)程大昌撰,张升整理,团结出版社,1997年。
[90]《御选唐宋诗醇》,(清)清高宗选,莫砺锋主编,沈章明标点,商务印书馆,2019年。
[91]《元白诗笺证稿》,陈寅恪著,生活·读书·新知三联书店,2015年。
[92]《元和郡县图志》,(唐)李吉甫撰,贺次君点校,中华书局,1983年。
[93]《元稹集》,(唐)元稹著,冀勤点校,中华书局,2010年。
[94]《元稹诗全集》,谢永芳编注,崇文书局,2016年。
[95]《云笈七签》,(宋)张君房辑,齐鲁书社,2002年。
[96]《战国策笺证》,(西汉)刘向集录,范祥雍笺证,上海古籍出版社,2011年。
[97]《中州杂俎》,(清)汪价撰,安阳三怡堂印本,民国十年(1921)。
[98]《庄子集释》,(清)郭庆藩撰,王孝鱼点校,中华书局,2013年。

[99]《周礼注疏》,(汉)郑玄注,(唐)贾公彦疏,上海古籍出版社,2010年。

[100]《周易注校释》,(魏)王弼撰,楼宇烈校释,中华书局,2012年。